TOD IN OBERAMMERGAU

Xaver Maria Gwaltinger ist im bayerischen Schwaben aufgewachsen, hat Germanistik, Theologie und Psychologie studiert und lange in Frankreich und Australien gelebt. Das Allgäu ist aber seine Heimat geblieben, vor allem wegen der Landschaft und der Sprache. Dort erholt er sich auf seiner Alm von seinen Tätigkeiten in verschiedenen sozialen Feldern, indem er als Autor die Tiefen der Allgäuer Seele auslotet.

Josef Rauch, geboren 1968 in Eichstätt, lebt in Franken, wo er im Gesundheitswesen arbeitet. Seit 2007 lässt er seinen Fürther Privatdetektiv Philipp Marlein in Kriminalromanen und -erzählungen vertrauliche Ermittlungen durchführen. www.josefrauch.de

XAVER MARIA GWALTINGER
JOSEF RAUCH

TOD IN OBERAMMERGAU

Kriminalroman

emons:

Bibliografische Information der Deutschen Nationalbibliothek
Die Deutsche Nationalbibliothek verzeichnet diese Publikation in der Deutschen Nationalbibliografie; detaillierte bibliografische Daten sind im Internet über http://dnb.d-nb.de abrufbar.

MIX
Papier aus verantwortungsvollen Quellen
FSC® C083411
FSC www.fsc.org

Umschlagmotiv: mauritius images/Wolfgang Filser
Umschlaggestaltung: Nina Schäfer, nach einem Konzept von Leonardo Magrelli und Nina Schäfer
Umsetzung: Tobias Doetsch
Gestaltung Innenteil: César Satz & Grafik GmbH, Köln
Lektorat: Carlos Westerkamp
Druck und Bindung: CPI – Clausen & Bosse, Leck
Printed in Germany 2019
ISBN 978-3-7408-0630-9
Originalausgabe

Ecce homo – seht da, welch ein Mensch!

Pontius Pilatus über Jesus,
Evangelium nach Johannes 19,5

1 Marlein und das wunderbare Geburtstagsgeschenk

Déjà-vu.

Es war fast genauso wie damals vor vier Jahren in Andechs.

Im Guten wie im Bösen …

Im Guten: Mein Hobbydetektiv-Kumpel, der Ex-Pfarrer und Ex-Psychologe Emil Bär, und ich, Privatdetektiv Philipp Marlein, saßen mittags um zwölf in der Gaststätte des Klosters auf dem Heiligen Berg und nahmen vor dem Beginn des Seminars noch gemeinsam ein Mittagessen ein.

Lediglich ein paar Details waren anders.

Es war zwar ebenfalls Mai, aber es war nicht Sonntag, sondern Montag.

Es war nicht das Kloster Andechs (geführt von Benediktinern) in Oberbayern, in dem wir uns getroffen hatten, sondern das Kloster Kreuzberg (geführt von Franziskanern) in der Rhön in Unterfranken.

Wir befanden uns nicht wie in Kloster Andechs nur auf einem Hügel, sondern auf einem echten Berg, dem »Heiligen Berg der Franken«, in immerhin knapp neunhundert Meter Höhe.

Die Klostergaststätte hieß hier nicht »Bräustüberl«, sondern »Klosterschänke«.

Und in dem Seminar, an dem wir teilnehmen wollten, ging es nicht um Buße und Umkehr, sondern um die Frage, ob Jesus Christus ein Gott oder ein Mensch war.

Aber abgesehen von diesen Kleinigkeiten war wirklich alles wieder ganz genauso.

Wie Andechs stand auch der Kreuzberg im Zeichen von »Kreuz und Krug«. Tausende von Menschen pilgerten täglich zu diesem Wallfahrtsort – viele aus religiösen, noch mehr aus kulinarischen Gründen. Und der Gedanke, Kreuz und Krug miteinander zu verbinden, hatte zu einem Werbespruch geführt, der nahezu identisch war mit dem in Andechs: Warb man dort mit dem Slogan »Genuss für Leib und Seele«, hieß das Motto hier auf dem Kreuzberg »Glauben & Genießen«.

Damit die Pilger, Wallfahrer, Besucher und Urlauber auch ausgiebig genießen konnten, gab es im Klosterbereich einen leistungsstarken Gastronomiebetrieb, bei dem, ebenfalls wie in Andechs, das Prinzip der Selbstbedienung herrschte. Es gab zwei Theken, den »Ausschank« für Getränke und den »Küchenschalter« für Speisen, an denen man sich das Gewünschte abholen konnte, um sich dann damit entweder draußen in den Biergartenbereichen um das Kloster und im Klosterhof oder drinnen im »Bierstüberl«, in der »Gästestube« oder im »Fürstensaal« niederzulassen.

Und in jenem »Fürstensaal« saßen – standesgemäß – Emil Bär und ich, um, wie damals in Andechs, ein fürstliches Festmahl zu uns zu nehmen (auch wenn das Ambiente wie in den anderen Gasträumen eher einfach und urig war als fürstlich).

Ich stellte Emil gerade eine gegrillte Schweinshaxe mit Kloß neben sein dunkles Klosterbier und mir einen Leberkäs mit Kartoffelsalat neben mein Mineralwasser.

Das Mittagessen vor dem Seminar war Bestandteil des Geschenks, das ich Emil zum runden Geburtstag gemacht hatte. Wir waren getrennt angereist, Emil aus dem Allgäu, ich aus Fürth, hatten eingecheckt, unsere Zimmer für eine Übernachtung bezogen und uns dann, wie vereinbart, um zwölf Uhr zum Mittagessen getroffen.

Das Hauptgeschenk für Emil war aber natürlich das Seminar, das um vierzehn Uhr beginnen würde.

Auf unserem Tisch lag der Werbeflyer, den Emil gerade interessiert studierte.

Jesus Christus – wahrer Mensch oder wahrer Gott?

2-Tages-Seminar im Kloster Kreuzberg
Veranstalter: Fränkisches Bildungswerk

Programm:

Montag:
14.00 Uhr: Vortrag: »Jesus war ein wahrer Gott«
16.00 Uhr: Kaffeepause
17.00 Uhr: Vortrag: »Jesus war ein wahrer Mensch«
19.00 Uhr: Abendessen

Dienstag:
08.00 Uhr: Frühstück
09.00 Uhr: Diskussionsrunde: »Jesus Christus: Wahrer Gott? Oder wahrer Mensch? Oder beides? Oder keines von beidem?«
11.00 Uhr: Ende des Seminars

»Na, Emil, jetzt sag doch mal – das ist doch ein wunderbares Geburtstagsgeschenk, das ich dir da gemacht habe, nicht wahr? Wir beide auf dem Kreuzberg, zum Glauben und Genießen!«

Bär sah auf, und ich glaubte, ein glückseliges Strahlen in seinen Augen erkennen zu können. »Ja, Philipp, ganz toll!«

Ich deutete auf die Schweinshaxe. »Ich weiß ja, dass du es kaum erwarten kannst, dass das Seminar losgeht, damit du, als ehemaliger Pfarrer, deinen theologischen und spirituellen Hunger stillen kannst. Aber jetzt lass uns vorher trotzdem erst einmal den leiblichen Hunger stillen. Guten Appetit, Emil!«

Und so begann alles genauso genussvoll und gut, wie es vier Jahre zuvor in Andechs begonnen hatte.

Dass es ähnlich kriminell und böse wie damals enden würde (und sogar noch viel schlimmer), daran verschwendete ich in dem Moment noch keinen Gedanken.

Dabei hätte ich es doch eigentlich ahnen müssen.

Déjà-vu …

2 Bär feiert

Ich kam mir vor wie ein Geburtstagskind.

Philipp war einfach rührend.

Ich strahlte ihn an.

Meine innere Ausstrahlung kam allerdings nicht von dem Prospekt, den ich anstandshalber in Händen hielt.

Sondern vom Frühschoppen.

Ich war schon um zehn Uhr eingetroffen.

Zum Akklimatisieren.

Mit einer Maß Bier. Genießen und glauben.

Man muss die Prioritäten richtig setzen.

Ich legte den Prospekt neben meine Schweinshaxe, weihte ihn mit einem Fettfleck ein, nahm einen tiefen Zug aus meinem Kreuzberg-Krug, sagte: »Philipp, die Idee mit dem Geburtstagsgeschenk ist einfach gigantisch. Wenn das Seminar so gut wird wie die Haxe und das Bier, werde ich wahrscheinlich seminarsüchtig.«

Das Seminar war mir wurscht.

Aber ich wollte meinem Freund Philipp die Freude nicht verderben. Dachte: Ob Jesus Christus wahrer oder falscher Gott oder Mensch war, hat null Einfluss auf den Bierpreis. Die Frage wurde meines Wissens schon im Jahr 451 auf dem Konzil von Chalcedon endgültig und abschließend entschieden. Mit einer genialen Lösung: wahrer Mensch *und* wahrer Gott. Basta! Hatte sich wohl noch nicht so richtig rumgesprochen.

Ich sagte: »Und die Fragestellung – wahrer Mensch oder wahrer Gott? – bringt's voll. Spannender als wie ein Krimi.«

Wir stießen an. Ich mit Kreuzberger Klosterbier. Er mit Mineralwasser.

Glauben und genießen. Wir machten Arbeitsteilung. Ich genoss …

Ich blickte mich um.

»Ob wohl schon Leute vom Seminar da sind?«

Philipp blickte sich um.

Am Parkplatz hatte ich vier Busse gesehen.

Ich tippte auf Japaner.

Sah keinen einzigen.

Die Geräusche waren fränkisch. Urfränkisch.

So sprach man am Ende der Welt.

Die Leute sahen aus wie gläubige Genießer. Hielten ihre Maßkrüge wie eine Monstranz, zogen das flüssige Brot in sich hinein wie Allgäuer Kälber frisches Wasser. Schoben Kartoffelknödel, Schweinsbraten, Schweinshaxen, dampfendes Blaukraut in sich hinein.

Schmecket und sehet, wie freundlich der Herr ist.

Abendmahl auf Fränkisch.

»Schauen nicht gerade aus wie theologische Seminarteilnehmer«, sagte ich.

Philipp sagte: »Wahrscheinlich sind die noch am Anreisen.«

»Oder in der Kirche. Vorwärmen.«

»Vorwärmen?«

»Ja, bevor man zum Beispiel aufs Oktoberfest geht, kippt man sich noch ein paar Stamperl rein … damit man es besser aushält. Nüchtern überlebt man das nicht.«

Philipp schien nicht zu verstehen. Ich erklärte: »Bevor man ins theologische Seminar geht, gehen manche vielleicht in die Kirche. Sich einen Rosenkranz oder zwei reinziehen.«

»Meinst du fokussieren, konzentrieren, mentalisieren, spiritualisieren …?«

»Ja, irgendwie in Stimmung kommen.«

»So wie wir?«

»Ja, jeder auf seine Weise. *Suum cuique.*«

Philipp schaute leicht angepisst, sagte: »Ich weiß, dass du mal Abitur gemacht hast … großes Latinum und so.«

Ich sagte: »Keine Sorge. Mein Latinum hat sich bereits in Alkohol aufgelöst. Ich hab mir ein Buch gekauft: ›Latein für Angeber‹. Da lass ich ab und zu einen Spruch raus. Bin ich meinem Ruf schuldig. Also, du wirst es dann gleich um vierzehn Uhr erleben, wie sich die Teilnehmer in Stimmung gebracht haben. Die aus der Kirche riechen nach Weihrauch, die aus der Schenke nach Bier … und du nach Mineralwasser!«

»Mineralwasser ist geruchsfrei. Da kriegt man keine Fahne davon.«

»Wodka auch. Darum führen alle Alkis eine eiserne Ration Wodka mit sich. Erste Hilfe, wenn die Ernüchterung droht …«

Er sagte: »Hauptsache, sie schweißeln nicht.«

»Bei der Hitze kann das leicht passieren.«

Philipp, ganz der perfekte Geburtstagsgastgeber: »Kann ich dir noch eine Maß bringen?«

»Ja, gern, dann lohnt sich das Pinkeln mehr. Wenn das so weitergeht, hab ich jeden Monat ein Mal Geburtstag.«

Philipp verschwand in Richtung Schenke.

Ich fing an, mich wie neugeboren zu fühlen. War selig.

Blickte in die Weite: das Land der Franken mit der Seele finden.

Die Rhön.

Feuerberg.

Dreistelz.

Auersberg.

Wildflecken.

Rhön-Kaserne.

Truppenübungsplatz.

Ruine Ebersburg.

Wasserkuppe.

Schreckte auf: »Ist hier noch a Plätzla frai für uns zwa?«

Zwei Damen mittleren Alters standen vor mir. Eine im Dirndl, die andere im luftigen Sommerkleid.

Ich wurde gleich noch ein Stück neugeborener. Sagte: »Aber freilig, hockts eich her, wir rutschen a bissle zamm, dann ham mir alle Platz.«

Das Gesicht der Dirndl-Dame erstrahlte. Spirituell. Eine Seminarteilnehmerin?

»Dann hock ich mich gleich neben Sie!«

Ich rutschte.

»Gern!«

Ihre Freundin pflanzte sich gegenüber auf Philipps Platz.

Meine neue Nachbarin sagte, immer noch Glanz im Auge: »Aber gell, Sie sind nicht von hier?«

»Noi. I leb itta im Kloster. Schau ich so aus?«

Sie lachte.

»Wo kommet Se denn her?«

Ich lachte, sagte: »Genau da, wo Sie auch herkommen!«

»Nein!«

»Doch. Ausm Allgäu. Oberallgäu!«

»Nein!«

»Jetzt widersprechen S' mir halt nicht dauernd. Glauben und genießen ... I bin nämlich aus Tal am See!«

»Noi ... i au ... am See. Auf der anderen Seite, in Moosburg. Da wohn i.«

»Dann sind wir ja quasi Nachbarn!«

Ihre Freundin saß mit offenem Mund gegenüber.

Ich deutete auf Philipp.

Er trug den vollen Maßkrug vor sich her.

Ich sagte: »Da kommt mein Begleiter mit Verstärkung. Der ist nicht ausm Allgäu. Aber doch ganz nett.«

Die neben mir fragte: »Ihr Enkel?«

Ich zuckte. Hatte sie ihre Brille vergessen?

Sagte: »Mein Bruder! Aus Franken!«

Die gegenüber kriegte ihren Kiefer wieder ein, strahlte: »Allmächt! Aus Franken? Ich bin nämlich auch aus Franken!«

Sie machte Platz für Philipp.

Der setzte sein Fürther Detektiv-Pokerface auf, nickte. »Grüß Gott!«

Seine Nachbarin rückte ihm etwas näher auf die Pelle, sagte: »Aus Frangn kumma Sie? Ich nämlich auch. Woher denn genau?«

Philipp wurde gesprächig, meinte: »Fürth ... und Sie?«

»Ganz in der Nähe. Heroldsbach.«

»Heroldsbach … bei Forchheim? Ist das nicht so eine Art Pilgerort?«

»Ja, da ist nach dem Krieg die Maria erschienen … und dann noch ein paarmal. Und bis heute kommen noch ganz viele Pilger hin.«

»Interessant … Und was führt Sie zum heiligen Kreuzberg?«

Die zwei schauten etwas verklemmt, die Allgäuerin sagte: »Mehr beruflich.«

Ende der Durchsage.

»Und ihr beide?«

Sie meinten Philipp und mich.

Ich sagte: »Hochzeitsreise!«

Sie schauten entgeistert.

»Vor zwei Jahr wurde doch das Familienrecht geändert. Ehe für alle. Die Schwulenehe. Und da ham wir geheiratet und feiern heute den zweiten Hochzeitstag. Mein Mann und ich. Gell, Philipp?«

Philipp wurde rot, keine Ahnung, ob aus Verlegenheit oder Zorn, machte kurz den Scheibenwischer vor den Augen zu mir hin, nickte.

»Ach, wie romantisch«, sagte die Heroldsbacherin.

Ich trank meine Maß aus.

Philipp sagte: »Wir müssen jetzt gehen, wir haben noch einen wichtigen Termin.«

»Oh …«

Ich sagte: »Ja, ich hab auch einen wichtigen Termin.« Deutete auf das Bier. »Das treibt. Entwässerung …!«

Wir winkten im Gehen: »Schönen Tag no!«

Sie winkten zurück.

Philipp schnauzte mich an: »Was soll denn die schwule Geschichte?«

Ich sagte: »Frauen stehen auf Schwule. Verstehst? *Just in case …*«

»Versteh ich nicht.«

»Ist auch nicht nötig. Ich muss jetzt aufs Klo. Brunzen. Sonst derreißt's mich.«

»Das versteh ich! Ich auch ...«

Ich steuerte direkt auf die Toiletten zu, Philipp mit seiner Mineralwasserblase hinterher.

Ich kehrte zurück, um gefühlte Hektoliter erleichtert.

Philipp wartete schon, in einen Informationszettel vertieft.

Begeistert sagte ich zu ihm: »Hast gemerkt: Hier ist sogar das Klo spirituell!«

»Wieso?«

»Erstens haben sie hier noch ein Pissoir für Stehpinkler. Die sterben ja sowieso langsam aus. Das Matriarchat macht alle Männer von Kindheit an zu Mädchen. Pinkeln im Sitzen. Saubere Kastration ... reiner Penisneid.«

Interessierte ihn anscheinend nicht. Er sagte: »Und zweitens?«

»Die Pinkelbecken haben eine Zielhilfe: eine Kerze. Dezent grau. Auch wenn man sie trifft, verlöscht sie nicht. Eine Art ewiges Licht, in Stein gebrannt. Eine Wucht!«

»Hab ich gar nicht gesehen.«

»Wo schaust du denn hin, wenn du pinkelst?«

»Aus dem Fenster hinaus.«

»Und wenn kein Fenster da ist?«

»In mich hinein. Einsicht nennt man das.«

»Und was für eine Einsicht hast du gehabt?«

»Dass wir uns jetzt die Klosteranlage anschauen, bevor das Seminar losgeht.«

Ich dachte: Scheiß auf die Klosteranlage, ein Königreich für einen Mittagschlaf. Sagte: »Wir können ja mit dem Klosterladen anfangen.«

Der Klosterladen war direkt hinter uns. Ebenerdig.

Philipp meinte: »Der Klosterladen läuft uns nicht weg. Wir sollten uns einen Überblick verschaffen. Zuerst die Klosteranlage. Und dann rauf nach Golgatha. Zu den drei Kreuzen.«

Er deutete nach oben.

Ich sagte: »Das sind aber zweihundertsechsundneunzig Stufen. Rauf. Und runter noch mal zweihundertsechsundneunzig.«

Er sagte: »Emil, nach der ersten wird's leichter. Der wichtigste Schritt ist immer der erste.«

»Ist dir diese göttliche Einsicht auch beim Pinkeln gekommen?«

»Nein, das ist eine Tatsache. Wir gehen durch das Kloster, und dann besteigen wir den Berg. Golgatha.«

»Unter Besteigen habe ich mir bisher was anderes vorgestellt.«

Philipp lächelte. »Das kommt später!«

3 Marlein und das unverhoffte Wiedersehen

Als wir mit dem Mittagessen fertig waren und außerdem unsere Blasen erleichtert hatten, war es dreizehn Uhr, und wir hatten noch eine Stunde Zeit bis zum Beginn des Seminars.

Da ich mich verpflichtet fühlte, Emil ein Komplettprogramm zu bieten, schleifte ich ihn als weiteren Bestandteil meines Geburtstagsgeschenks auf einen Rundgang um das Klostergelände, um ihm die Sehenswürdigkeiten des Kreuzbergs zu erschließen.

Ich war zwar noch nie hier gewesen, hatte aber auf meinem Zimmer eine Broschüre mit den essenziellen Informationen zu diesem Ort gefunden.

Mit diesem Heftchen bewaffnet, zog ich los, Emil im Schlepptau. Zurückhaltend, wie er war, wollte er seine Freude über diesen Kulturtrip äußerlich nicht so recht zeigen, aber ich wusste, dass er tief in seinem Innersten regelrecht jubilierte.

Wie sich herausstellte, hätte ich die Broschüre gar nicht gebraucht, denn es gab einen beschilderten Rundweg mit mehreren Stationen und dazugehörigen Infotafeln.

An jeder Station versuchte ich, die ausführlichen Aussagen der Broschüre und der Tafel zu einer Kerninformation zu komprimieren, was jedes Mal einen wechselweise amüsierten, ironischen, sarkastischen oder gar zynischen Kommentar von Emil nach sich zog.

Ich: »Wir befinden uns hier im 1692 eingeweihten Franziskusbau, der zusammen mit der Kirche das ursprüngliche Kloster bildete, das 1706 um den Fürstenbau und in den 1950er Jahren um den Marienbau und den Antoniusbau erweitert wurde. Marienbau und Antoniusbau dienen als Schlafstätte für Gäste und Pilger, als Speisesaal und als Veranstaltungsort. Die 1731 gegründete Klosterbrauerei wurde ebenfalls in den 1950er Jahren neu und größer gebaut und Anfang der 1990er Jahre grundlegend modernisiert.«

Emil: »Mönche wissen eben, was wichtig ist. Ein Kloster ohne Brauerei ist wie ein Schwimmbecken ohne Wasser.«

Ich: »Hier auf dem Friedhof, am Rande des Klostergartens, gibt es vierzehn teils doppelt belegte Grabstätten für die Brüder des Franziskanerordens, die hier auf dem Kreuzberg gelebt haben. Es ist üblich, dass ein Franziskaner an seiner letzten Wirkungsstätte auch beerdigt wird.«

Emil: »Ja, und zwar direkt neben der Brauerei. Ein beruhigendes Gefühl, in Biererde zu ruhen.«

Ich (flüsternd): »Nun befinden wir uns in der 1692 eingeweihten Kloster- und Wallfahrtskirche, einem typisch franziskanischen Kirchenbau mit schlichter Fassade und ohne Turm. Sie war zusammen mit dem Franziskusbau das erste Gebäude, das auf dem Kreuzberg errichtet wurde. Der Hochaltar thematisiert die Kreuzigung, und in der Silbermonstranz wird ein Originalsplitter vom Kreuz Christi aufbewahrt.«

Emil (ebenfalls flüsternd): »Oje, nicht schon wieder Reliquien! Damit haben wir ganz schlechte Erfahrungen gemacht, weißt du noch, Philipp? In Andechs ging die ganze Scheiße damit los, dass sie die Kreuzsplitter und andere Jesus-Hinterlassenschaften geklaut haben, während wir dort waren. Nicht dass uns so was hier wieder passiert!«

Wie sich später herausstellen sollte, hatte Emil nicht unrecht mit seinen düsteren Vorahnungen.

Ich: »Wir stehen jetzt vor dem Brauereigasthof ›Zum Elisäus‹. Der ehemalige Berggasthof ›Bavaria‹ der Familie Hohn wurde 2007 vom Kloster übernommen und umgebaut. Er wurde zum Andenken an den letzten franziskanischen Braumeister der Klosterbrauerei, dem bis 1964 wirkenden Bruder Elisäus, umbenannt.«

Emil: »Merkst du was? Es geht hier dauernd um Glauben und Genießen. Vor allem Genießen. Vielleicht sollte man den Kreuzberg doch in ›Bierberg‹ umbenennen …«

Ich: »Um dieser zunehmenden Entwicklung weg vom Glauben und hin zum Genießen und zum Tourismus entgegenzuwirken, wurde ja das Bruder-Franz-Haus neben dem Kloster, das seit 1687 als Gästehaus für Pilger fungierte, umgebaut und 2008 neu eröffnet als Ort der Ruhe und der Meditation sowie als Informationszentrum mit Ausstellungen über den religiösen Hintergrund der Wallfahrten, über den Franziskanerorden, über das Leben des heiligen Franziskus und über das Kloster Kreuzberg. Als spiritueller Gegenpol zur Wirtschaft sozusagen.«

Emil: »Die können hier so viele spirituelle Gegenpole eröffnen, wie sie wollen. Solange das Klosterbier so gut schmeckt, werden die Leut weiterhin hauptsächlich zum Krug statt zum Kreuz pilgern.«

Ich: »Hier oben sehen wir die Mariengrotte mit der Madonnenstatue, die 1958 von den Wirtsleuten des Berggasthofs nach dem Vorbild der Lourdes-Grotte hier im Wald über dem Gasthof aus Basaltsteinen in den Fels gebaut wurde und zu einem Geheimtipp für Marien-Fans geworden ist, die die Muttergottes in freier Natur verehren wollen.«

Emil: »Also doch auch wieder die Maria! Ich hatte schon gedacht, das hier ist endlich mal ein echter und reinrassiger Jesus-Christus-Wallfahrtsort. Hier kann man ja keine zwei Meter gehen, ohne über einen überdimensionalen Jesus am

Kreuz zu stolpern: in der Wallfahrtskirche, in der Kerzenkapelle davor, auf dem Freialtar neben der Kerzenkapelle, an der Auffahrt zum Kloster und natürlich bei den Kreuzwegstationen und bei der Golgatha-Gruppe oben auf dem Berg. Und dann jetzt diese Mariengrotte. Ganz ohne die Mutti geht's offenbar auch hier nicht.«

Ja, den Kreuzweg und die Golgatha-Kreuze wollte ich natürlich eigentlich als Höhepunkt meiner Führung präsentieren, aber es war schon bald vierzehn Uhr, und ich musste konstatieren, dass wir das zeitlich nicht mehr vor dem Seminar schaffen würden.

Ich versprach Emil, dass wir die Besteigung des Berges nach dem Abendessen nachholen würden, und wir gingen von der Mariengrotte zurück zum Antoniusbau, in dem das Seminar stattfinden sollte.

Nachdem wir eine Weile durch den Antoniusbau geirrt waren, fanden wir schließlich den Seminarraum. Er war ähnlich einfach eingerichtet wie die Gaststuben und sollte wohl klösterliche Askese und Schlichtheit suggerieren.

Das gute Dutzend an Stühlen war zu einem Kreis angeordnet (der an einer Stelle offen war, an der eine Flipchart-Tafel und eine Leinwand standen), und ich machte mir Sorgen, dass das bei Emil einen allergischen Schock auslösen würde, denn er hatte eine ausgesprochene Abneigung gegen Stuhlkreise.

Doch zu meiner Überraschung strahlte er wie ein Honigkuchenpferd, als wir den Raum betraten.

Ich brauchte einen Moment, dann begriff ich, was ihm trotz des Stuhlkreis-Desasters ein fettes Grinsen ins Gesicht zauberte: Unsere beiden »Klosterschänke«-Bekanntschaften saßen im Rund! Offenkundig nahmen sie ebenfalls am Seminar teil.

Dieses unverhoffte Wiedersehen war ein Umstand, der auch mir nicht gerade missfiel, denn die Heroldsbach-Madonna fand ich durchaus schnucklig, in ihrem Sommerkleidchen, mit ihren langen dunklen Locken und ihrem hübschen Gesicht.

Blöd nur, dass Emil diese alberne Schwulengeschichte aufgebracht hatte. Die würde ich später unbedingt richtigstellen müssen.

Leider konnten wir uns den Damen nicht zur Seite gesellen, da die Plätze direkt neben ihnen schon besetzt waren von anderen Typen. Also ließen wir uns auf den Stühlen ihnen gegenüber nieder – sie waren als einzige noch frei, Emil und ich waren offenbar die letzten Teilnehmer – und ließen es uns nicht nehmen, ihnen verschwörerisch zuzublinzeln, was sie lächelnd erwiderten.

Konnte vielleicht doch ganz nett werden, das Seminar, auch wenn mich das Thema im Gegensatz zu Emil mit seiner theologischen Vergangenheit nicht die Bohne interessierte.

Dass es inhaltlich wenig erbaulich werden würde, ließ der erste Dozent befürchten, der zwischen Flipchart-Tafel und Leinwand stand, uns kurz begrüßte und dann gleich mit seinem Vortrag zum Thema »Jesus war ein wahrer Gott« begann: ein altes und faltiges Hutzelmännchen in Klerikerkluft und mit dicker Hornbrille, das eine düstere Leidensmiene zog, mit monotoner Betbruderstimme sprach und ungefähr so viel Sinn für einen lebendigen und unterhaltsamen Vortrag zu haben schien wie ein Totengräber.

Aber ich beschloss, unvoreingenommen zu sein und darauf zu hoffen, dass er meine Befürchtung widerlegte und ein Feuerwerk an Esprit, Eloquenz und Infotainment abbrannte.

Und wenn nicht, konnte ich mich immer noch am Anblick meiner fränkischen Landsmännin erfreuen – und mir überlegen, zu welcher Abendaktivität ich sie später einladen könnte …

4 Bär prognostiziert

Meine Allgäuer Überraschungsbekanntschaft aus Moosburg saß mir gegenüber.

Diagonal, diametral, im Dirndl.
Sie beugte sich hinab zu ihrer Handtasche.
Ich beugte mich vor.
Genoss die Aussicht.
Sanfte Hügel, liebliche Täler.
Ganz Allgäu. Ganz dahoim.
Glauben und genießen.
Ihre luftige Freundin aus Franken schaute unschuldig in die Runde.
Keiner sollte sehen, dass sie mit Philipp flirtete.
»Jesus – wahrer Gott«. Jessasmariaundjosef!
Hatte sie einen BH an oder nicht?
Ihre Freundin fischte einen Stenoblock aus den Tiefen ihrer Tasche. Fummelte geräuschvoll nach einem Schreibgerät.
Sie hatte ihr kastanienbraunes Haar hinten zusammengesteckt.
Ich hatte freie Sicht.
Wie sie wohl ausschaute, wenn sie Haar und Dirndl runterließ?
Endlich fand sie, was sie suchte. Schaute nach einem silbernen Montblanc-Füller aus.
Ich katapultierte mich aus meinen Phantasien raus und ins Hier und Jetzt hinein.
Nicht schnell genug.
Sie schnappte meinen Forscherblick auf, lächelte, kritzelte etwas auf ihren Stenoblock.
Ganz wissenschaftlich.
Sah ich recht? Angeregte Rötungen um ihren Kälbchenhals?
Kamen wohl vom Thema: »Jesus – wahrer Gott«.
Professor Dr. theol. Dr. phil. Rainer Maria Spatzinger thronte aufrecht auf seinem Stuhl im Stuhlkreis und dozierte.
Bei Stuhlkreis dachte ich an Kreißsaal. Mal schauen, was da rauskommt.
Er hielt intensiven Blickkontakt.
Mit sich selbst.

Wahrscheinlich war ihm entgangen, dass er nicht im Audimax des Angelicums in Rom stand, sondern in einem unterfränkischen Stuhlkreis hockte, mit Menschen unterschiedlichen Geschlechts, weiblich, männlich, divers, ab vierzig plus, voll spiritualisiert.

»Ich möchte mit dem Höhepunkt beginnen!«

Er machte eine Pause.

Damit sich die Spannung im Stuhlkreis ausbreiten konnte.

Schlagartig starrten vierundzwanzig Augen auf:

Schreibblöcke.

Programmbroschüren.

Schuhspitzen.

Rötungen an sichtbaren Körperteilen nahmen zu.

Er wiederholte: »Der Höhepunkt ...«

Ich dachte an Ejaculatio praecox.

Ist heilbar.

Zum Beispiel mit einer Maß Kreuzberg-Bier. Früh, mittags und abends.

Zweiter Anlauf, die Spannung war kaum mehr auszuhalten: »Der Höhepunkt meiner Ausführungen ist: Jesus ... war ...«

Schwul?

Lesbisch?

Transvestit?

Praktizierender Asexueller?

Antisemit?

Unbeschnitten?

Eunuch?

Alkoholiker?

Neurotiker?

Psychopath?

»Er war ... er ist ...«

Hoffentlich hatten sie einen Notarzt vor Ort. Die Spannung im Stuhlkreis übersprang die Hunderttausend-Volt-Marke.

So musste es an Pfingsten gewesen sein, damals, als die Jünger im Stehkreis standen und den Heiligen Geist empfingen –

einen Vogel, die berühmte La Paloma – und ihnen die Sicherungen durchbrannten und ihre Birnen zu brennen anfingen.

Die Stille vor dem Sturm.

Und dann ließ er es knallen, der Professor Dr. Dr. Rainer Maria in seiner Kutte: »… Jesus war *und* ist … wahrer Gott!«

Kollektives Ausatmen. Durchatmen. Postkoitale Entspannung.

Ein Königreich für eine Gauloises.

Mein Blick traf sich über dem Kreismittelpunkt mit dem meiner neuen Allgäuer Freundin.

Ich kam mir vor wie ein Konfirmand, wollte loskichern … verzog mein Gesicht, dachte an den Zahnarzt und meine Dentalphobie.

Sie antwortete mit einem hysterischen Hustenanfall.

Wir waren auf einer Wellenlänge.

Professor Spatzinger lächelte in sich hinein.

Selbstvergnügt.

Er hatte die Bombe platzen lassen und genoss die Kollateralschäden.

Ein rhetorisches Genie!

»Ich werde das jetzt näher ausführen und argumentativ begründen … und zwar in drei Argumentationszyklen, die sich progressiv steigern, von …«

Kunstpause.

Er baute die Spannung neu auf. Die Gruppe sollte wohl noch ein zweites Mal kommen. Oder öfter. Multiple Erkenntnisorgasmen. Normal können das nur Frauen. Steckte unter Professor Spatzingers Kutte etwa eine Frau?

Meine Hirngespinste wurden unterbrochen: »… die sich progressiv linear steigern, und zwar …«

Pause zum Mitschreiben.

»Erstens: Anfang!«

Kurzes Staunen. Wer hätte das gedacht?

»Zweitens: Mitte …«

Oh, là, là!

»Drittens: …«
Philipps fränkischer Flirtgefährtin kam ein Laut aus.
War auch gar nicht peinlich. Die Körperöffnung stimmte: »Ende?«
Professor Spatzinger wandte sich ihr zu.
Huldvoll wie ein Oberlehrer.
»Ganz richtig. Ende! Schön, dass Sie mitdenken!«
Er ließ den Enthusiasmus des Stuhlkreises verebben.
Räusperte sich. Hieß wohl auf Deutsch: Schnauze!
»Ich beginne mit dem Anfang.«
Fing er etwa bei Adam und Eva an?
Der Herr hatte Gnade mit seinem Stuhlkreis.
Professor Spatzinger begann tatsächlich mit dem Leben Jesu, wie alles angefangen hatte.
Ich machte eine mentale Zeitreise zurück in meine Studentenzeit.
Unendliche Vorlesungen.
Unendlich lange.
Tödliche Langeweile.
Das einzig Interessante hier war meine Prognose.
Er würde die Jungfrauengeburt als Anfangsbeweis für »Jesus – wahrer Gott« ausschlachten.
Die Mitte: Jesu Wundertaten als Indizien für seine Gottheit.
Heilungswunder.
Speisungswunder.
Naturwunder – auf Wasser wandeln und so … oder Stürme stillen.
Und der Abschluss …
Meine neueste Spontaneroberung zwinkerte mich schon wieder an.
Zufällig.
Ich blinkerte zurück.
Zufällig.
Das Anstrengendste war nicht, Professor Spatzingers Ausführungen und Einlassungen zu folgen.

Meine Prognose ging voll auf.

Wirklich anstrengend war: so zu tun, als wäre unser Geflirte nur zufällig.

Und: meine Phantasien im Zaum zu halten. Über den »geselligen Teil« am Abend.

Durch unser spirituelles Techtelmechtel verging die Zeit wie im Flug.

Professor Spatzinger hatte sich heißgezwitschert, schaute auf die Uhr, sagte: »Und nun zum Punkt drei: das Ende. Der Höhepunkt meiner Argumentation.«

Ich wollte noch einen unauslöschlichen Eindruck bei meiner Landsfrau machen: mich als potenten theologischen Stier erweisen.

Ich stellte mich naiv, hob wie in der Schule zaghaft meinen Zeigefinger, sagte: »Darf ich was sagen?«

Professor Spatzinger stockte irritiert und spöttelte dann von oben herab: »Wenn es der Wahrheitsfindung dient, junger Mann.«

Ich räusperte mich, warf einen schnellen Blick auf meine Verehrerin und begann meine Steilvorlage für Professor Spatzinger, den Platzhirsch.

»Ich spiele jetzt mal den Advocatus Diaboli ...«

Er lächelte wissend.

»Die Geschichte mit der Parthenogenese ist hoch umstritten. Viele berühmte Persönlichkeiten der damaligen Zeit wurden von Jungfrauen geboren, zum Beispiel der Kaiser Augustus. Auch er galt als göttlich ... Es könnte sich also um eine Verehrungs- oder Legitimationslegende handeln, nicht um einen historisch-biologischen Sachverhalt ...«

Aller Augen waren auf den Wissenschaftsmönch gerichtet. Ob er zum Stierkampf antrat? Was es, gruppendynamisch, auch war.

Er lächelte. Hatte er wohl schon zum fünfhundertsten Mal gehört, meinen Einwand.

»Bei Gott ist nichts unmöglich«, klärte er uns auf.

Stille. Neben mir eine Stimme, ich schreckte zusammen, Philipps Stimme: »Bei einer Frau alles!«

Er hatte auf einen Schlag die Lacher auf seiner Seite.

Der Professor tat, als hätte er nichts gehört, fragte: »Sonst noch was?«

Arrogante Sau.

Gut, dann kriegte er eben noch eine Breitseite von mir. »Was die Naturwunder betrifft: Manche sagen, dass damals, zur Zeit Jesu, noch keine wissenschaftlichen Kenntnisse von den Vorgängen in der Natur zur Verfügung standen, zum Beispiel über die Schwerkraft oder die physikalischen Gesetze bei Unwettern. Meine Oma zum Beispiel sagte bei Gewitterdonner: ›Das Himmelvaterle zürnt!‹«

Nostalgisches Lächeln auf vielen Gesichtern, Kopfnicken. Hatten wohl mehrere so eine weise Oma.

Professor Spatzinger lächelte mit, milde, wieder von oben herab, von wo auch sonst.

»Ihre Oma war sicher eine liebe Frau, aber keine Wissenschaftlerin.«

Jetzt wurde ich ungemütlich. Auf meine Oma lass ich nix kommen. Sagte: »Auch liebe Frauen, auch schöne Frauen …«, blickte mein Gegenüber vielsagend an, »können weise Dinge sagen.«

Spatzinger, mit triumphalem Grinsen: »Schauen Sie, Ihre Oma hatte also ein vorbewusstes Wissen vom Wirken des Allmächtigen in der Natur!«

Oh Scheiße, jetzt hatte ich mir ein Eigentor geschossen.

Neuer Anlauf: »Lassen wir meine Oma aus dem Spiel. Nehmen wir zum Beispiel die Speisungswunder. Die Vermehrung von fünf Fischsemmeln in vier-, fünf- oder siebentausend Portionen – der Beweis für Jesus, den göttlichen Allesernährer …«

Ich hörte mich zynisch werden. Nicht gut, holte mich zurück, sagte ganz sachlich und cool: »Von einem mathematischen Standpunkt aus kann man mit einem Stück Torte die ganze Menschheit ernähren. Man nennt das geometrische Reihe.«

Offene Münder … Jetzt hatte ich die ungeteilte Aufmerksamkeit des Stuhlkreises.

»Man teilt die runde Torte in zwei Hälften. Die eine Hälfte davon wieder in zwei, die eine Hälfte davon wieder in zwei … Man kann die jeweils verbleibenden Hälften unendlich in zwei weitere Hälften aufteilen. Eine Art Tortenkernspaltung.«

Professor Spatzinger schaute ungeduldig auf seine Rolex.

»Das ist eher Haarspalterei.«

»Aber ich habe noch mehr –«

»Und wir haben keine Zeit mehr. Ich komme zum Schluss und wage zu sagen: Selbst wenn man alles Bisherige, was ich zum Beweis für die wahre Gottheit Jesu überzeugend ausgeführt habe, in Abrede stellen wollte … dass es in allen Religionen überall in der Welt vergleichbare Wunder und übernatürliche Phänomene gibt, eines, der letzte Trumpf sozusagen, gibt es nur im Christentum. Und das ist …«

Spannung pur.

Ich wusste, was kommen würde.

Es kam: »Die Auferstehung Jesu. Ich zitiere den Apostel Paulus, 1. Korinther 15, 14: *Ist aber Christus nicht auferstanden, so ist unsere Predigt vergeblich, so ist auch euer Glaube vergeblich.* Das ist der Eckstein des Christentums: dass Jesus auferstanden ist. Weil er auferstanden ist, ist er wahrer Gott. Und das ist der Beweis, und das ist ein Fakt! Ich danke für Ihre Aufmerksamkeit.«

Stille.

Hände hoben sich zum Beifall, auch meine.

Bevor der erste Klatscher kam,

kam ein trockener Satz.

Von meiner Allgäuer Freundin: »Und wenn es kein Fakt, sondern ein Fake war, die Auferstehung?«

Zum ersten Mal kriegte der Gelehrte Farbe ins graue Gesicht.

Er dröhnte: »Ausgeschlossen.«

»Und wenn man Beweise hätte?«

»Zum Beispiel?«

Die luftige Fränkin sprang ihrer Freundin bei: »Knochen von Jesus. DNA-Analysen. Geheime Dokumente. Sollen ja immer mal wieder auftauchen ... von Zeitzeugen ... rein theoretisch ...«

Professor Spatzinger pumpte, er hob an, etwas zu sagen: »...«

Ich hörte einen Plumps.

Ich sah: Spatzinger lag am Boden. War vom Hocker gerutscht, käsweis.

Die Dame aus Franken kniete neben ihm.

Leichenblass. Zittrige Hände. Schaute, als hätte sie ihn auf dem Gewissen.

Ich sprang hoch, dachte an Mund-zu-Mund-Beatmung.

Verwarf den Gedanken. Professor Spatzinger war nicht der Typ zum Wachküssen.

Philipp kümmerte sich um die luftige blasse Dame aus Heroldsbach.

Ich holte meinen Flachmann aus der Tasche.

»Kreuzberger Geist«.

Tröpfelte ihn dem Spatzinger ein.

Er hustete, verschluckte sich, blinzelte, fing sich, rappelte sich hoch, sagte: »Wir machen jetzt Pause.«

Verschwand.

Betretene Gesichter.

Ich ließ den Geist rundgehen. Heiliges Abendmahl.

In die Gruppe kam Leben.

Einer sagte: »Das Alter ...«

Ich sagte: »Der Schock.«

Ich ging mit Philipp raus, eine rauchen.

Er hielt ein Glas Mineralwasser in der Hand, fragte: »Wie geht's jetzt wohl weiter?«

Ich sagte: »Schlimmer geht's immer.«

5 Marlein und der wahre Mensch

Nachdem der erste Vortrag so dramatisch geendet hatte, waren alle froh, dass nun eine einstündige Kaffeepause folgte.

Im Nachbarzimmer des Seminarraums war so etwas wie ein Kaffee-und-Kuchen-Büfett aufgebaut.

Da Emil, der alte Süchtling, aber erst einmal eine Kippe brauchte, waren wir zunächst nach draußen ins Freie gegangen.

Nur äußerst widerwillig hatte ich meine schnucklige fränkische Landsmännin in die Obhut ihrer Begleiterin übergeben. Nachdem der Spatzinger kollabiert war, hätte es sie fast auch umgehauen, aber ich hatte sie in den Arm genommen und gestützt.

Er hatte sich gut angefühlt, ihr Körper unter ihrem Sommerkleidchen, und ich hatte sie auch an den richtigen Stellen festgehalten …

Und das Beste: Sie war nicht entsetzt, hatte mich nicht zurückgewiesen, im Gegenteil, es schien mir, als wäre sie länger in meinen Armen geblieben, als es nötig gewesen wäre … Kurz gesagt: Sie schien einem Näherkommen nicht abgeneigt. Eine ganz hervorragende Aussicht für den kommenden Abend!

Und ich fluchte innerlich, dass ich jetzt im Gequalme von Emil stehen musste und mir sein Geschimpfe über die theologische Unzulänglichkeit des Dozenten, den er »Spatzenhirn Spatzinger« titulierte, anhören musste.

Und als Emil ausgepafft hatte und wir dann endlich hochgehen konnten in den Pausenraum, wurde ich fuchsteufelswild!

Denn alle anderen Seminarteilnehmer saßen da, schlürften Kaffee und mampften Kuchen – nur das Heroldsberg-Schnuckelchen und ihre Allgäu-Freundin waren verschwunden!

Ich blaffte Emil an: »Na ganz toll! Jetzt sind die Mädels weg!«

Emil blieb unbeeindruckt.

»Die werden sich halt auf ihre Zimmer verzupft haben. Zum Ausruhen. Nach dem Schock!«

»Ich glaube eher, die haben sich vom Seminar zurückgezogen. Nach dem Schock zuvor.«

»Nach welchem Schock zuvor?«

»Dass wir ein schwules Pärchen sind. Mensch, Emil, was hast du dir denn dabei gedacht? Mit dieser Story hast du uns um einen echt geilen Aufriss gebracht!«

»Das war alles nur Taktik. Das verstehst du nicht.«

»Super Taktik! Sie haben die Flucht ergriffen! Damit wir in Ruhe unseren zweiten Hochzeitstag feiern können ... Du bist echt ein Volldepp, Emil!«

»Das weißt du doch gar nicht, ob sie auf und davon sind. Wart erst mal ab, bis das Seminar weitergeht. Die tauchen schon wieder auf, wirst sehen!«

»Ja, das mache ich. Aber wehe, sie tauchen nicht wieder auf. Dann kannst du deine Schwuchtelnummer allein durchziehen. Ich fahre dann auf jeden Fall zurück nach Fürth.«

»Und ich fahre zurück ins Allgäu. Weil ... ehrlich: Dein Geschenk ist ein saudummer Schmarrn, das kannst du dir sonst wo hinschieben. Dass Jesus wahrer Mensch *und* wahrer Gott war, ist seit zweitausend Jahren bekannt. Dafür braucht niemand mehr ein Seminar – außer man ist ein Hinterwäldler aus Fürth!«

Danach schmollten wir.

Ich stopfte mir Schokoladenkuchen rein, Emil verschwand nach draußen – zum Qualmen und wahrscheinlich auch zum Saufen.

Ich dachte schon, er würde vielleicht sogar wirklich abreisen, aber pünktlich zum Beginn des zweiten Vortrags erschien er dann doch wieder und setzte sich wortlos neben mich. Wahrscheinlich hatte ihn nur die Neugier hergetrieben, ob er mit seiner Prognose richtiglag oder nicht.

Und ich musste zu meiner Schande eingestehen – er lag richtig!

Denn unsere beiden Flirtpartnerinnen tauchten tatsächlich wieder auf, sie betraten gemeinsam den Seminarraum.

Allerdings setzten sie sich nicht auf die Plätze, die sie während des ersten Vortrags innegehabt hatten, sondern blieben zwischen Flipchart-Tafel und Leinwand stehen.

Die im Dirndl begann zu sprechen.

»Herzlich willkommen zurück, meine Damen und Herren. Mein Name ist Erna Kalb. Ich komme aus Moosburg im Allgäu. Ich bin Religionswissenschaftlerin und darf Sie zum zweiten Vortrag des Jesus-Seminars begrüßen.«

Die im Sommerkleid setzte fort.

»Mein Name ist Sandra Danner. Ich bin Religionsphilosophin. Ich komme aus Heroldsbach in Mittelfranken und möchte Sie ebenfalls herzlich willkommen heißen zu unserem Vortrag, in dem wir uns mit dem Thema ›Jesus war ein wahrer Mensch‹ beschäftigen werden.«

Emil und ich wetteiferten darum, wem als Erstes die Augen aus den Höhlen fielen.

Die beiden Damen zwinkerten uns amüsiert zu, dann begannen sie mit ihren Ausführungen.

Nach einer Weile beendete ich das eisige Schweigen, das seit unserem Scharmützel in der Kaffeepause zwischen uns herrschte, und raunte Emil leise zu: »Okay, du hast gewonnen.«

Er flüsterte ebenso leise zurück: »Hab's dir doch gesagt, die kommen wieder.«

»Trotz der Schwulennummer?«

»Gerade wegen der Schwulennummer.«

»Versteh ich nicht.«

»Du bist eben kein Frauenversteher.«

»Aber du wohl, oder was?«

»Klar.«

»Unsinn. Die sind nur geblieben, weil sie die Dozentinnen des zweiten Vortrags sind.«

»Und waren in der Kaffeepause nicht da, weil sie sich auf ihren Vortrag vorbereitet haben.«

»Also hat's doch nix mit Frauenverstehen zu tun. War reiner Zufall.«

»Nein, war kein Zufall. Ich erklär's dir später.«

»Tut mir leid, dass ich dich so angepflaumt habe, Emil.«

»Tut mir leid, dass ich dich mit meiner Schwulennummer so genervt hab, Philipp.«

»Sind wir wieder gut miteinander?«

»Klar. Wir sind doch Blutsbrüder.«

»Und hätten uns beinahe in die Haare gekriegt. Und wer war schuld? Die Weiber!«

»Ja, das können s' gut, die Weiber, die Mannsbilder gegeneinander aufbringen.«

»Und zur Strafe werden wir sie später flachlegen.«

Ich grinste, und Emil grinste zurück.

Jetzt passte wieder kein Blatt mehr zwischen uns.

Wir waren wieder auf derselben Wellenlänge – und hatten eine gemeinsame Mission …

Doch zuvor mussten wir uns auf eine andere Mission einlassen.

Auf die Mission unserer weiblichen Opfer.

Deren Mission war es offenbar, die Menschen davon zu überzeugen, dass Jesus ein ganz normaler Mensch war, der erst posthum zu einem Gott überhöht wurde.

Diese Ansicht trugen sie mit viel Wortgewalt und Enthusiasmus vor und versuchten sie mit zahlreichen Belegen zu untermauern.

Erna Kalb zählte im ersten Teil des Vortrags die einzelnen Stationen der Biografie des historischen Jesus von Nazareth auf – und lieferte ausführliche Begründungen für ihre Behauptungen.

Es war eine sehr menschliche Biografie, und es war eine sehr skandalträchtige Biografie für jeden, der buchstäblich an den Evangelien klebte und Jesus für einen reinen Gott hielt.

Sie berichtete von einem Menschen namens Jesus,

– der als Bastard geboren wurde, einem unehelichen Verhältnis seiner Mutter Maria mit einem römischen Soldaten namens Pantera entstammte;

– der ein klassisches Problemkind war, sonderbar, einzelgängerisch, trotzig, boshaft, aufsässig und schwer erziehbar;

– der in seiner Jugend auf Wanderschaft ging und sich in Ägypten und Indien zum Magier ausbilden ließ;

– der nach seiner Rückkehr in seine Heimat ein Jünger des Gurus Johannes der Täufer wurde;

– der nach dessen Tod sein Nachfolger wurde und eine neue Lehre predigte, in der Genuss, Gewalt und Zauberei eine große Rolle spielten;

– der mit seiner Anhängerin Maria Magdalena eine Liebesbeziehung hatte und Kinder mit ihr zeugte;

– der schließlich von seinen Feinden verleumdet wurde und als politischer Aufrührer hingerichtet werden sollte, seine Kreuzigung aber überlebte und schließlich nach Indien auswanderte, wo er im Alter eines natürlichen Todes starb.

Und im Anschluss zeigte Sandra Danner im zweiten Teil des Vortrags auf, mit welchen zugedichteten Mythen-Versatzstücken anderer sagenhafter Helden und Götter, zum Beispiel Josua, Buddha, Mithras, Dionysos, Krishna, Zarathustra, Adonis, Osiris, Horus, Orpheus, Tammuz, Attis, Jason, Krishna, Hermes, Asklepios und Herkules, der historische Zimmermann und Wanderprediger Jesus aus Nazareth in Galiläa überhöht wurde, beispielsweise mit der Jungfrauengeburt, der Wundertätigkeit, der gewaltsamen Hinrichtung, der Wiederauferstehung von den Toten und der Auffahrt in das Himmelreich.

Die zwei Stunden vergingen wie im Flug, und ehe ich mich's versah, hielt Frau Danner schon das Schlussplädoyer.

»Jesus von Nazareth hatte ein bewegtes und außergewöhnliches Leben, und er hinterließ einen großen Eindruck bei seinen Zeitgenossen. So groß, dass man dieses Leben weitererzählte – und dass man ihn beim Weitererzählen immer mehr verklärte, bis er schließlich zu einem Gott beziehungsweise einem Gottessohn mutiert war, als die Evangelisten Jahrzehnte später das niederschrieben, was sie über ihn gehört hatten. In

Wirklichkeit war Jesus nur ein Mensch – aber eben ein wahrer Mensch. Vielleicht der wahrhaftigste Mensch, der jemals gelebt hat. Vielen Dank für Ihre Aufmerksamkeit!«

Als ihre Worte verklungen waren, herrschte erst Schweigen – und dann brandete beeindruckter Applaus auf.

Die Seminarteilnehmer waren begeistert!

Ich war ebenfalls begeistert – weniger vom Vortrag (das war mir doch zu viel Theologie auf einem Haufen), aber umso mehr von Sandra Danner.

Sie war auch ein wahrer Mensch – und eine wahrhaftige Frau.

Wahrhaftig attraktiv …

6 Bär sekundiert

Ich steckte mir eine Gauloises an.

Philipp sagte: »Du rauchst schon vor dem Essen …«

Ich kam mir plötzlich vor wie seit dreißig Jahren verheiratet. *Du rauchst schon … du trinkst wieder …* War gespannt, was mein mir Angetrauter noch in petto hatte.

Ich sagte: »Zum Ausgleich rauch ich danach auch noch eine. Bin gespannt, was es zum Essen gibt …«

Philipp meinte: »In der Klosterwirtschaft gibt es sicher was Deftiges.«

»Hoffentlich. Ich bin nämlich traumatisiert.«

»Traumatisiert?«

»Ja, ich hab schon so oft in meinem langen Leben in kirchlichen Tagungsstätten essen müssen. Am schlimmsten war es im Predigerseminar. Im ersten Semester. Jeden Tag das Gleiche.«

»Was, gibt's doch nicht …«

»Es hat jedenfalls immer gleich geschmeckt. Nach nix. Dazu lauwarmer Tee, hat ausgeschaut wie Pferdebrunze. War Hängolin drin, hieß es.«

»Hängolin?«

»Ja oder andere triebhemmende Substanzen. Kamille. Lindenblüten. Melisse. Valium. Lithium, Cyproteronacetat … weiß Gott. Wird auch im Knast und beim Militär eingeworfen.«

»Und hat das gewirkt?«

»Bei mir nicht. Bei den andern auch nicht. Wir waren Anfang zwanzig, junge Hengste … Das Einzige, was uns beruhigt hat, war Bier. Reichlich dosiert. Früh, mittags und abends.«

Philipp sinnierte: »Aha, jetzt dämmert mir, warum die protestantische Kirche keinen Pfarrermangel hat.«

»Ja, drei Viertel aller evangelischen Geistlichen kommen aus Pfarrhäusern.«

»Und da wird früh, mittags und abends gesoffen?«

»Nein. Deshalb kommt ja so viel Nachwuchs.«

Philipp legte seine Stirn in Falten.

Er dachte.

Die Seminarteilnehmer bewegten sich auf die Klosterwirtschaft zu.

Ich sagte: »Ich sehe was, was du nicht siehst.«

»Wirst jetzt infantil?«

»Schau dich mal unauffällig um …«

Er schaute sich um, wie ein Privatdetektiv aus Fürth sich umschaut. Als würde er Sterne oder Wolken zählen.

Dann leuchteten seine Augen.

Wie die Sterne.

Er hatte sie gesehen: unsere beiden Häschen.

»Frisch aufgebrezelt!«, sagte er.

»Die haben ja heut Nachmittag eine tolle Nummer losgelassen. Theologisch vom Feinsten. Und rhetorisch … und überhaupt.«

»Wenn die im Bett –«

»Philipp, ich wusste gar nicht, dass Mineralwasser die Phantasie so anregt … deine jedenfalls.«

Er, schnippisch: »Dann probier's halt auch mal, das Mineralwasser.«

»Ach, leck mich. Lieber abstinent als mineral … Also ehrlich, ich hab selten in einem Semester so viel Theologie gelernt wie von unseren beiden Freundinnen in zwei Stunden.«

»Vielleicht sollten wir um private Nachhilfestunden fragen.«

»Keine schlechte Idee. Aber was mich wirklich interessiert: ob die ihre Thesen auch belegen können, nicht nur mit Spekulationen und Interpretationen, sondern mit harten Fakten.«

»Zum Beispiel Archäologie, neue Schriftenfunde, DNA-Analysen …«

»Ja, genau. Aber das wäre eine Revolution.«

»Eine Weltrevolution. Ein theologischer Tsunami! Eine kirchliche Apokalypse!«

Wir schlenderten absichtslos dahin.

Bis die beiden hinter uns waren.

Wie zufällig wandte sich Philipp um, strahlenden Auges sagte er: »Ach, was für ein Zufall, Sie beide?«

Ich sekundierte: »Wir sind nämlich auch gerade auf dem Weg zum Abendessen!«

Ich streckte meiner Allgäuer Landsfrau Erna Kalb die Hand hin, sagte: »Mein Glückwunsch, gnädige Frau. Gratuliere zu Ihrem Vortrag. Ich bin noch ganz hin und weg … und auch Ihnen, Frau Danner …«

Auch Philipp schüttelte Hände, ausführlich, gratulierte, sagte: »Ein paar Fragen hätte ich noch …«

Ich sekundierte schon wieder: »Wir können uns doch zusammensetzen an einem Tisch, weil ich hätt da auch noch Fragen und Anmerkungen …«

Die beiden Damen schauten sich an, lächelten wissend, widersprachen nicht.

Erna Kalb sagte: »Und Ihnen gratulieren wir auch!«

Wir schauten wie zwei Fragezeichen.

»Wozu?«

»Zu Ihrem Hochzeitstag!«

Ich errötete. Vor Scham. Hatte ich glatt vergessen.

Philipp errötete. Vor Wut.

Die Frauen kicherten wie Konfirmandinnen.

Ich sagte: »Ach, danke, ja, unser Hochzeitstag, und wir sind so glücklich, gell, Philipp!«

Er war echt angepisst, ich hörte es an seiner Stimme: »Wir gehen schon mal voraus und sichern uns Plätze!«

Erna Kalb in ihrem Dirndl sagte: »Wir kommen gleich, wir pudern uns nur noch schnell die Nase.«

Und weg waren sie.

»Wo wollen sie hin?«, fragte Philipp.

»Ich kann dich aufklären. Die Nase pudern – so sagen die Engländerinnen, wenn sie schiffen gehen.«

Wir betraten den Speisesaal.

Hockten uns hin, schauten so grantig, wie wir konnten. Damit keiner auf die Idee kam, sich zu uns zu setzen.

Philipp brauchte sich mit grantig nicht anzustrengen, er spuckte mir die Frage wie einen Feuerstrahl ins Gesicht: »Spinnst du, mit deinem Schwulenkram, schon wieder?«

»Ach, Süßer …«, sagte ich, wollte ihm meine Hand zur Beruhigung auf die Schulter legen, er schlug sie von seiner Schulter, bellte: »Jetzt langt's aber, sonst …«

»Aber Philipp, schau, ich mein's ja nur gut mit uns beiden. Ich hab über zwei Jahrzehnte mehr Lebenserfahrung als du …«

»Scheiß auf deine Lebenserfahrung, wenn du nichts draus gelernt hast!«

Ich fuhr unbeirrt fort: »… besonders mit den Weibern. Sie stehen einfach auf schwul. Zu Recht. Im Durchschnitt sind schwule Männer zivilisierter als Heteros. Gebildeter. Haben Manieren. Zeigen Respekt. Verehren Frauen …«

»Alles Quatsch!«

»Aber das Wichtigste ist: Die Frauen fühlen sich mit schwulen Männern sicher, besonders mit den verheirateten. Deshalb sind sie offener. In jeder Beziehung.«

»In jeder? Zum Beispiel?«

»Na, zum Beispiel tun sie nicht so g'schamig. Sie müssen

nicht dauernd aufpassen, dass sie die falschen Signale senden. Sie sind offener … erzählen mehr, zeigen mehr von sich …«

Philipp hörte endlich zu.

»Und jetzt kommt das Paradox. Durch diese Offenheit wird viel mehr Nähe möglich … Und weißt du, was das höchste Kompliment, ach was, der Nobelpreis für die Attraktivität für eine Frau ist: Wenn ein Homo sich ihrem weiblichen Charme ergibt.«

»Hetero wird?«

Ich kam nicht zur Antwort.

Unsere beiden Gespielinnen schwebten ein. Mit frisch gepudertem Näschen.

7 Marlein und der unvollständige Kreuzweg

Emils Sorge war unbegründet. Zum Abendessen gab es in der Tat Deftiges: wahlweise Weißwürste mit Breze oder Wiener Würstchen mit Semmel.

Und deftiger wurde mit der Zeit auch die Unterhaltung mit unseren beiden Damen.

Die Dinge entwickelten sich prächtig!

Anfangs plauderten wir noch über die beiden Vorträge. Wir analysierten Spatzingers »Jesus war ein wahrer Gott«-Vortrag und die »Jesus war ein wahrer Mensch«-These unserer Gesprächspartnerinnen. Das war alles noch sehr theologisch und eher förmlich.

Doch die beiden, vor allem meine fränkische Flamme, sprachen während des Abendessens ausgiebig dem Wein zu, und so wurde die Stimmung bald gelöster, die Unterhaltung privater.

Kaum hatten wir zum »Du« gewechselt – *ich bin die Erna, ich bin die Sandra, ich bin der Emil, ich bin der Philipp* –, ging Sandra Danner ans Eingemachte.

»Aber jetzt erzählt doch mal: Wie seid ihr beiden denn zusammengekommen, so als Liebespaar? Das Allgäu und Franken sind ja doch ein Stück voneinander entfernt!«

Ich überlegte, ob ich die Schwulenstory jetzt nicht endlich als Räuberpistole beziehungsweise als Scherz von Emil enttarnen sollte, erinnerte mich dann aber daran, dass Emil überzeugt davon war, dass das eine todsichere Aufreißnummer sei. Gut, man konnte es ja mal ausprobieren. Und so machte ich weiter gute Miene zum bösen Spiel.

»Wir hatten beruflich miteinander zu tun.«

Dass dieses »beruflich« sich auf das Aufklären von Mordfällen bezog, verschwieg ich vorsichtshalber. Stattdessen stellte ich eine Gegenfrage.

»Und wie seid *ihr beiden* eigentlich zusammengekommen? Ich meine, als Dozentenpaar. Ihr habt ja schließlich dieselbe Entfernung zueinander wie wir beide. Auch beruflich?«

Sandra überlegte.

»Hm – kann man so nicht sagen.«

Damit ließ ich mich nicht abspeisen.

»Wie kann man es denn dann sagen?«

Sandra tauschte Blicke mit Erna aus.

»Wir haben uns kennengelernt, weil wir beide die Ecce-Homo-Gesellschaft gegründet haben.«

Ich runzelte die Stirn.

»Ecce was?«

Emil brabbelte dazwischen: »*Ecce homo*, das ist lateinisch und heißt: ›Seht da, der Mensch!‹ Aus dem Johannes-Evangelium. Sagt Pontius Pilatus zur Volksmenge, nachdem er Jesus hat foltern lassen.«

Ich dankte Emil für seinen gelehrigen Einwurf und übernahm wieder.

»Und was ist das für eine Gesellschaft?«

Sandra kicherte. Der Wein zeigte seine Wirkung.

»So eine Art religionswissenschaftlicher Bund.«

»Ein Geheimbund?«

»Ich weiß nicht. Eigentlich nicht. Oder sind wir geheim, Erna?«

Erna war zwar auch angeheitert, aber noch wesentlich nüchterner.

»Nein. Wir sind öffentlich und ordentlich eingetragen.«

Sie zögerte einen Moment, dann fuhr sie fort: »Aber unsere Arbeit ist schon irgendwie geheim. Und was wir zuletzt herausgefunden haben, das ist strengstens geheim!«

»Soso … Und was ist das, woran ihr da so geheim arbeitet?«

Sandra löste sie wieder ab als Antwortgeberin.

»Die Ecce-Homo-Gesellschaft hat es sich zur Aufgabe gemacht, zu beweisen, dass Jesus kein Gott, sondern nur ein Mensch war. Deshalb der Name ›Ecce Homo‹: Seht her, Jesus Christus ist ein Mensch!«

»Und wer ist da so drin in dieser Gesellschaft?«

»Religionswissenschaftler und Religionsphilosophen wie wir beide, progressive Theologen, aber auch Leute, die ganz normale Berufe haben – und eben der Überzeugung sind, dass Jesus kein Gott war. Wir sind nicht viele, insgesamt nur ein halbes Dutzend. Es gibt zwei Gruppen, die eine in Franken in der Forchheimer Gegend, die andere im Allgäu, in der Gegend um Moosburg.«

»Und was ist das, was ihr da zuletzt herausgefunden habt, was so streng geheim ist?«

»Etwas Sensationelles! Wir werden damit bald medienwirksam an die Öffentlichkeit gehen und für einen Eklat bei einer bekannten Großveranstaltung sorgen, nämlich bei –«

Sie bekam ein Stoß von Erna Kalbs Ellbogen ab.

»Sandra! Schluss jetzt! Das ist wirklich noch streng geheim! Du hast schon genug ausgeplaudert! Auch vorhin schon am Ende vom Spatzinger-Vortrag, da hast du auch schon viel zu viel angedeutet! Dabei weißt du doch, dass wir vorsichtig sein müssen nach den letzten Vorfällen!«

Sandra grinste und gluckste.

»Jetzt sei doch nicht so! Die beiden Herren sind doch sooo

nett! Aber gut, ich verrat nix mehr! Nur eins noch: Diese Großveranstaltung hat was mit der Kreuzigung Christi zu tun …«

Sandra erntete den nächsten Ellbogencheck und einen vernichtenden Blick von Erna.

Um sie aus der Schusslinie zu nehmen und generell das Thema zu wechseln, sagte ich: »Apropos Kreuzigung: Hier gibt es doch einen tollen Kreuzweg, den wollten der Emil und ich unbedingt noch ablaufen heute Abend. Haben die Damen Lust, uns zu begleiten?«

Die Damen hatten Lust, und so machten wir uns zu viert auf den Weg. Wobei Emil zwar sichtbar keine Lust auf einen Kreuzweg hatte, dafür aber auf Erna Kalb umso mehr …

Auf unserer Kreuzweg-Tour gab ich mir alle Mühe, das von Emil postulierte Klischee des Schwulen als besonders kultivierter und gebildeter Mann zu erfüllen.

Ich zückte meine Kreuzberg-Broschüre und gab den spirituellen Reiseführer, indem ich während unseres Rundganges die wichtigsten Informationen über den Kreuzweg vorlas.

Und tatsächlich, die beiden Damen waren äußerst angetan von meiner Performance. Hatte Emil am Ende tatsächlich recht mit seiner Theorie – und wir Erfolg mit seiner Masche?

Es würde sich zeigen am Ende des Kreuzweges, wenn es um die Frage gehen würde, wie der Abend weiter verlaufen sollte.

Doch vor den Erfolg hatten die Götter den Schweiß gesetzt – sprich die Kreuzweg-Wanderung und die Erklärungen dazu.

Der Kreuzweg begann an der Wallfahrtskirche und führte durch ein Waldstück zum Gipfel des Berges hoch.

Während wir also von Station zu Station nach oben marschierten, lieferte ich vorlesenderweise in kleinen Häppchen das Begleitwissen dazu.

1. Station: Jesus wird zum Tode verurteilt

»Seit etwa 1600 besteht der Zyklus eines Kreuzweges aus vierzehn bebilderten Stationen, die den Weg Jesu Christi auf der Via Dolorosa in Jerusalem von der Verurteilung des Pontius Pilatus bis zu seiner Kreuzigung und Grablegung nachzeichnen.«

2. Station: Jesus nimmt das Kreuz auf seine Schultern

»Der 1710 errichtete Kapellenkreuzweg auf dem Kreuzberg ist einer der ältesten in Deutschland.«

3. Station: Jesus fällt zum ersten Mal unter dem Kreuz

»Jede Station dieses Kreuzweges besteht aus einer kleinen Kapelle in Form eines Stationshäuschens mit einem Sandsteinrelief, das das entsprechende Kreuzwegereignis darstellt.«

4. Station: Jesus begegnet seiner Mutter

»Die Kreuzwegstationen liegen unterschiedlich weit voneinander entfernt. Die Entfernungen entsprechen denen des originalen Kreuzwegs in Jerusalem.«

5. Station: Simon von Cyrene hilft Jesus das Kreuz tragen

»Die Zahl der Schritte zwischen den einzelnen Stationen entspricht der Zahl der Schritte, die Jesus in Jerusalem zwischen den einzelnen Stationen zurücklegte.«

6. Station: Veronika reicht Jesus das Schweißtuch

»Um den Kreuzweg auf dem Kreuzberg zurückzulegen, muss man genauso viele Schritte tun wie auf dem Kreuzweg in Jerusalem, nämlich genau tausenddreihunderteinundsechzig.«

7. Station: Jesus fällt zum zweiten Mal unter dem Kreuz

»Mit der Nachahmung des Jerusalemer Kreuzweges sollte den Menschen hier in der Region, die Jerusalem nie bereisen konnten, die Möglichkeit gegeben werden, den überlieferten Leidensweg Jesu nachzuerleben.«

8. Station: Jesus begegnet den weinenden Frauen

»An den einzelnen Stationen sollte der Gläubige beten, meditieren und des Leidens und Sterbens Jesu Christi gedenken.«

9. Station: Jesus fällt zum dritten Mal unter dem Kreuz

»Der Kreuzberger Kreuzweg wird stark frequentiert: Jedes Jahr gibt es siebzig Fußwallfahrten mit hunderttausend Pilgern, insgesamt besuchen den Kreuzberg jährlich etwa sechshunderttausend Menschen.«

10. Station: Jesus wird seiner Kleider beraubt

»Neben den Fußwallfahrten gibt es auch Fahrrad-, Motorrad- und Traktor-Wallfahrten zum Kreuzberg.«

11. Station: Jesus wird an das Kreuz genagelt

»Das Ziel aller Wallfahrer und das absolute Wahrzeichen des Kreuzbergs ist die monumentale Kreuzigungsgruppe mit den drei Golgatha-Kreuzen auf dem Gipfel, die die zwölfte Station des Kreuzweges darstellt.«

12. Station: Jesus stirbt am Kreuz

Und dann standen wir an diesem Wahrzeichen: der Golgatha-Gruppe.

Auf einem gemauerten, über Treppen zugänglichen Plateau erhoben sich drei überdimensionale Kreuze. Das mittlere, an dem eine Jesus-Figur hing, überragte dabei noch die beiden anderen, die Darstellungen der beiden Verbrecher trugen, die nach den Evangelien zusammen mit Jesus gekreuzigt worden waren.

Ich war beeindruckt von diesem Monument.

Sandra, die neben mir stand, offenbar auch.

Ich versuchte, meine Gefühle in Worte zu fassen.

»Also, ich finde, diese Kreuzigungsgruppe hat eine Suggestionskraft, der man sich schwer entziehen kann. Ich schätze, das liegt daran, dass hier alles so nahe am Original dran ist, wie es nur geht: Die Kreuze stehen in freier Natur und auf einem Berg, so wie auf Golgatha auch. Und die Größe der Figuren und der Kreuze ist auch lebensecht. Wenn man nicht genau wüsste, in welcher Zeit und an welchem Ort man lebt, könnte man denken, man befindet sich im Jerusalem des Jahres 30 und wird gerade Zeuge der Kreuzigung von Jesus Christus.«

Sandra seufzte. Die Wanderung an der frischen Luft hatte ihr den kleinen Schwips, den sie hatte, wieder ausgetrieben.

»Das hast du wunderschön ausgedrückt, Philipp. Genauso empfinde ich es auch. Es wirkt hier oben alles so real, so authentisch. Man hat wirklich fast den Eindruck, als hingen hier echte Menschen am Kreuz. Das ist fast schon ein bisschen gruselig.«

Sandra stand nun ganz nah bei mir, so nah, dass sie mich berührte. Ich hatte fast das Gefühl, dass sie sich dezent an mich kuschelte.

Ihr Tonfall wurde noch eine Spur ernster.

»Und wenn man dann auch noch weiß, welche bisher unbekannte Geschichte sich hinter dieser Kreuzigung verbirgt ... und dass bald nach zweitausend Jahren endlich enthüllt wird, was damals auf Golgatha wirklich geschah ... dann bekommt man echt Gänsehaut!«

Ich sah sie an.

»Jetzt machst du mich aber neugierig. Was geschah denn wirklich auf Golgatha?«

Sie warf einen Blick um sich. Wir waren nicht allein an der Kreuzigungsgruppe, es trieben sich, wie wahrscheinlich immer, zahlreiche Touristen auf dem Plateau und um die Kreuze herum.

Ihre Stimme wurde leiser.

»Das kann ich dir hier nicht sagen, Philipp. Hier gibt es zu viele fremde Ohren.«

Ich nickte verständnisvoll.

»Aber vielleicht kannst du es mir sagen, wenn wir wieder unter uns sind – unter vier Ohren?«

»Ja, das wäre eine Möglichkeit.«

Sie lächelte vielversprechend ...

Nachdem wir registriert hatten, dass Emil und Erna – die ebenfalls auffallend eng zusammenstanden – offenbar auch keinen Bedarf hatten, noch länger hier zu verweilen, machten wir uns daran, den Kreuzweg zu vollenden, und steuerten die beiden noch verbleibenden Stationen an.

13. Station: Jesus wird vom Kreuz abgenommen und in den Schoß seiner Mutter gelegt

»Von der Kreuzigungsgruppe führt eine lange Treppenanlage mit zweihundertsechsundneunzig Stufen vom Gipfel hinunter zum Klosterareal. An dieser Treppe liegen auch die letzten beiden Stationen des Kreuzweges.«

14. Station: Der heilige Leichnam Jesu wird in das Grab gelegt

»Die letzte Station markiert eine Grabkapelle, die wie die Kreuzigungsgruppe wesentlich größer ist als die anderen Stationskapellen. In einer offenen Nische der Grabkapelle befindet sich eine liegende Statue, die den toten Jesus im Grab darstellt.«

Unten angekommen, blieben wir stehen.

Ich wandte mich Sandra zu.

»Wie hat dir denn unsere kleine Kreuzwegtour gefallen?«

Sie lächelte selig.

»Sehr gut, das ist der schönste Kreuzweg, den ich jemals gesehen habe. Und dass du uns Erläuterungen dazu vorgelesen hast, war sehr aufmerksam und charmant, Philipp!«

Ich legte die Stirn in Falten.

»Ein Kreuzweg gefällt dir, obwohl du angeblich weißt, dass alles ganz anders war?«

Sie dachte kurz nach.

»Das kann man so nicht sagen. Die Kreuzwegstationen stimmen im Prinzip schon. Es ist nur so, dass sie nicht die ganze Wahrheit abbilden, sie stellen nur die augenscheinlichen Ereignisse dar, aber nicht das, was dahintersteckt, und nicht das, was sich in Wirklichkeit ereignet hat. Der traditionelle Kreuzweg ist unvollständig, und so, wie sie in den Evangelien beschrieben wird, ist die gesamte Passion falsch. Vor allem das, was nach der Passion passiert sein soll, hat sich völlig anders zugetragen. Wir von Ecce Homo kennen jetzt die ganze sensationelle Wahrheit – und haben die Beweise dafür.«

»Diese sensationelle Wahrheit wolltest du mir eventuell unter vier Ohren mitteilen.«

»Könnte ich eventuell machen.«

»Dazu müsstest du jetzt mit auf mein Zimmer kommen.«

»Du meinst, auf euer Zimmer.«

Ich schüttelte den Kopf.

»Emil und ich haben getrennte Zimmer. Ich habe meines nur für mich. Wir wären völlig ungestört.«

Sie grinste – lüstern, wie ich zu erkennen glaubte …

»Gut, dann lass uns auf dein Zimmer gehen.«

Ich sah mich um.

Emil und Erna waren ebenfalls stehen geblieben und in ein Gespräch vertieft.

Als Emil kurz zu mir hersah, hob ich nur kurz den Daumen nach oben. Er zwinkerte als Zeichen, dass er verstanden hatte.

»Okay, gehen wir.«

Wir schlenderten zum Antoniusbau, in dem sich mein Zimmer befand.

Sandra hatte etwas auf dem Herzen.

»Aber wie erklärst du das deinem Mann, dass du eine Frau mit auf dein Zimmer nimmst?«

Ich dachte kurz nach und kam zu dem Schluss, dass jetzt der perfekte Zeitpunkt für die große Aufklärung war.

Ich legte ihr meine Hand auf die Schulter.

»Du musst jetzt ganz stark sein, Sandra. Emil ist gar nicht mein Mann. Wir sind überhaupt nicht verheiratet. Und wir sind auch kein bisschen schwul.«

Der von mir erwartete große Überraschungseffekt blieb komplett aus. Sandra nickte nur wissend.

»Dann hatte Erna recht!«

»Womit?«

»Sie hat gleich gesagt, dass ihr nicht schwul seid. Dass das nur eine Masche ist, um uns rumzukriegen!«

Ich verfluchte Emil. Von wegen Lebenserfahrung. Seine tolle Taktik war anscheinend so durchsichtig wie ein Fensterglas.

»Und? Findest du das schlimm?«

»Na ja, als Abschlepptrick finde ich es schon etwas zweifelhaft. Aber dass du nicht schwul bist, Philipp – das finde ich sehr gut!«

Sandra hakte sich bei mir ein.

Ich leistete innerlich Abbitte bei Emil. So schlecht war die Taktik dann wohl doch nicht gewesen.

Wir betraten den Antoniusbau.

Mein Zimmer lag im ersten Stock.

Wir gingen nach oben.

Als ich mein Zimmer aufsperrte, lief Professor Rainer Maria Spatzinger an uns vorbei.

Er schien sich von seinem kleinen Zusammenbruch am Ende seines Vortrags körperlich recht gut erholt zu haben, denn sein Gang war sicher und beschwingt.

Auch geistig schien er wieder auf der Höhe, erkannte uns offenkundig als Seminarteilnehmer, grüßte Sandra als Vortragskollegin sogar mit Namen.

Die Begegnung mit Spatzinger war allerdings das kleinere Übel auf dem Weg zu meinem Zimmer.

Denn der Weg dorthin, das Treppenhaus und der Gang, war regelrecht gespickt mit Kruzifixen, Madonnenbildern und Heiligenstatuen, und das Zimmer war klösterlich eingerichtet, ohne jeden Komfort und ohne jede Sinnlichkeit, asketisch und spartanisch.

Wahrscheinlich beides Maßnahmen, um die Gäste von unsittlichen Handlungen auf den Zimmern abzuschrecken und abzuhalten.

In unserem Fall hatte es aber nicht funktioniert – ganz im Gegenteil …

Kaum hatte ich die Tür meiner Zelle geschlossen, fielen Sandra und ich uns in die Arme und küssten uns wild und lange und gierig, um uns anschließend wie von Sinnen die Kleider vom Leib zu reißen und uns ins Bett zu stürzen.

Und trotz – oder vielleicht gerade wegen – der himmlischen Atmosphäre hatten wir höllisch geilen Sex und vögelten uns die frommen Seelen aus unseren sündigen Körpern.

8 Bär stottert

Ich war gespannt, ob Philipp mit meiner Schwulentheorie was anfangen konnte.

Jedenfalls führte er sich auf, wie ich ihn noch nie erlebt hatte:
zivilisiert,
gebildet.
Zeigte:
Manieren.
Respekt.
Versprühte:
fränkischen Charme ...
Ich kam mir vor wie ein Allgäuer Dorfdepp.
Fragte Erna: »Darf ich dich heimbegleiten?«
»Nach Moosburg?«
»Nein, auf dein Zimmer.«
Sie zögerte einen Augenblick.
»Warum itta?«
Begeisterung klingt anders.
Ich sagte: »Ich besorg nur noch ein Betthupferle.«
Ich kehrte zurück.
Sagte zu ihr: »A Fläschle Schampus.«
Bot ihr meinen Arm an.
Sie hängte sich ein.
Ich summte:

»Schnucki, ach Schnucki,
foahr'ma nach Kentucky!
In der Bar Ould Shetterhend,
da spielt a Indianerbend!
Dann in die Pampas
auf a Flaschen Schampas.
Um halber achte geht der Zug!
Ich hab gesprochen! Hough!«

Sie lachte, sang verhalten mit:

»Schnucki, ach Schnucki,
foahr'ma nach Kentucky! …«

Wir waren an ihrer Zimmertür angekommen.

Sie schaute sich um.

Nach wem oder was?

Nach Professor Dr. Spatzinger, der gerade vorbeiging und uns beide freundlich grüßte?

Sperrte auf.

Ich huschte mit hinein.

Sie sperrte ab. Drehte den Schlüssel zweimal um. Dreimal ging nicht.

Ich ließ mich in einen Sessel fallen.

Fummelte den Schampus auf.

Wollte den Korken knallen lassen.

Sie stand da, war gerade dran, ihr Dirndl aufzuknöpfen, zögerte.

Sagte: »Zieh dich aus!«

Ich stotterte: »Wer, ich?«

»Ist vielleicht sonst noch jemand hier?«

Irgendwie war der Spaß raus aus ihrer Stimme.

Ihre Augen, vor dreißig Minuten noch wie die eines scheuen Rehs, waren auf einmal die von einer wilden Tigerin.

Ich stellte meinen Schampus auf den Couchtisch.

»Ausziehen?«

»Ja.«

»Ganz?«

»Ja, ganz.«

»Aber … aber ich bin doch gebunden. Der Philipp …«

»Hör auf mit dem Scheiß. Ihr beiden und schwul? Den Trick kenn ich auch. Wenn ihr zwei schwul seid, dann bin ich …«

Sie verriet mir nicht, was sie dann wäre.

Klärte mich auf: »Ich hab nämlich einen Sohn. Der ist

schwul. Und der ist seit einem Vierteljahr zusammen mit seinem neuen Freud. Und der und sein Neuer, da sieht man, dass die schwul sind, ein Liebespaar. Bei euch sieht ein Blinder mit Krückstock, dass ihr nicht schwul seid. Also ... zieh dich aus.«

»Aber ...«

»Kannst dich ja dann wieder anziehen!«

»Aber ... ich kapier das alles nicht.«

»Tu, was ich sag, ich erklär's dir später.«

Ich entkleidete mich.

Langsam.

Sie schaute zu.

War sie pervers?

»Die Unterhose auch?«

Sie nickte.

Ich stieg aus meiner Unterhose.

Genierte mich für mein geschrumpftes Gemächt.

Sie interessierte sich nicht dafür.

Sie durchwühlte meine Hosentaschen, meine Jackentaschen und ja, auch die Unterhose.

Sie atmete auf.

»Kannst dich wieder anziehen ... und den Schampus köpfen. Ich mach mir's derweil bequem.«

Sie verschwand im Bad.

Erschien nach zwei Minuten wieder.

Ohne Dirndl.

Im Bademantel.

»Ohhh ...«, entfuhr es mir.

Ich fühlte mich wieder sicherer. Angezogen.

Sie lächelte kurz.

Ich schenkte Schampus in zwei Zahnputzgläser.

»Prost!«

»Prost!«

Sie nahm einen tiefen Schluck, atmete durch, sagte: »Tut mir leid wegen dem Theater. Aber sicher ist sicher.«

»Trägt es zu deiner Sicherheit bei, wenn du mich nackert siehst?«

»Du schaust nicht schlecht aus für dein Alter, bist noch gut in Form …«

Meine Brust schwoll. Stolz sagte ich: »Regelmäßiges Training!«

»Ich hab sichergehen müssen, dass du keine Knarre oder ein Messer an dir hast.«

»Warum sollt ich …?«

Sie schaute in ihren Schoß.

Als sie aufschaute, hatte sie wieder die Rehaugen und Tränen drin.

»Ich hab Angst!«

»Vor wem?«

»Wois i itta. Die Sandra und ich kriegen in letzter Zeit seltsame Mails, SMS. Besonders nach unseren Vorträgen.«

»Shitstorm? Ist doch ganz normal. Wenn man in Sachen Religion unterwegs ist, hat man schnell Scharen von Irren um sich. Das zieht die an wie die Scheiße Fliegen.«

»Das kenn ich. Aber es ist nicht nur der Shitstorm. Es ist schlimmer!«

»Schlimmer?«

»Morddrohungen. Wenn wir unser Maul nicht halten, bringen sie uns um.«

»Wer sind ›sie‹?«

»Keine Ahnung. Deshalb bin ich ja so übervorsichtig … manchmal paranoid.«

»Paranoid wird man, wenn man Angst hat. Aber mit dem Philipp und mir, da ist doch kein Grund …«

»Na ja, mit deiner Schwulengeschichte, da bin ich gleich misstrauisch geworden und …«

»Und was?«

»Und du bist aus Tal am See.«

»Ist das verdächtig?«

Sie wich meinem Blick aus.

»Tal am See. Wo denn genau?«

»Ich wohn auf der Biselalm!«

Ihr Zahnputzglas zerschellte auf dem Fußboden.

Ihre Hände zitterten, sie schnappte nach Luft.

Ich gab ihr mein Glas, sagte: »Trink!«

Sie trank.

»Was ist denn verkehrt an der Biselalm?«

»Kennst du die Geschichte von der Biselalm?«

»Im Groben ja. Die hat früher einem Bauern gehört. Der ist inzwischen gestorben, und die Wohnungen haben Städter aus Augsburg gekauft und renoviert.«

»Ist das alles?«

»Ich weiß bloß, dass der alte Bauer sich mit seinem Sohn überworfen hat. Der wollte nämlich aus der Alm ein Kloster machen. Der Alte war dagegen. Der Sohn ist dann einfach weg. Auf und davon.«

»Wohin?«

»Nach Indien. Aber was gwieß weiß ich auch net. Er ist da in eine Art Kloster gegangen, so ein Aschram-Dingsda.«

Sie war immer blasser geworden.

Ich wurde ungeduldig.

»Jetzt raus mit der Sprach: Was macht dir denn so eine Heidenangst?«

»Ich kann dir nur so viel sagen: Die Sandra und ich haben handfeste Beweise, dass das mit der Auferstehung Jesu nur ein Fake war. Wir sind ganz nah dran.«

»Und die katholische Kirche ist dann ganz nah am Abgrund.«

»Ja. Und deshalb … deshalb hab ich Angst, dass sie uns …«

»Und was hat das alles mit meiner Biselalm zu tun?«

»Dort liegt ein Beweis.«

»Auf meiner Alm?«

»Ja. Höchstwahrscheinlich. Und drum hab ich denkt: Tal am See … Biselalm … Beweis … und du, ob du hinter mir her bist.«

Sie zitterte am ganzen Leib.

Griff nach einem Notizzettel, kritzelte was drauf. Ich sagte: »Was machst denn da ... eine Einkaufsliste?«

Sie lachte nicht.

Gab mir den Zettel mit großen Angstaugen und fahrigen Fingern.

»Da sind Namen und Adressen ... falls mir was zustößt.«

Ich steckte den Zettel in meine Hosentasche, sagte: »Du gehörst ins Bett.«

Ich schlug die Bettdecke zurück, schob die Erna drunter, deckte sie zu, sagte: »Du brauchst Schlaf. Morgen früh schaut alles ganz anders aus.«

Sie nickte wie ein kleines Mädchen.

»Aber ich hab Angst!«

»Ich bleib bei dir, bis du eingeschlafen bist. Ich hock mich in den Sessel und beruhig mich mit Schampus. Und morgen früh, da treffen wir uns bei Sonnenaufgang auf Golgatha. Da oben bei den drei Kreuzen. Und schauen der Sonne beim Aufgehen zu. Morgenstund hat Gold im Mund!«

»Bleib. Bitte!«

»Ich bleib.«

Ich blieb.

Nach einer Viertelstunde hörte ich sie leise schnarchen.

Nach einer Stunde weckte ich sie auf, damit sie hinter mir abschließen konnte, schaute, ob das Fenster geschlossen war, ging mit einem »Bis morgen früh!« aus dem Zimmer.

Zweimal drehte sich der Schlüssel hinter mir.

9 Marlein und das reale Golgatha

Am nächsten Morgen wachte ich zwar allein auf, aber es fühlte sich an, als läge Sandra noch neben mir.

Wir hatten uns auf alle erdenklichen Arten geliebt – manuell, oral, genital –, und ich konnte ihren Körper immer noch riechen und schmecken – auf meinem Kissen, auf meinem Laken, auf meiner Haut, an meinen Fingern, in meinem Mund …

Als wir irgendwann – nach ein, zwei, drei Stunden? – voneinander abließen, hatte sich Sandra aus meinem Bett gewunden, hatte sich ihre Klamotten angezogen und mir mitgeteilt, dass sie den restlichen Teil der Nacht – den mit der Aktivität »Schlafen« – in ihrem eigenen Bett verbringen wolle.

Zur versprochenen Enthüllung der Geschehnisse auf Golgatha waren wir dann leider nicht mehr gekommen.

Aber wenigstens hatte sie mir, bevor sie mein Zimmer verließ, noch ein paar andere Dinge enthüllt: dass sie aktuell solo sei (Erna übrigens auch) und sich gut vorstellen könne, dass wir uns wiedertrafen; dann könne man ja sehen, wie sich das mit uns weiterentwickeln würde.

Sie hatte mir ihre Adresse in Heroldsbach gegeben, ich solle sie dort doch mal besuchen.

Ich hatte mir sicherheitshalber auch die Adresse von Erna nennen lassen – ich war mir sicher, dass Emil scharf auf die Allgäuerin war, hatte aber Zweifel, ob er es schaffen würde, an ihre Kontaktdaten zu gelangen.

Apropos Emil …

Während ich noch in den Erinnerungen an die Liebesstunden mit Sandra schwelgte, klopfte es an der Tür.

Ich sprang auf in der Hoffnung, Sandra würde vielleicht zur Morgengymnastik vorbeikommen, doch stattdessen stand Emil vor der Tür.

Meine Enttäuschung war mir vermutlich anzusehen.

Ihm fiel jedoch was anderes auf, als er mich musterte.

»Guten Morgen, Philipp! Hattest wohl eine heiße Nacht?«

Ich hatte keinen Bock, erotische Geschichten zu erzählen, an denen er sich aufgeilen konnte.

»Was willst du, Emil? Fürs Frühstück ist es noch zu früh!«

»Das weiß ich. Wir müssen vorher zusammen zum Berg hochgehen.«

»Wieso das denn?«

»Wir treffen uns dort. Zum Meditieren. Habe ich mit Erna ausgemacht.«

»Meinetwegen. Aber was soll ich dabei, wenn ihr euch da trefft?«

»Deine Sandra ist sicher auch dort. Die zwei machen doch alles zusammen!«

Und damit hatte er mich.

Widerstrebend absolvierte ich das Morgenpflegekurzprogramm, zog mich an und machte mich zusammen mit Emil auf den Weg zur Golgatha-Kreuzigungsgruppe.

Doch als wir darauf zusteuerten, merkten wir schon, dass irgendetwas nicht stimmte.

An der Straße am Fuße der Treppe, die zur Kreuzigungsgruppe hochführte, standen jede Menge Polizeiautos und Sanitätswagen.

Emil und ich sahen uns an, sagten aber nichts.

Wir scheuten uns, das ungute Gefühl, das wir beide hatten, in Worte zu kleiden.

Also stiegen wir wortlos die Treppe hoch.

Als wir fast oben bei den Golgatha-Kreuzen angekommen waren, versperrte uns ein Polizeibeamter den Weg.

»Was wollen Sie hier?«

Emil war schlagfertiger als ich.

»Wir sind Pilger. Wir wollen unser Frühgebet sprechen. Unter dem Golgatha-Kreuz.«

Der Polizist schüttelte den Kopf.

»Sie können da jetzt nicht hin. Gehen Sie bitte wieder zurück.«

Hinter ihm war ein Gewusel von Mönchen, Polizisten und Rettungssanitätern.

Ich versuchte, ein Zittern in meiner Stimme zu unterdrücken.

»Was ist denn passiert?«

»Es hat hier zwei Morde gegeben.« Der Polizist schaffte es

nicht, das Zittern in seiner Stimme zu unterdrücken. »Zwei Ritualmorde. Und jetzt gehen Sie bitte sofort wieder nach unten.«

Ich versuchte, an ihm vorbeizusehen und etwas zu erkennen.

Und dann, plötzlich, erkannte ich es, denn es war eigentlich unverkennbar.

Man sah es nur nicht gleich, weil man es an dieser Stelle nicht vermutete.

Nachdem ich es gesehen hatte, drehte ich mich zur Seite und kotzte neben die Treppe ins Gras.

Die Golgatha-Kreuzigungsgruppe war nämlich nicht mehr so wie noch am Tag zuvor.

Da hatte ich noch davon gesprochen, dass diese Golgatha-Nachbildung ziemlich echt *wirkte*.

Jetzt jedoch war Golgatha in gewisser Weise tatsächlich real geworden.

Am zentralen Jesus-Kreuz war nichts verändert worden.

Aber an den beiden Kreuzen rechts und links daneben.

An ihnen hingen nun nicht nur die beiden Verbrecherstatuen, sondern auf den Statuen zwei nackte, blutüberströmte, aufs Übelste zugerichtete menschliche Körper.

Irgendwelche Irren hatten hier zwei echte Menschen gekreuzigt!

Und diese beiden Menschen waren Erna und Sandra.

10 Bär zittert

Ich kniete.

Nicht zum Beten.

Nicht vorm Kruzifix.

Vor der Kloschüssel.

Kotzen.

Es kam nichts mehr.
Ich kotzte trotzdem weiter.
Philipps Stimme drang durch mein Gewürge.
»Alles in Ordnung?«
»Saudumme Frage!«
Sie half trotzdem.
Ich stand auf, mit butterweichen Knien, maulte: »So eine blöde Frage kann nur ein Franke stellen.«
Ich ließ mich in den Sessel fallen.
Philipp und ich hatten uns nach der grausigen Entdeckung auf dem Kreuzberg-Gipfel in mein Zimmer geflüchtet.
Und erst einmal eine Runde geheult wie zwei kleine Buben.
Jetzt versuchten wir krampfhaft, das Ganze irgendwie zu verarbeiten.
Oder überhaupt erst einsickern zu lassen.
»Philipp, sag, dass das nur ein Alptraum ist. Dass ich gleich aufwach … Oder eine Vision, die ich hatte, vielleicht spinn ich.«
»Ich hatte die gleiche Vision …«
»Ich hab schon viel gesehen … im Krankenhaus … Notaufnahme … eingeschlagene Nasen, aufgeschlitzte Pulsadern, tot geborene Säuglinge, abgerissene Arme, raushängende Därme … und auf Intensiv … aufgedunsene Leiber, in jeder Öffnung einen Schlauch … Aber so was …«
Ich konnte nicht mehr weiterreden.
Meine Zähne klapperten.
Ich griff nach meiner Zigarettenschachtel, wollte mir eine anzünden.
Ging nicht.
Meine Finger zitterten.
Philipp ging wortlos ins Bad, kam mit einem Glas zurück.
Setzte es mir an die Lippen, meine Zähne schlugen dagegen, er kippte es mir rein, die halbe Ladung daneben.
»Bähhh … Wasser … du weißt, dass ich kein Wasser vertrage.«

»Das ist jetzt egal. Schau, wird schon besser!«

»Leck mich!«

Er setzte sich in den zweiten Sessel, sagte: »Wir müssen einen klaren Kopf behalten. Hast du irgendeine Idee oder einen Hinweis, warum jemand die beiden umbringen wollte?«

»Ha, umbringen? Abschlachten und kreuzigen.«

»Vielleicht ist ein Irrenhaus in der Nähe, und da sind ein paar perverse Triebtäter ausgebrochen …«

»Da braucht's kein Irrenhaus. Die wirklich Verrückten laufen frei rum.«

»Oder ihre Hinrichtung hat etwas mit diesem komischen Ecce-Homo-Geheimbund zu tun, von dem die beiden erzählt haben. Und mit dieser geheimen sensationellen Enthüllung, die bald kommen soll.«

»Klingt logisch. Sie ham ja auch erzählt, dass diese Enthüllung bei einem Großereignis passieren soll, die mit der Kreuzigung Christi zu tun hat.«

»Und jetzt sind sie selbst gekreuzigt worden.«

»Weil jemand verhindern wollte, dass die sensationelle Enthüllung stattfindet.«

»Schade, dass sie uns nicht mehr darüber erzählen konnten.«

Wir schwiegen.

Bis Philipp sagte: »Es geht mich ja nichts an, was ihr heut Nacht getrieben habt. Aber vielleicht habt ihr auch zwischendurch was geredet … oder die Erna hat was erzählt …«

Ich sagte: »Komisch war sie schon. Sie hat verlangt, dass ich mich nackert ausziehe.«

»Das ist nicht außergewöhnlich, wenn man Sex hat.«

»Aber sie wollte keinen Sex …«

»Was dann?«

»Sie wollte schauen, ob ich eine Waffe versteckt habe, Messer, Knarre …«

»Warum?«

»Sie war misstrauisch. Wegen der Schwulengeschichte.«

»Ich hab dir gleich gesagt, dass die idiotisch ist.«

»Sie hat Erfahrungen mit schwul, ihr eigener Sohn ist schwul, und sie hat sofort gemerkt, dass wir – du und ich – nur so tun, als ob.«

»Und das hat sie misstrauisch gemacht?«

»Ja, und was schlimmer war: dass ich in Tal am See wohne.«

»Das ist auch noch kein Verbrechen, höchstens eine Dummheit.«

Ich überhörte das mit der Dummheit, sagte: »Wie sie dann erfahren hat, dass ich auf der Biselalm wohne, ist ihr fast die Sicherung durchgebrannt.«

»Auch das ist nicht strafbar, höchstens stinklangweilig.«

»Jetzt horch: Sie weiß, dass auf der Biselalm was versteckt ist … was beweist, oder mit beweist –«

Elektrisiert fiel mir Philipp ins Wort: »Dass das mit der Auferstehung von Jesus ein Fake war?«

»Ja. Und sie dachte, ich bin hinter ihr her … Sie hat gesagt, sie hat in letzter Zeit Morddrohungen gekriegt. Sie hat unheimlich Schiss gehabt.«

»Und du bist wohl die ganze Zeit da nackert rumgestanden? Hättst dich leicht erkälten können.«

»Ich hab sie von meiner Unschuld überzeugt.«

»Und dann?«

»Dann durfte ich mich wieder anziehen.«

»Und dann?«

»Hat sie sich ausgezogen. Im Bad. Kam im Bademantel raus. Und bevor du wieder ›und dann‹ fragst, sag ich's dir gleich selbst: Sie ist ins Bett, und ich bin wie ihr Opa an ihrer Seite gehockt und hab sie in den Schlaf gesungen.«

»Ich dachte, du kannst nicht singen.«

»Das war metaphorisch gemeint. Nach einer Stunde hat sie sich beruhigt, ich hab die Fenster zugemacht und bin gegangen. Sie hat die Tür von innen zugesperrt. Zweimal. Wir wollten uns zum Morgengrauen … da oben treffen …«

Philipp sagte: »Ja, es war ein Morgen voller Grauen …«

Er schaute ins Leere, ich schaute ins Leere, sah wieder die beiden Frauen an den beiden Kreuzen hängen … übel zugerichtet … Mein Magen hob sich, das Zittern packte mich wieder …

Philipp griff nach dem Zahnputzglas.

Ich schüttelte den Kopf.

Er verstand, sagte: »Du brauchst Schnaps. Hast was da?«

»Nein. Schon alles aufgebraucht.«

»Dann geh ich mal runter in die Wirtschaft und hol Nachschub.«

Mir verschlug es die Sprache.

So gerührt war ich.

Bevor mir die Tränen kamen, war er schon draußen, mein Blutsbruder … auf Notfallseelsorge.

11 Marlein und das verräterische Verhör

Ich ging zu dem Ausschank, an dem ich am Vortag die Getränke für Emil und mich besorgt hatte, doch der war um diese Uhrzeit noch verwaist.

Also ging ich ein Stückchen weiter in das »Bierstüberl«, in der Hoffnung, dort Stoff für Emil zu bekommen. Wo Bier draufstand, sollte auch Schnaps nicht weit sein.

Das »Bierstüberl« war voller Menschen, aber keiner schenkte mir Beachtung, als ich es betrat.

Die Menschen waren von der gleichen Gattung wie zuvor auf dem Berg, hauptsächlich Polizisten und Mönche. Sie standen um einen Tisch in der Mitte des Raumes herum, an dem zwei Personen saßen.

Ich zog mich gleich wieder zurück, doch irgendeiner Intuition folgend schloss ich die Tür nicht ganz, sondern ließ sie einen kleinen Spalt offen und lauschte der Unterhaltung, die die beiden Personen an dem Tisch führten.

Die eine Person – soweit ich das gesehen hatte, ein Polizeibeamter – fragte gerade: »Und Sie sind sich ganz sicher, dass Sie die beiden ermordeten Frauen gesehen haben, wie sie am Abend auf ihre Zimmer gingen?«

Die zweite Person – sie hatte mir den Rücken zugedreht, aber als sie zu sprechen begann, konnte ich sie an der Stimme als Professor Spatzinger identifizieren – antwortete: »Ja, ich bin zufällig beiden begegnet, sowohl Frau Kalb als auch Frau Danner. Sie waren beide in männlicher Begleitung.«

»Und diese beiden männlichen Begleitpersonen, haben Sie die auch erkannt?«

»Ja, beide Herren sind Teilnehmer des Seminars, bei dem ich als Dozent mitwirke.«

»Wissen Sie die Namen der beiden Herren?«

»Nein, auf Anhieb nicht. Aber wenn man mir eine Liste der Seminarteilnehmer gibt, kann ich sie sicher zuordnen.«

»Gut, dann besorgen wir jetzt eine solche Liste, und sobald Sie diese Begleiter identifiziert haben, nehmen wir die beiden Männer als dringend Tatverdächtige fest. Ich denke, wir haben diesen perversen Doppelmord sehr schnell aufgeklärt.«

Ich zog die Tür leise zu – was ein extrem schwieriger Kraftakt war, denn nach dem, was ich da gerade gehört hatte, schlug mir das Herz bis zum Hals, und meine Hände zitterten wie die eines parkinsonkranken Hundertjährigen.

Ich schlich mich so schnell wie möglich, aber so langsam wie nötig – um kein Aufsehen zu erregen – zurück in Emils Zimmer.

Emil war angesichts meiner leeren Hände enttäuscht.

»Sag bloß, du hast keinen Schnaps bekommen.«

Ich flüsterte fast, unsinnigerweise.

»Nein, aber etwas viel Hochprozentigeres. Etwas, das dich mehr umhauen wird als jeder Fusel.«

Ich erzählte ihm in aller Kürze von dem verräterischen Verhör.

Emil war geschockt.

»Die glauben … doch nicht im Ernst … dass wir beide …?«
Ich verzog das Gesicht.

»Doch, das glauben die. Und das Dumme daran: Wir haben nichts, rein gar nichts, was uns entlasten könnte. Und die Bullen haben die Aussage eines Professor Dr. Spatzinger.«

Emil fluchte gotteslästerlich.

»Dieses Spatzenhirn … dieser verfickte Hurensohn … erst den letzten theologischen Scheißdreck verzapfen … und jetzt zwei völlig Unschuldige in die Scheiße reiten … Wie kommen wir aus der Nummer wieder raus?«

»Indem wir abhauen.«

Emil sah mich mit großen Kulleraugen an.

»Wir sollen … *flüchten*?«

»Nicht flüchten – abreisen. Und zwar sofort. Das ist unsere einzige Chance. Noch haben sie uns nicht am Schlafittchen, noch kennen sie unsere Namen nicht, aber das wird nicht mehr lange dauern, und dann kassieren sie uns ein. Doch zuvor reisen wir ab, überstürzt und spontan. Kein Wunder, der Schock, die Trauer, schließlich haben wir beide gerade unsere Liebe auf den ersten Blick durch eine bestialische Mordtat verloren. Wir müssen weg von diesem Ort des Grauens, wir brauchen Abstand, Zeit für uns allein, wir müssen untertauchen, um unsere Trauerarbeit zu absolvieren.«

»Ich kenne mich aus mit Trauerarbeit. Hab ich oft genug mit begleitet im Krankenhaus. Wollen wir die Aufarbeitung gemeinsam machen?«

»Nein, du Idiot. Wir haben Besseres zu tun, als uns mit Trauerarbeit zu beschäftigen!«

»So? Mit was denn!«

»Mit Aufklärungsarbeit! Wir müssen die Morde an Erna und Sandra selbst aufklären, und zwar so schnell wie möglich. Wir müssen ihre Mörder selbst finden, um uns vom Verdacht reinzuwaschen, wir hätten sie ermordet. Wenn wir Glück haben, finden wir die Mörder, bevor die Polizei uns findet. Und wenn nicht, können wir immer noch die Wir-warenso-deprimiert-und-mussten-eine-Auszeit-nehmen-Nummer abziehen.«

»Aber wie zum Teufel sollen wir denn die Mörder finden?«

»Erna und Sandra haben uns doch ein paar geheime Insider-Infos gegeben. Wir müssen einfach ein bisschen rumschnüffeln, dann werden wir schon auf was stoßen. Komm, Emil, wir sind doch die Superhirn-Detektive, die schon ein paarmal das gesamte Christentum vor dem Untergang gerettet haben! Da werden wir es doch schaffen, auch mal unseren eigenen Arsch zu retten!«

Emil zog einen Flunsch. Restloses Überzeugtsein sah anders aus.

»Aber wo sollen wir denn überhaupt damit anfangen?«

»Keine Ahnung, irgendwo.«

Mir fiel etwas ein. Ich kramte den Zettel aus der Hosentasche, auf den Sandra die Adressen geschrieben hatte. Ich riss den Teil ab, auf dem Ernas Adresse stand, und drückte ihn Emil in die Hand.

»Hier hast du die Adresse von Erna Kalb. Fang da an!«

»Die hab ich schon. Sie hat mir heute Nacht auch einen Zettel gegeben, mit ihrer Adresse und noch ein paar anderen. Aber das nützt mir nix mehr, die Erna ist doch tot!«

»Dann kann sie dich wenigstens nicht mehr daran hindern, ihre Wohnung zu durchsuchen.«

Emil war entsetzt.

»Was bist du denn für ein Zyniker? So kenn ich dich gar nicht, Philipp!«

»Mann, Emil, ich bin kein Zyniker, mir geht der Arsch auf Grundeis! In dreißig oder zwanzig oder zehn Minuten stürmt hier ein Sondereinsatzkommando rein, um uns beide als Mordverdächtige festzunehmen, kapier das doch endlich! Wir stecken bis zum Kinn in der Kacke! Also, fahr zurück ins Allgäu, ermittle im Umfeld von Erna Kalb und finde ihre Mörder!«

»Wieso ich? Wieso nicht wir beide? Was machst du?«

»Genau dasselbe – nur im Umfeld und am Wohnort von Sandra. Wir müssen uns trennen, dann haben wir größere Chancen. Wir bleiben in Kontakt und tauschen uns aus über unsere Ermittlungsergebnisse.«

Ich klopfte Emil auf die Schulter und ging zur Tür.

»Also, pack jetzt sofort ganz schnell deine Sachen zusammen, trag sie zu deinem Auto und dann nix wie weg hier!«

12 Bär hechtet

Meine linke Gesichtshälfte zuckte.

Ich dachte, ich hab doch keinen elektrischen Weidezaun ins Gesicht gekriegt.

Wie damals, als ich eine TIA hatte.

Transitorische ischämische Attacke.

Vorstufe zum Schlaganfall.

Schweiß trat mir auf die Stirn.

Ich griff nach meinem Rucksack.

Er fiel mir nicht aus der Hand. Hatte ihn fest im Griff.

Durchatmen.

Keine TIA.

Noch nicht.

Ich warf in den Rucksack:

Flachmann. Auch wenn er leer war. Immerhin war er silbern und aus dem Sigmund-Freud-Museum in Wien.

Waschbeutel.

Handtuch.

Aspirin.

Terminkalender. Mit allen wichtigen Telefonnummern und Daten drin.

Mobiltelefon.

Tempotaschentücher.

Zigaretten.

Halbe Rolle Klopapier.
Die leere Flasche Schampus. Weiß Gott, warum.
Schlüpfte in die Armeejacke mit den vielen Taschen.
Griff an die linke Brusttasche.
Ja, der Geldbeutel war drin, mit Kreditarten, Führerschein, ADAC-Mitgliedsausweis. Rentenausweis. Geldscheinen.
Autoschlüssel? Ja!
Und dann nichts wie weg.
Unauffällig langsam.
Wie ein Pilger auf dem Weg zur Frühmesse.
Runter die paar hundert Meter zum Parkplatz.
Keine Spur von Philipp. War er schon weg?
Ich hockte mich hinters Steuer, drehte den Zündschlüssel, mein alter Golf Diesel stieß eine Rauchwolke aus wie eine Feinstaubfabrik.
Ich legte den ersten Gang ein, legte los.
Bis zur Ausfahrt.
Dann bekam ich gesundheitliche Probleme.
Atemnot. Herzrasen, Schwindel.
Auslöser:
ein Polizist.
Er stand mitten in der Ausfahrt vom Parkplatz.
Andere sperrten das ganze Terrain mit einem gestreiften Polizeiband ab.
Ich hielt an, ließ das Fenster runter, fragte: »Was ist denn los?«
Er sagte: »Sie dürfen hier nicht rausfahren.«
»Warum nicht? Ist Quarantäne?«
Er schaute, als ob ich ihn verarschen wollte.
»Ja, könnte man sagen. Keiner hier darf das Kloster verlassen.«
»Warum nicht?«
»Dazu kann ich mich aus ermittlungstechnischen Gründen nicht äußern.«
»Ist denn was passiert? Ein Unfall?«

»Kann man wohl sagen … Und jetzt fahren S' zurück auf den Parkplatz.«

Er wandte sich ab.

Ich legte den Rückwärtsgang ein.

Wäre fast mit einem Lieferwagen zusammengekracht.

Der Polizist winkte den Lieferwagen durch.

»Wäscherei Reinsauber« stand drauf.

Sauber, dachte ich mir.

Jetzt hock ich in der Falle.

Sollte ich mich zu Fuß auf die Socken machen, quer durchs Dickicht, den Berg runterrennen?

Sollte ich mich ergeben, freiwillig?

Selbstanzeige stellen?

Mich umbringen?

Und wie?

Ich steckte mir eine Gauloises an, zittrig, aber mit Erfolg.

Ich war zwischen Panik und total ruhig.

Wie damals, vor Jahrzehnten, da war ich mal mit meinem Motorrad in eine Kreuzung reingerutscht, Ölspur, sah die Kolonne Autos auf mich zukommen, beobachtete mich von außen oder oben. Wie die Kolonne auf mich zukam und ich ihr entgegenrutschte. Wie in Zeitlupe. Wunderte mich, dass ich keine Angst hatte. Null Angst.

So ähnlich ging es mir jetzt auch.

Zwischen Panik und Am-Arsch-Vorbei. Selbstobservation.

Wie bei Nahtoderlebnissen.

Ich sog den Rauch ein.

»Wäscherei Reinsauber«.

Ich kann mir keine Namen merken, aber der war so blöd, dass ich ihn nicht mehr aus dem Hirn brachte.

Ich ging an den Wirtschaftsgebäuden vorbei, sah nur Polizei und aufgeregte Kuttenträger, ein Sprinter Diesel tuckerte vor sich hin, die Ladetür auf, die Fahrertür auf.

»Metzgerei Rinderfreund« war in Rot auf dem blütenweißen Hintergrund auflackiert. Dazu ein lachendes Rind. *La vache qui rit.* Die Idee hatten sie wohl den Franzosen geklaut.

Ich schaute das lachende Rind an, sagte: »Du armes Schwein!«

In dem Moment spürte ich einen elektrischen Weidezaun in meinem Hirn, einen Blitz.

Geistesblitz.

Ich schlug die Ladetür zu, hechtete auf den Fahrersitz, Handbremse frei, Gang rein, Gas.

Näherte mich so langsam es sein musste der Ausfahrt.

Im Handschuhfach lag eine Sonnenbrille.

Ich setzte sie auf, obwohl noch keine Sonne schien.

Rollte auf den Polizisten zu.

Er trat zur Seite, angelascht, winkte mich durch.

Ich winkte ihm zurück.

Bekreuzigte mich.

Es gibt Situationen, da bricht meine religiöse Ader einfach durch.

13 Marlein und der verwirrte Betbruder

Ich eilte in mein Zimmer, stopfte meine Habseligkeiten in meine Reisetasche und trat auf den Gang.

Ich sah den Rücken von Emil, der zur Treppe eilte.

Immerhin, er hatte sich an meine Anweisung gehalten, hatte nicht herumgetrödelt, sondern sein Zeug zusammengepackt, und war gerade dabei, sich aus dem Staub zu machen.

Perfekt.

Allerdings wäre es nicht gut, wenn wir zusammen die Treppe runterhasten würden. Zu auffällig.

Deshalb ging ich noch mal zurück in mein Zimmer, um zwei Minuten Sicherheitsabstand verstreichen zu lassen und dann ebenfalls abzuhauen.

Was sich als Fehler erweisen sollte.

Denn wie ich so im Zimmer stand, mit nichts anderem beschäftigt als abzuwarten, fiel mein Blick auf das zerwühlte Bett.

Das Bett, in dem ich vor wenigen Stunden wilden Sex mit Sandra Danner gehabt hatte.

Mit Sandra, die kurz darauf grausam hingerichtet worden war.

Meine Gedanken schweiften ab.

Warum musste sie sterben?

Warum lagen extreme Freude und extremes Leid in diesem Fall so nah beieinander?

Würde sie noch leben, wenn ich sie nicht mitten in der Nacht hätte gehen lassen, sondern bis zum Morgen in meinem Bett behalten hätte?

Was wäre aus dieser Begegnung geworden? Wäre es ein One-Night-Stand geblieben, oder hätte sich mehr daraus ergeben, eine Affäre, eine Freundschaft oder gar eine Beziehung?

So brütete ich vor mich hin – vielleicht fünf Minuten, vielleicht zehn Minuten, vielleicht fünfzehn Minuten. Keine Ahnung, ich hatte das Zeitgefühl verloren.

Endlich erwachte ich wie aus einer Trance.

Ich hatte ja Emil verdächtigt, aber tatsächlich war ich derjenige, der jetzt unsinnigerweise herumgetrödelt hatte.

Nun aber nichts wie weg, schnell, sofort, auf der Stelle!

Ich verließ mein Zimmer, ging betont lässig den Gang entlang, die Treppe runter, unten einen weiteren Gang entlang, bis ich wieder zum Bewirtungsbereich kam, zum Ausschank und zum »Bierstüberl«.

Doch jetzt war etwas anders als vorhin beim Stoffholen.

Nun standen dort am Ende des Ganges zwei Polizisten, die sich gerade in einem Gespräch mit einem älteren Pärchen befanden.

Ich ging auf die Gruppe zu, bis ich hören konnte, was der eine Polizist zu den beiden sagte.

»Es tut uns leid, aber es hat einen Unglücksfall gegeben.

Sie dürfen hier nicht weiter. Gehen Sie bitte zurück auf Ihr Zimmer. Wir kommen in Kürze zu Ihnen. Wir müssen Ihre Personalien aufnehmen und Ihnen ein paar Fragen stellen.«

Ich blieb wie angewurzelt stehen.

Und meine betonte Lässigkeit verwandelte sich in aufsteigende Panik.

Scheiße! Das hatte ich nun von meiner Trödelei! Ich kam hier nicht mehr durch!

Hoffentlich hatte es zumindest Emil noch geschafft. Vermutlich, denn sonst hätte er sicher noch mal mein Zimmer aufgesucht.

Aber ich saß nun in der Falle!

Ich überlegte fieberhaft.

Wie konnte ich es noch hier rausschaffen?

Wen würden sie noch rauslassen?

Normale Gäste sicher nicht.

Höchstens Bewohner.

Das war ein Ansatz …

Ich ging den Gang zurück. Mir war beim Durchschreiten schon mehrfach aufgefallen, dass sich in dem Flur eine Tür befand mit der Aufschrift »Kloster – Privatbereich«. Dort war also offenkundig der Zugang zum eigentlichen Kloster, zum Wohnbereich der Mönche.

Ohne lange zu überlegen, drückte ich die Klinke der Tür, die unverschlossen war, und betrat den Klostertrakt.

Er war wie ausgestorben, nirgendwo war eine Mönchsseele zu sehen.

Die Jungs waren sicher alle unterwegs, bei den Polizisten, bei den Leichen, auf dem Kreuzberg, im »Bierstüberl«.

Konnte mir nur recht sein.

Ich ging einen Gang entlang, in dem sich auf beiden Seiten eine Reihe von Türen befand. Vermutlich die Zimmer der Mönche.

Ich betätigte die Klinken, so lange, bis ich eine erwischte, die nachgab.

Ich trat ein.

Niemand dort, zum Glück.

Ich sah mich um. Der Raum war noch kleiner und spartanischer eingerichtet als mein Gästezimmer. Eine echte Mönchszelle also.

Ich steuerte zielsicher auf den Schrank zu, der neben einem Bett, einem Tisch und einem Stuhl das einzige Mobiliar darstellte, öffnete ihn und fand auch sofort das, was ich suchte – eine Mönchskutte.

Ich zog sie mir über. Die Kutte war mir eigentlich viel zu weit und zu kurz. Offenbar hatte ich die Zelle eines kleinen Dickerchens erwischt.

Erinnerungen wurden wach. Ich hatte so ein Kleidungsstück schon einmal getragen – vor sechs Jahren, in Altötting, als Emil Bär und ich uns gerade kennengelernt hatten und zusammen nach den durchgeknallten Anhängerinnen einer mörderischen Mariensekte gesucht hatten. Auch damals hatten wir uns die Ordensgewänder unrechtmäßig angeeignet, sprich: geklaut. In der Sakristei der Basilika.

Damals ging es darum, dass wir nicht erkannt wurden als die, die wir waren.

Genauso wie jetzt.

Doch ich durfte nicht noch einmal Zeit verlieren, indem meine Gedanken abschweiften.

Also schob ich die Erinnerung an vergangene Abenteuer beiseite, um mich wieder darauf zu konzentrieren, mein aktuelles Abenteuer zu bestehen.

Und das war ein echter Alptraum.

Mein Blick fiel auf den Tisch. Darauf lagen die Klassiker, die man in einer Mönchszelle vermutete – eine Bibel und ein Rosenkranz.

Ich steckte den Rosenkranz in eine Seitentasche meiner Kutte, verließ den Raum und den Klostertrakt.

Auf dem Weg zum Ausschank und zum »Bierstüberl« ging eine Tür zu einem weiteren Trakt ab – zur Brauerei.

Kurz entschlossen trat ich ein, um meine Tarnung zu vervollkommnen.

Auch hier herrschte personell gesehen gähnende Leere – im Moment stand angesichts der tragischen Ereignisse auf dem Kreuzberg wohl niemandem der Sinn nach Bierbrauen.

Der weitläufige gekachelte Raum, in dem ich gelandet war, war geprägt von riesigen Edelstahlkesseln und Massen von verschieden großen Bierfässern, die übereinandergestapelt auf Holzpaletten standen.

Ich musste eine Entscheidung treffen – und ich traf sie.

Ich kramte die allerwichtigsten Dinge wie Papiere und Schlüssel aus meiner Reisetasche und steckte sie in meine Hosentaschen unter der Kutte.

Dann warf ich die Reisetasche mitsamt dem Inhalt in einen großen Müllcontainer.

Und schulterte stattdessen ein mittelgroßes Bierfass als neues Gepäck.

Ich verließ die Brauerei wieder und ging den Gang entlang, bis ich auf die beiden Wachtposten traf.

Sie musterten mich wohlwollend.

»Na, Bruder, wo soll's denn hingehen mit dem guten Gerstensaft? Oder ist der etwa für uns?«

Er grinste seinem Kollegen zu.

Ich lächelte gütig.

»Nein, das ist für die Mitarbeiter vorn im Bruder-Franz-Haus, die sollen auch nicht wie die Hunde leben.«

Ich erntete Gelächter.

Sie ließen mich anstandslos durch.

Sie hatten auch keine schlechte Laune und keine depressive Verstimmung ob der brutalen Morde, die sich hier ereignet hatten. Aber sie hatten in ihrer Wahrnehmung wohl auch nichts damit zu tun, sie taten einfach nur ihren Job, und der lautete, hier zu stehen und keine Personen in Zivil mehr durchzulassen, sondern sie stattdessen zurück auf ihre Zimmer zu schicken – und diesen Job erledigten sie.

Davon, dass sie auch die Mönche nicht mehr durchlassen sollten, war offenbar keine Rede gewesen.

Zum Glück für mich.

Mönche und Bierfässer waren offenbar Insignien des Alltags auf dem Kreuzberg, und an einem Mönch mit Bierfass fand niemand etwas Verdächtiges oder zu Verhinderndes.

Und so gelangte ich ungeschoren zu meinem Auto, das ich auf dem Parkplatz für Übernachtungsgäste neben dem Antoniusbau abgestellt hatte – im Gegensatz zu Emil, der von dieser Möglichkeit offenbar nichts gewusst hatte und auf dem großen Besucherparkplatz ein Stück weiter unten geparkt hatte.

Ich platzierte das Bierfass gut sichtbar auf dem Beifahrersitz, fixierte es mit dem Gurt, setzte mich ans Steuer und fuhr die Straße zum Großparkplatz hinunter.

Doch allzu weit kam ich nicht.

Nach gerade mal gut hundert Metern wurde ich von zwei Polizisten angehalten, die breitbeinig mitten auf der Straße standen.

Bedauerlicherweise hatten diese beiden offenbar strengere Instruktionen als ihre Kollegen oben im Klostergang.

Ich ließ das Seitenfenster herunterfahren.

Einer der beiden beugte sich zu mir herab und sprach mich an.

»Wo soll's denn hingehen?«

Ich deutete auf das Fass neben mir.

»Bier für die Gaststätte unten im Dorf liefern.«

Der andere Polizist trat hinzu und sah ebenfalls zu mir herein.

Ich erschrak.

Er runzelte die Stirn.

»Hm … haben wir uns nicht schon mal gesehen …?«

Ja, hatten wir – er war der Bulle oben am Kreuzberg, der Emil und mich abgewiesen hatte.

Da war ich noch in Zivil gewesen.

Ich versuchte, meine Stimme ruhig und andächtig klingen zu lassen.

»Ja, sicherlich irgendwann vorhin … Ist ja eine so große Aufregung gerade …«

Er schien mich zum Glück nicht wiederzuerkennen. Aber andererseits hatte er wohl auch das Gefühl, dass irgendetwas nicht stimmte mit mir. Also bohrte er weiter.

»Und da fahren Sie ein Bierfass ins Dorf, wo doch gerade so große Aufregung ist?«

Ich versuchte, das Sensibelchen zu geben.

»Ja, das beruhigt mich. Ich kann kein Blut sehen. Mir ist das alles gerade zu viel. Bin froh, wenn ich ein bisschen Ablenkung habe. Hopfen beruhigt eben – auch wenn er nur im Fass lagert …«

Kein Anzeichen, dass er das witzig fand.

»Wie ist denn Ihr Name, Bruder?«

Gute Frage. Wie wäre wohl mein Name, wenn ich ein Klosterbruder wäre?

»Bruder Philippus.«

Was Besseres fiel mir auf die Schnelle nicht ein.

»Sagen Sie mal, Bruder Philippus – wieso haben Sie das Fass denn auf dem Beifahrersitz und nicht im Kofferraum? Und wieso fahren Sie ein einzelnes Fass durch die Gegend? Sie haben doch sicher einen speziellen Wagen für Biertransporte, oder?«

Okay, das war's dann wohl. Ich war am Ende, er hatte mich durchschaut. Gleich würde er seine Knarre ziehen und mich auffordern, aus dem Auto zu steigen. Dann würde er mich durchsuchen und meine Papiere finden – und die würden ihm mitteilen, dass ich nicht der Franziskanermönch Bruder Philippus aus dem Kloster Kreuzberg war, sondern der Privatdetektiv Philipp Marlein aus Fürth, der als dringend Tatverdächtiger galt.

Gleich würde ich auffliegen.

Meine Handinnenflächen wurden feucht vor Nervosität.

Ich wischte sie an meiner Kutte ab – und nahm eine Ausbuchtung in der einen Tasche wahr.

Das lieferte mir die Idee für einen letzten verzweifelten Versuch.

»Ja, Herr Polizist, Sie haben natürlich völlig recht. Normalerweise läuft das ganz anders mit dem Biertransport. Ich bin einfach völlig durcheinander. Die Aufregung, wie gesagt. Ich glaube, ich kann auch gar nicht weiterfahren. Ich muss jetzt erst einmal einen Rosenkranz beten.«

Ich zog den Rosenkranz, den ich ertastet hatte, aus der Kuttentasche.

»Gegrüßet seist du Maria, voll der Gnade, der Herr ist mit dir! Du bist gebenedeit unter den Frauen, und gebenedeit ist die Frucht deines Leibes, Jesus. Maria, Muttergottes, bitte für uns Sünder …«

Während ich herunterbetete, was ich spontan an Gebetstexten aus meinem Langzeitgedächtnis abrufen konnte, hörte ich hinter mir das Geräusch eines Autos herannahen, sah kurz in den Rückspiegel, sah im Rückspiegel einen Lieferwagen.

Der Polizist, der mich als Erstes angesprochen hatte, übernahm wieder die Regie.

»Hören Sie, Sie können hier nicht einfach stehen bleiben und Rosenkranz beten, Sie blockieren die Straße. Dann fahren Sie in Gottes Namen mit Ihrem Bierfass spazieren. Aber ich warne Sie: Wenn Sie den Kollegen von der Verkehrspolizei in die Hände fallen, dann sind Sie Ihren Lappen los – allein der Biergeruch vom Fass da genügt schon, um den Promilletest in die Höhe zu treiben, da müssen Sie gar nicht mehr blasen.«

Und die beiden Polizisten lachten sich einen Ast – über einen vergeistigten und vor Aufregung völlig verwirrten Betbruder mit einem Bierfass auf dem Beifahrersitz … Don Quichotte war ein Dreck dagegen.

So einer war für sie fernab des Verdachts, einen grausamen Ritualmord begangen zu haben – so einen konnte man guten Gewissens ziehen lassen.

Genau darauf hatte ich spekuliert.

Dass ich damit durchkommen würde, war trotzdem mehr als unwahrscheinlich gewesen.

Als ich den Kreuzberg hinunterdonnerte, war ich klatschnass geschwitzt unter meiner Mönchskutte.

14 Bär klaut

Kaiserwetter.

Sonne, blauer Himmel. Kitschig wie eine Postkarte.

Ich sauste in meinem geklauten Metzgerauto »Rinderfreund« den Kreuzberg hinab.

Quietschte durch die Kurven.

Radfahrer auf Mountainbikes quälten sich den Berg hoch.

Zeigten mir den Vogel.

Schrien mir nach.

Nicht vor Begeisterung.

Die Radfahrer scherten mich einen Dreck.

Ich war auf hundertachtzig.

Herzfrequenz.

Erwartete nach jeder Kurve eine Polizeisperre.

Wartete auf Blaulicht im Rückspiegel.

Wie ging's weiter?

Keine Ahnung.

Nicht die geringste.

Ich wusste nur eins: zurück ins Allgäu.

So schnell wie möglich.

Ich drückte aufs Gaspedal.

Bremste jäh ab.

Eine Ortschaft. »Wildflecken« stand auf dem Ortsschild.

So wenig auffallen wie möglich.

In meinem Rinderlieferwagen!

Schlich durch die Ortschaft.

Begegnete noch mehr Radfahrern.
Die mussten wohl ein Nest hier in der Gegend haben.
Gab es einen Bahnhof im Ort?
Nützte mir auch nichts.
Die Polizei fahndete sicher auch in der Eisenbahn.
Sie hatten inzwischen wahrscheinlich meinen Golf auf dem Parkplatz gefunden.
Gemerkt, wie ich entkommen war.
Suchten nach dem »Rinderfreund«-Lieferwagen.
Ich kann unter Druck nicht denken.
In Panik schon gleich gar nicht.
Nein, Bahnhof geht auf keinen Fall.
Ich blieb unter fünfzig Stundenkilometern.
Am Ortsausgang bei der freiwilligen Feuerwehr eine riesige Versammlung.
Keine Feuerwehrleute.
Radfahrer.
»Willkommen zur Kreuzberg-Rundfahrt!«, las ich auf einem Plakat.
Die Radler standen um Biertische, hielten Plastikbecher in der Hand.
Eine Gruppe abseits rauchte.
Ich fuhr an dem Auflauf vorbei.
Außer Sichtweite parkte ich hinter ein paar Büschen.
Zündete mir eine an.
Sollte ich jemanden anrufen, mich abholen lassen?
Quatsch, ich wollte keinen, den ich kannte, in die Geschichte hineinziehen.
Außerdem: Anrufen wäre riskant.
Mein Handy war nicht das Blech wert, aus dem es angefertigt war.
Sie konnten mich orten.
Da könnte ich gleich die Polizei persönlich anrufen: Holt mich hier raus. Oder besser: Bringt mich rein in den Knast.
Ich blies den Rauch aus.

»Heilige Maria, Muttergottes, bitte für uns Sünder, jetzt und in der Stunde unseres Todes.«

Ich bin protestantisch, aber die heilige Maria hatte mir schon ein paarmal aus der Patsche geholfen.

War wohl ökumenisch gesinnt, die Muttergottes.

Ob es wohl auch eine Heilige für Radfahrer gab?

Gab es. Die Madonna del Ghisallo. In Italien. Ob die auch für Unterfranken zuständig war?

Sie war.

Warum sonst kam mir die rettende Idee?

Ich rollte hinter einen Heustadel, an dem Dutzende Fahrräder standen.

Damenräder, Herrenräder, Mountainbikes, alle Gewichtsklassen, alle Preisklassen zwischen dreihundert und dreizehntausend Euro.

Ein schneller Blick sagte mir, dass die meisten nicht abgeschlossen waren.

Radler klauen nicht.

Fränkische schon gar nicht.

Ich griff mir eines von der Niedrigpreisklasse, warf es in meinen Rinderwagen, schlug die Tür zu, düste ab.

Lenkte meinen Transporter in ein versumpftes Waldstück, zuckelte einen Waldweg entlang.

An einem Tümpel vorbei.

Es lächelt der See, er ladet zum Bade!

Die Madonna de Ghisallo hatte heute ihren Freibiertag. Sie schickte mir eine zweite Eingebung.

Ich stellte das Auto ans abfallende Ufer, Richtung Tümpel, nahm den Gang raus, zog die Handbremse, packte mir meinen Rucksack und mein neues Fahrrad, schlug die Türen zu, löste die Handbremse, schwang mich aus dem Auto.

Es rollte hurtig auf den Tümpel zu.

Tauchte mit einem riesigen Platscher ein.

Langsam versank mein Rettungsfahrzeug im sumpfigen Wasser.

Ich atmete tief aus.
Die Martinshörner hörnten immer ferner.
Vielleicht waren sie hinter Philipp her.
Sollte ich ihn anrufen? Nein, zu gefährlich. Für ihn. Und mich.
Ich griff zu meinem Handy.
Tippte schnell eine WhatsApp-Zeile ein.
An Stanzi: »Bin unterwegs. Kontakt nicht möglich. Melde mich demnächst. Dann mehr.«
Ich tippte auf »Senden«. Wartete, bis die zwei Haken für »gesendet« auftauchten. Zögerte. Schaltete es ab, fummelte die SIM-Karte raus, warf es zurück in den Rucksack.
Ich zog mir die alte Frotteemütze von meinem Vater, Gott hab ihn selig, tief ins Gesicht, setzte meine neu erworbene Fleischersonnenbrille auf, schwang mich aufs Rad. Ich vermied die Bundesstraße, nutzte Fahrradwege, Waldwege, Feldwege.
Ein Rentner auf Urlaub.
Nur: Wohin jetzt?
Richtung Allgäu.
Das Allgäu war leider auf keinem der Wegweiser ausgeschildert. Und zum Allgäu waren es noch dreihundertsiebzig Kilometer. So viele waren es jedenfalls vom Allgäu zum Kreuzberg gewesen.
Das brauchte Zeit.
Hatte ich aber nicht.
Zum dritten Mal segnete mich die Madonna de Ghisallo.
Mit einer Idee.
Wenn das so weiterging, war ich bald reif, zum Katholizismus zu konvertieren.
Bevor ich katholisch wurde, musste ich noch etwas Profanes erledigen.
Ich radelte zum nächsten Kaff.
Ich sah den Kirchturm.
Dann sah ich, was ich suchte: Sparkasse.

Ich hatte Glück: Die Sparkasse bestand aus einem Geldautomaten.

Ich bediente mich bis zur Obergrenze. Tausend Euro.

Sie würden eine Weile brauchen, bevor sie herausfanden, wo ich zuletzt abgehoben hatte.

Dasselbe bei der Konkurrenz: Raiffeisenbank. Noch mal Obergrenze.

Ich schaute mich um.

Niemand zu sehen. Waren wohl alle auf Radwandertour zum Kreuzberg.

Ich trat wieder in die Pedale.

Suchte nach einem Schild.

Blau.

Autobahn.

Auf der Autobahn würden sie mich nicht vermuten.

Die Raststätte war knallvoll.

Massenhaft Lastwagen. Mindestens über fünfzig.

Ich fuhr mit meinem neuen Fahrrad langsam über den Parkplatz.

Durch die Lkws durch.

Schaute die Nummernschilder an.

Etliche der Fernfahrer kochten sich Kaffee.

Andere hingen in ihren Kabinen, lasen. Vermutlich Pornos.

Es dauerte eine Weile, bis ich einen Laster mit CH entdeckt hatte.

CH wie Schweiz.

Sah nicht nach Schweiz aus, eher nach Ostblock. Ziemlich runtergekommen.

Ich drückte mich rum, der Fahrer hatte den Motor schon laufen. Rauchte eine.

Ich schwang mich von meinem Rad, hinkte.

Ich musste mich dazu nicht anstrengen.

Ich kannte den Hinkstil noch von meiner Meniskusverletzung her.

Ich sagte: »Hallo!«
Er schaute.
»Sprechen Sie Deutsch?«
Er zuckte die Achseln.
»Italiano.«
»Fahren Schweiz? Italia?«
»Italia.«
Ich hätte heulen können vor Glück. Ich deutete auf mein Knie, sagte: »Kaputt!«
»Oh ...«
»Ich muss heim. Kempten. Allgäu. *Bambino ospedale.*«
Machte wiegende Bewegungen wie eine Mama, die ihr Kind in den Armen hält.
»Ohhh ...«
Ich deutete auf mein Fahrrad, machte eine Bewegung, als wollte ich es in den Laderaum heben.
Er verstand, denn er schüttelte den Kopf, wackelte mit dem Zeigefinger.
»Non è possibile. Polizia!«
Ich flehte: *»Bambino mio ... ospedale ... mio bambino molto malato.«*
Er zuckte wieder mit den Schultern.
Ich griff in meine Brusttasche.
Holte einen Hunderter raus, hielt ihn ihm hin.
»Prego!«
Der Schein hatte eine beruhigende Wirkung. Der italienische Schweizer hörte auf, mit seinen Achseln zu zucken und seinem Zeigefinger zu wedeln.
Ein weiterer Schein belebte ihn so, dass er seine Zigarette wegwarf und mir seine Hand zeigte mit einer Art Victoryzeichen. Daumen, Zeigefinger, Mittelfinger ausgestreckt.
Ich holte meinen dritten Hunderter aus meiner Brusttasche.
Er nahm die drei Scheine an sich, ließ sie in seiner Brusttasche verschwinden, nahm mein Fahrrad, warf es in den halb leeren Laderaum, deutete auf den Beifahrersitz.

Ich hielt mich zurück, ihm um den Hals zu fallen, stammelte: *»Mille grazie, mille grazie!«*

Er sagte *»Avanti«* und bestieg sein Führerhaus.

Ich vergaß zu humpeln, kletterte auf den Beifahrersitz, erschrak, hielt mein Knie, jammerte: »Au ... aua ... auuuu!«

Wir tuckerten los.

Fuhren auf die Autobahn ein. A 7.

Die A 7 führt schnurstracks nach Italien. Über Kempten.

Er schaltete das Autoradio ein. Voll Stereo.

»Tatütatütatüta! Eine Sondermeldung von Radio Bayern drei ... Auf Kloster Kreuzberg im unterfränkischen Kreuzberg ereignete sich in den frühen Morgenstunden ein schweres Gewaltverbrechen ...«

»Ahhh, il tedesco è un linguaggio da merda.«

Fand ich auch. Scheißsprache. Die Sondermeldung jedenfalls.

Er drückte auf einen Knopf.

Aus dem Lautsprecher erklang:

»Ti amo« ... »Felicita« ... »Come prima« ... »Arrivederci Roma«.

Die italienische Schlagerparade.

Ich atmete tief durch, sagte: *»Io amo Italiano!«*

Unsere Unterhaltung war unterirdisch.

Ich spreche so gut wie kein Italienisch.

Er sprach kein Deutsch.

Wir hörten die italienische Schlagerparade rauf und runter.

Was wir noch gemeinsam hatten und taten: Wir rauchten.

Er Marlboro.

Ich Gauloises.

Ab und zu tauschten wir die Marken.

Ich hoffte, er kehrte nicht zu oft ein. Auf Raststätten. Autohöfen.

Tat er nicht.

Wir pinkelten an die Reifen des Lastwagens.

Bei laufendem Motor.

Er wollte wohl noch bei Tageslicht über die Berge kommen.
Es war erst Mittag. Wir hatten gute Chancen.
Als wir am Allgäuer Tor vorbeifuhren, standen die Berge in der Nachmittagssonne.
Ich hätte heulen können.
Er schaute mich von der Seite an.
»*La tua casa?*«
Ich schluckte, nickte.
»Endlich dahoim. *Mille grazie.*«
Er hatte zu den dreihundert Euro viele tausend Grazie von mir gekriegt.
Auf dem Autohof Kempten hielt er an.
Ich lupfte mein Fahrrad aus dem Laderaum.
Winkte ihm, er mir zurück.
Ich schwang mich auf mein Fahrzeug und radelte los.
Ich hatte nur ein Problem: Wohin?
Zur Alm?
Unmöglich. Da erwarteten sie mich sicher schon. Die Polizei.
Zu Vasthi? Meiner Ex-Freundin, Chefärztin der Notaufnahme am Kemptener Klinikum.
Die konnte mich nicht brauchen.
Hatte seit einem halben Jahr einen neuen Verehrer.
Zu meiner Nachbarin Bärbel nach Bisel, neben der Alm? Zu nahe. Zu gefährlich.
Von wem konnte ich erwarten, dass er einen von der Polizei gesuchten Schwerverbrecher beherbergte?
Womöglich war noch eine Belohnung auf mich ausgesetzt.
Tausend Euro? Fünftausend?
Wenn schon, dann bitte zehntausend. So viel war ich mir wert.
Ich brauchte ein Dach überm Kopf.
Ohne Menschen.
Ohne Radio.
Ohne Fernseher.

Wo gab es so was?

Ich fuhr durch die sanften Allgäuer Hügel, die sattgrünen Wiesen, die Weiden mit Kuhglockenbeschallung.

Ich lehnte mich an einen Heuschuppen.

Rauchte eine.

Dachte.

Wollte die Kippe ausdrücken – ohne dass der Stadel in Flammen aufging.

Und da fiel es mir wie Schuppen von den Augen:

Ich brauchte keinen Unterschlupf mehr finden.

Ich lehnte schon an ihm.

Dem Heuschober.

15 Marlein und die angereicherte Reisetasche

Maria hatte geholfen!

Wie damals in Altötting.

Der Rosenkranz hatte mich gerettet.

Zumindest vorläufig.

Es war mir gelungen, vom Kreuzberg zu entkommen.

Aber damit war noch nichts gewonnen, im Gegenteil. Wenn die Bullen herausfanden, dass der Gast Philipp Marlein fluchtartig den Tatort verlassen hatte, als Mönch verkleidet – dann würde mich das erst recht zum Hauptverdächtigen Nummer eins machen.

Das Einzige, was mir helfen konnte: möglichst schnell die wahren Täter finden.

Das war jetzt meine Mission.

Ich fuhr schnurstracks nach Fürth.

Parkte meinen Wagen direkt vor meinem Büro in der Fürther Blumenstraße.

Ich schulterte das Bierfass, das die Fahrt als stummer Beifahrer unbeschadet überstanden hatte, betrat das Gebäude und ging zunächst nicht hoch in den ersten Stock, wo sich mein Privatdetektivbüro befand, sondern in die Gaststätte im Erdgeschoss, die von meiner Vermieterin, Frau Gaulstall, betrieben wurde.

Frau Gaulstall war anwesend und gerade damit beschäftigt, die Tischdecken auf den Holztischen auszutauschen.

Als sie mich sah, ließ sie vor Erstaunen die Decke fallen, die sie gerade in der Hand hielt.

»Herr Marlein! Sie … sind … Mönch geworden?«

Ich hatte fast vergessen, dass ich immer noch die Kutte trug.

Doch für lange Erklärungen hatte ich jetzt keine Zeit.

Deshalb sagte ich: »Ja. Ich war auf dem Kreuzberg in Unterfranken und habe den Weg zu Gott gefunden. Ich bin jetzt ein paar Wochen Mönch auf Probe, und dann entscheide ich, ob ich dauerhaft ins Kloster gehe.«

Frau Gaulstall musterte mich zweifelnd.

»Soso, Mönch auf Probe … Na, da bin ich mal gespannt. Vor allem, was Ihre häufig wechselnden Frauenbekanntschaften betrifft. Werden Sie denen jetzt auch entsagen?«

»Natürlich. Ich werde das tun, was Mönche seit Jahrhunderten machen: Ich werde den Umgang mit Frauen gegen den Konsum von Bier eintauschen.«

Ich stellte das Fass auf den Boden.

»Ich habe Ihnen etwas von meinem neuen Laster mitgebracht. Ein kleines Souvenir vom Kreuzberg. Ein Fass echtes Klosterbier – nur für Sie, Frau Gaulstall!«

Sie war echt gerührt.

»Das ist aber nett von Ihnen, Herr Marlein!«

Ob sie es noch so nett gefunden hätte, wenn sie gewusst hätte, dass das Fass geklaut war und ich es in Wirklichkeit nur mitgenommen hatte, um vor der Polizei zu flüchten, war fraglich, doch ich wollte den Zauber des Moments nicht zerstören.

»Aber eine kleine Bitte hätte ich im Gegenzug, Frau Gaulstall.«

»Lassen Sie mich raten, Herr Marlein: Ich soll Ihnen die Miete erlassen, mit der Sie mal wieder im Rückstand sind.«

»Nein, etwas ganz anderes. Es kann sein, dass demnächst hier Herrschaften von der Polizei auftauchen und nach mir fragen. Es wäre super, wenn Sie denen sagen könnten, dass ich wegen eines Trauerfalls für einige Zeit abgetaucht bin und mich in die Einsamkeit zurückgezogen habe.«

Frau Gaulstall runzelte die Stirn.

»Ein Trauerfall, Herr Marlein? Hoffentlich nichts Schlimmes?«

»Nein – ich trauere nur um die häufig wechselnden Frauenbekanntschaften, auf die ich künftig verzichten muss.«

Ich zwinkerte ihr zu und verließ den Gaststättenraum. Es wäre zu kompliziert gewesen, ihr die Umstände und Vorfälle zu erklären. Und die Bullen würden schon wissen, was sie unter meinem Trauerausstieg zu verstehen hatten.

Ich stieg die Treppe hoch und betrat mein Büro.

Dort zog ich die Mönchskutte aus und stopfte sie in den Aktenschrank, der alles enthielt außer Akten. Im Gegenzug entnahm ich ihm die Notfall-Reisetasche, in der sich befand, was man für einen spontanen Kurztrip benötigte. Ich reicherte sie an mit den Sachen, die ich nicht auf den Kreuzberg mitgenommen hatte, weil ich davon ausgegangen war, dass ich sie für ein theologisches Seminar nicht brauchen würde.

Diese Sachen waren meine Knarre, meine falschen Papiere – und mein Einbruchswerkzeug.

16 Bär fischt

Im Morgengrauen des Mittwoch erwachte ich aus einem flachen und schreckhaften Erschöpfungsschlaf.

Zum Frühstück: ein Schluck Wasser aus der Plastikflasche, dazu eine Gauloises.

Ich musste mich vom Acker machen, bevor die Bauern kamen mit ihren Traktoren oder die Kühe auf die Weiden trieben.

Aber wohin?

Jedenfalls nicht nach Tal, nicht auf meine Alm, nicht dorthin, wo sie mich kannten und erkannten.

Ich fischte den Zettel aus meinem Rucksack.

Den von Erna Kalb.

»Johannes Kalb« stand drauf. »Moosburg«.

Ihr Mann? Ihr Bruder? Ihr Sohn?

»Helga Hochreiter, Moosburg«. Wer auch immer das war.

»Wastl Hämmerle, Tal am See«.

Sie hatte gesagt, sie wolle mir noch erklären, wer die Leute auf dem Zettel waren. Sie war leider nicht mehr dazu gekommen.

Ich radelte um den See von Tal, auf der Seite Richtung Kempten, am Westufer entlang.

Es war noch frisch.

Ich fror.

Morgenrot, leuchtest mir zum frühen Tod ...

Der Grünten erhob sich in der Morgensonne.

Er spiegelte sich im See.

Die Natur schaute aus wie das kitschige Gemälde eines amerikanischen Laienmalers.

Ein Bild schob sich zwischen Grünten und mich.

Es hatte sich vor ziemlich genau vierundzwanzig Stunden in mein Gedächtnis eingebrannt:

Die zwei Frauen am Kreuz von Kreuzberg, gekreuzigt.

Mir wurde schlecht.

Aber ich hatte nichts im Magen, was ich hätte kotzen können.

Ich näherte mich im Tempo eines Rentners im Urlaub der Ortschaft Moosburg.

Die Bäckerei hatte schon auf.

Ich zog meine Frotteemütze tiefer ins Gesicht.

Herzklopfen.

Mehrere Frauen und ein paar Frühaufsteher unter den Urlaubern kauften Semmeln, Brezen, Brot, Schnecken, Croissants.

Ich stellte mich hinten an.

Mit Abstand.

Wusste nicht, wie ich roch. Stank. Viel Schweiß, viel Sonne, viel Angst, keine Dusche.

Die Bild-Zeitung lag in einem Regal, zwei Exemplare waren noch übrig.

Schlagzeile: »Brutales Ritualverbrechen auf dem Kreuzberg«.

Ich ließ meine Finger davon.

Nur keine Aufmerksamkeit erregen.

»Isch des itta furchtbar, was heutzutag alles passiert …«

Die Frauen mit ihren Jutetaschen schüttelten indigniert die Köpfe.

»Und das bei uns … Man denkt immer, das passiert bloß in Amerika.«

»Also bei uns hier isch so was no nie passiert … Kreuzberg … Die Zeitung schreibt, das liegt in Unterfranken … recht abgelegen … wo früher die Zonengrenze war … wer weiß, was sich da alles rumtreibt …«

»Aber oiner von dene zwoi Verbrecher, die sie suchet, schreibet sie, isch oiner ausm Allgäu …« Sie deutete auf das Fahndungsfoto. »Isch noch a junger Kerl … schaut gar itta aus wie ein Schwerverbrecher. Eigentlich a sauberes Mannsbild.«

Ich zog meine Mütze noch tiefer. Erwischte einen Blick auf das Foto. Da war ich noch dreißig Jahre jünger. Sie hatten es wohl aus einem meiner Bücher oder dem alten Personalausweis.

Außerdem war ich da gewaschen, gekämmt und rasiert.

»Weiß man denn, wie er heißt oder wo er wohnt?«

»Sie schreiben, dass sie keine Einzelheiten sagen können aus ermittlungstechnischen Gründen.«

Die Tür zur Bäckerei öffnete sich, klingelte, jemand trat ein, ich huschte ganz schnell hinaus.

Für eine frische Breze erkannt zu werden, war mir einfach zu teuer.

17 Marlein und die gnädige Rosenkönigin

Als ich nach unruhigem Hin- und Hergewälze irgendwann am Mittwochvormittag auf der Rückbank meines als Schlafzimmer gänzlich ungeeigneten kleinen Ford Fiesta erwachte, war ich ziemlich gerädert.

Nachdem ich in der Nacht von Montag auf Dienstag Sandra-bedingt kaum ein Auge zugetan hatte und der Dienstag voller Aufregungen war, war ich hundemünde gewesen.

Allerdings hatte ich es nicht gewagt, im Büro oder zu Hause zu schlafen – die Gefahr war zu groß, dass die Bullen vorbeikamen und mich einkassierten.

Also war ich nur ein Stückchen rausgefahren aus Fürth auf einen abgelegenen Parkplatz und hatte dort die Nacht im Auto verbracht.

Ich war zwar gerädert, fühlte mich aber zumindest fit genug, um meine Ermittlungen auf eigene Faust zu beginnen.

Der einzige Ansatzpunkt, den ich hatte, war der Zettel mit Sandra Danners Adresse in Heroldsbach.

Also fuhr ich dorthin.

Heroldsbach war bei Forchheim, und über die A 73 war ich schnell da.

Ihre Wohnung lag ganz in der Nähe der »Gebetsstätte Heroldsbach«, einem Marienwallfahrtsort.

Ich parkte meinen Wagen zur Sicherheit ein Stück von der Wohnung entfernt, auf einem Parkplatz für Pilger direkt neben dem Wallfahrtsareal, und ging dann zu Fuß zu meinem Zielobjekt.

Es war eine Erdgeschosswohnung in einem kleinen Mehrfamilienhaus.

Ich sah mich um. Ich konnte nichts Verdächtiges erkennen. Die Luft schien rein zu sein. Wahrscheinlich brauchte es eine Weile, bis man die Identität der beiden Leichen auf dem Kreuzberg zweifelsfrei festgestellt hatte und bis auch die ermittelnden Behörden sich in Sandra Danners Zuhause umsehen würden, mit demselben Ziel wie ich: um Hinweise auf ihre Mörder zu finden.

Ich klingelte, in der Hoffnung, dass niemand öffnete. Sandra hatte zwar gesagt, dass sie solo war, aber vielleicht war gerade die Tante da, um ihre Blumen zu gießen.

Niemand öffnete, keine Tante und auch sonst niemand.

Gut so.

Ich fummelte meine Einbruchsrequisiten aus der Manteltasche und machte mich an der Tür zu schaffen.

Es war kein kompliziertes Schloss, und nach einer halben Minute hatte ich es offen.

Wenn mich jemand beobachtet hatte, konnte es auch so aussehen, als hätte ich nur Probleme gehabt, den richtigen Schlüssel an meinem Schlüsselbund zu finden.

Aber ich hoffte mal, dass mich niemand beobachtete.

Sandra Danners Wohnung bestand aus einem Schlafzimmer, einer Küche, einem Bad, einem Wohnzimmer und einem Arbeitszimmer.

Wieder überfiel mich ein Anfall von Melancholie. Vielleicht hätte ich in dieser Wohnung viel Zeit verbracht, wenn mehr geworden wäre aus Sandra und mir?

Doch Sandra war tot, ermordet.

Ich versuchte, ihre Wohnung möglichst neutral, emotionslos und sachlich zu betrachten, gar nicht groß auf ihren Einrichtungsstil zu schauen und daraus Rückschlüsse auf die Persönlichkeit der Bewohnerin zu ziehen, sondern die Durchsuchung lediglich als notwendigen Teil eines Jobs zu sehen.

Nach einem kurzen Orientierungsrundgang überlegte ich, wo ich beginnen sollte.

Ich entschied mich für den Schreibtisch im Arbeitszimmer.

Er war sehr übersichtlich gestaltet. Eine Lampe, ein paar Schreibutensilien, eine Ablage für Bürokratie, ein Notizblock, ein Terminkalender.

Kein Laptop. Den hatte sie wahrscheinlich mit auf den Kreuzberg genommen.

Mein Blick fiel auf den Terminkalender. Er war offen, mit der aktuellen Woche. Für den heutigen Tag gab es einen Eintrag: »17 Uhr EH-Treffen im Pilatushof«.

Dann fiel mein Blick aus dem Fenster über dem Schreibtisch.

Vor dem Haus fuhren mehrere Autos auf.

Polizeiautos.

Scheiße!

Der Staatsapparat war schneller als gedacht.

Ich musste meine Durchsuchung beenden, noch bevor ich sie überhaupt begonnen hatte.

Das war aber das weitaus kleinere Problem.

Das größere war, dass ich zusehen musste, nicht von den Bullen einkassiert zu werden. Wenn sie mich als flüchtigen Haupttatverdächtigen bei einem Einbruch in die Wohnung des Opfers erwischten, dann war mir lebenslänglich so gut wie sicher.

Aber gab es überhaupt noch eine Chance, zu entkommen?

Durch die Wohnungstür schied aus. Vor der würden jeden Moment die Polizeibeamten stehen.

Durch das Fenster des Arbeitszimmers schied auch aus. Die Bullen würden mich beim Aussteigen sehen und freundlich in Empfang nehmen.

Ich eilte ins Wohnzimmer.

Dort war ein Zugang zu einer kleinen Terrasse und einem kleinen Garten, beides im rückwärtigen Teil des Hauses.

Es gab keine Alternative.

Also verließ ich die Wohnung durch die Terrassentür. Als ich sie hinter mir schloss, hörte ich noch, wie die Bullen an der Wohnungstür klingelten.

Ich floh über die Terrasse und dann zwischen den Büschen, Sträuchern und Hecken des Gartens hindurch. Zum Glück war der Garten nicht umzäunt, sodass ich ohne jegliche Akrobatik auf einem Busparkplatz landete, der zur Gebetsstätte Heroldsbach gehörte.

Und direkt in eine Gruppe von Wallfahrern geriet, die gerade einen Bus verlassen hatte und sich auf dem Weg zu irgendeinem Ziel machte.

Was Besseres konnte mir gar nicht passieren.

Ich war mir zwar relativ sicher, dass die Polizei nicht bemerkt hatte, dass unmittelbar vor ihrem Erscheinen jemand die Wohnung von Sandra Danner verlassen hatte.

Aber eben nur relativ und nicht hundertprozentig.

Außerdem würden sie vielleicht Spuren eines Einbruchs am Schloss finden und sich über die offene Terrassentür wundern.

Und sich dann in der Umgebung des Hauses umsehen.

Da schien mir das Untertauchen in einer Pilgergruppe momentan die sicherste Tarnung. Zumal sich zum Glück niemand der zumeist älteren Frauen und Männer über den Neuzugang in Form meiner Person wunderte.

Das offenbar erste Ziel der Gruppe war blitzschnell erreicht, es lag nämlich direkt gegenüber dem Busparkplatz auf der anderen Straßenseite.

Wir versammelten uns auf der Rasenfläche einer Lichtung am Waldrand, die von hohen Birken umgeben war, um eine lebensgroße, komplett weiß gehaltene Marienstatue, die sich in einem gläsernen Kasten befand, der auf einem steinernen Sockel stand. Auf diesem Sockel waren drei Buchstaben angebracht: »J–S–H«. Am Zugang zu der Rasenfläche stand ein Schild mit der Aufschrift: »Am 9. Oktober 1949 erschien die liebe Gottesmutter zum 1. Male über dem Birkenwald wie eine weiße Schwester.«

Und der Inhalt dieser Aufschrift wurde nun von einem Mann, der offenbar als Führer der Pilgergruppe fungierte, in einer Ansprache ausführlich konkretisiert.

Er erzählte, dass hier, am Rande des Thurner Birkenwäldchens, an jenem 9. Oktober 1949 die sogenannten »Seherkinder«, die am Waldrand spielten, die ersten himmlischen Erscheinungen hatten, nämlich das göttliche Zeichen J-S-H und die ganz in Weiß gehüllte Muttergottes.

Dass die »Seherkinder« insgesamt sieben zehn- und elfjährige Mädchen aus Heroldsbach waren, denen bis zum 31. Oktober 1952 hier auf dem Hügel von Heroldsbach immer wieder die Gottesmutter Maria erschien, die zu ihnen sprach und die Gläubigen zu Gebet, Opfer, Buße und Sühne aufforderte; dass die Sehermädchen die Gottesmutter später sogar berühren durften und ihren Händedruck spürten; und dass sich neben Maria auch das Jesuskind, der erwachsene Jesus und viele Engel und Heilige den Mädchen gezeigt hatten.

Dass in dieser Zeit an manchen Tagen bis zu siebzigtausend Menschen hierherpilgerten, um die Erscheinungen der Muttergottes selbst zu sehen und die Begegnungen mit ihr selbst zu erleben, und auch mehrmals übernatürliche Visionen wie ein »Sonnenwunder« und ein »Lichtwunder« sowie Heilungen von Krankheiten erfahren durften.

Dass die Heroldsbacher Erscheinungen vom Vatikan bis heute dennoch nicht als Wunder anerkannt wurden.

Dass in den folgenden Jahrzehnten trotz eines Verbotes der Amtskirche ständig Gläubige nach Heroldsbach pilgerten und schließlich 1998 der daraus entstandene private Wallfahrtsort zu einer offiziellen kirchlichen Gebetsstätte der Erzdiözese Bamberg erhoben wurde, die der Verehrung der Gottesmutter Maria dienen sollte, allerdings weiterhin ohne eine damit verbundene Anerkennung der Erscheinungen.

Und dass heutzutage jährlich etwa hunderttausend Gläubige die Gebetsstätte Heroldsbach besuchten.

Als der Führer mit seiner Ansprache fertig war, ging es auf

einen Rundgang, bei dem wir alle Altäre, Gedenkstätten und Gebäude der parkähnlichen Anlage besichtigten:

– den »Lichtmastaltar«, ein großer Schrein mit einer weiteren Marienstatue, daneben ein Schild mit der Aufschrift: »Hier schwebte die liebe Gottesmutter täglich zur Erde und wurde von den Kindern begrüßt«;

– den »Erscheinungsweg«, daneben ein Schild mit der Aufschrift: »Die Blumenbeete bezeichnen den Weg, den die liebe Gottesmutter täglich beschritten hat«;

– den »Heiligenaltar«, bestehend aus drei großen Bildern, daneben ein Schild mit der Aufschrift: »Von den zahlreichen Heiligen, die sich zeigten, gehörten die hier abgebildeten zu den bewunderten Schutzheiligen, welche oft erschienen«;

– den »Krippenaltar«, bestehend aus mehreren Engelsstatuen, einem Kommunionskelchschrein und einer Jesuskind-Figur in einer Krippe, daneben ein Schild mit der Aufschrift: »Hier fand Weihnachten 1951 die Krippenvision statt, und der Kelchengel reichte hier die mystische heilige Kommunion«;

– den »Herz-Jesu-Altar«, bestehend aus einem Schrein mit einer Jesus-Figur in einem roten Umhang, daneben ein Schild mit der Aufschrift: »Von hier aus schwebte die Erscheinung täglich zum Himmel auf, auch beim Abschied am 31. Oktober 1952«;

– die »Mystische Gnadenquelle«, eine tiefergelegte Kultstätte, zu der zwei Treppen führten und auf deren Grund unter einem Torbogen, auf dem eine Christusfigur stand, ein großer Steinblock lag, daneben ein Schild mit der Aufschrift: »Erscheinungsort der Heiligsten Dreifaltigkeit und der Muttergottes; am 7.3.1950 beauftragte das Jesuskind die Sehermädchen, die Gnadenquelle zu graben zur Buße und Sühne für die Bekehrung der Sünder«;

- den »Dreifaltigkeitsaltar«, ein weitläufiges Areal mit einem steinernen Außenaltar, einem geschätzt zehn Meter hohen Kreuz und einer großen Relieftafel, daneben ein Schild mit der Aufschrift: »Während der Erscheinungszeit stand hier das

Podium, an dem die Kinder die Erscheinungen der Muttergottes und des Jesuskindes hatten. Der Kelchengel spendete am 25.2.1950 den Kindern erstmals die mystische Kommunion. Am 5.3.1950 sahen die Kinder die Himmelstreppe«;

– den Kreuze-Stand, an dem Besucher und Gläubige zur Sühne verschieden große Holzkreuze auf die Schultern nehmen konnten und damit den in die Gebetsstätte integrierten Kreuzweg abschreiten oder zum Waldkreuz auf einer Lichtung im Birkenwäldchen pilgern konnten;

– das Kerzenopferhaus, in dem man Bittkerzen entzünden und auf Halterungen stecken konnte;

– die 1986 gebaute »Rosenkranzkapelle«, einen großen Bau, der ein bisschen wie ein Gewächshaus wirkte, da alle Wände und auch das Dach gläsern und durchsichtig waren. In ihrem Innern sah es aber aus wie in einer Kirche, es gab Bankreihen, zwei Seitenaltäre und einen mit Blumen- und Pflanzenschmuck überreich dekorierten Hauptaltar, auf dem – natürlich – eine weitere große bronzene Marienstatue thronte, über der an Holzbalken in großen Lettern die Aufschrift »Salve Regina Mater Misericordiae« prangte;

– die kleine Gnadenkapelle, die bereits in der Erscheinungszeit auf Wunsch der Gottesmutter errichtet wurde und an die später die große Rosenkranzkapelle angebaut wurde, ein enger Raum, vollgestopft mit einer goldenen Marienstatue, einem goldenen Christus am Kreuz, weiteren Heiligenstatuen und zahllosen Votivtafeln an den Wänden, die mich sofort an den Rundgang der Heiligen Kapelle in Altötting erinnerten;

– und schließlich die Marienkirche, ein modernes, erst 1998 eingeweihtes Gotteshaus mit einem großen, hellen Kirchenschiff, in dem es außer einigen in Holz geschnitzten Schutzheiligen und dem obligatorischen Marienstatue-Altar wenige Kunstwerke gab, dafür viele bunte Glasfenster mit szenischen Darstellungen von Visionen und Wundern der Erscheinungszeit.

Im Anschluss an diesen Rundgang versammelten wir uns

in einem Saal im extra für Besucher und Wallfahrer erbauten Pilgerheim »Haus am Herrengarten« gegenüber der Marienkirche.

Die Teilnehmer der Pilgergruppe ließen sich auf Stühlen nieder, und der Führer begann einen Lichtbildervortrag über die Gebetsstätte und die Marienerscheinungen.

Der Vortrag war betitelt mit »Die Rosenkönigin von Heroldsbach«, und er begann mit der Information, dass sich die Muttergottes am 9. Juni 1951 mit folgendem Erscheinungstitel für Heroldsbach offenbart habe:

»Ich bin die Rosenkönigin.«

Und dass sich seither Millionen Gläubige unter den besonderen Schutz und die Obhut der Heroldsbacher Rosenkönigin und ihrer Gnade stellten.

Mir kam in den Sinn, dass ich selbst offenbar auch von der Gnade der Rosenkönigin profitierte, denn ich war hier in der Pilgergruppe anscheinend tatsächlich beschützt und behütet. Von den Bullen war jedenfalls weit und breit nichts zu sehen, als würden sie die Gebetsstätte meiden wie der Teufel das Weihwasser.

Die ganze Gebetsstätte Heroldsbach mit all ihren Berichten von Marienerscheinungen und den Madonnenstatuen an allen Ecken und Enden erinnerte mich natürlich an den Fall der »Schwarzen Madonna«, bei dem ich nicht nur Emil Bär kennengelernt hatte, sondern auch alle großen Marienwallfahrtsorte in Franken – außer diesen hier.

Aber ich musste mich aus diesen Erinnerungen reißen, denn ich hatte genug Probleme in der Gegenwart.

Ich wurde als Mörder gesucht, und dass ich momentan sicher vor dem Zugriff der Polizei schien, musste nicht heißen, dass sich das nicht bald schon ändern könnte.

Ich musste zusehen, dass ich hier wegkam.

Und ich musste zusehen, dass ich die wahren Mörder von Sandra Danner und Erna Kalb fand.

Meine Stippvisite in Sandra Danners Wohnung hatte zwar

fast keine neuen Erkenntnisse gebracht, da ich sie, kaum begonnen, wieder abbrechen musste, aber immerhin eben nur fast.

Ich hatte zumindest *eine* Information erhaschen können.

Einen Termin in ihrem Kalender. Heute.

»17 Uhr EH-Treffen im Pilatushof«.

Ein Strohhalm, an den ich mich klammern konnte.

Und so schlecht war der Strohhalm vielleicht gar nicht, wenn »EH« das bedeutete, was ich vermutete: Ecce Homo – der Geheimbund, dem Sandra und Erna angehört hatten.

Das konnte eine brauchbare Spur sein.

Ich musste unbedingt dieses Treffen besuchen. Vielleicht würde ich dort Ecce-Homo-Mitgliedern begegnen, die mir weiterhelfen konnten.

Ich sah auf die Uhr. Halb fünf war es bereits. Ich musste mich sputen, wenn ich rechtzeitig da sein wollte.

Stellte sich nur die Frage: Wo zum Teufel war der Pilatushof?

Ich sah mich um.

Von den Mitgliedern der Pilgergruppe, der ich mich angeschlossen hatte, konnte ich keine Antwort auf diese Frage erwarten, denn die Gruppe kam von auswärts.

Ich musste ortskundige Gläubige finden.

Also stahl ich mich aus dem Vortrag davon, verließ das Pilgerheim und ging zurück zur eigentlichen Gebetsstätte.

Ich betrat die Rosenkranzkapelle. Sie war leer, bis auf zwei alte Mütterchen mit Kopftuch, die in der vordersten Bankreihe vor dem Altar der Rosenkönigin saßen.

Gehörten also keiner Touri-Gruppe an. Konnten also Einheimische sein.

Ich beschloss, keine weitere Zeit zu verlieren.

Ich ging zu ihnen nach vorn, setzte mich neben sie auf die Bank und flüsterte ihnen zu: »Entschuldigen Sie, meine Damen, ich möchte Sie nicht in Ihrer Andacht stören, aber könnten Sie mir wohl sagen, ob es hier in der Nähe einen Pilatushof gibt?«

Das Mütterchen, das direkt neben mir saß, warf mir einen Blick zu, der hätte töten können, und raunzte mich mit Gift in der Stimme an: »Sie wissen wohl nicht, wo Sie hier sind! Das hier ist ein Ort der Verehrung der Gottesmutter Maria! Und da fragen Sie nach Pilatus, dem Gottesmörder, der den Sohn unserer Rosenkönigin auf dem Gewissen hat?«

Nun, diesen Aspekt hatte ich wirklich nicht auf dem Schirm gehabt …

Ich wollte schon einen schnellen Abgang machen, da meldete sich das andere Mütterchen deeskalierend zu Wort.

»Jetzt sei doch nicht so garstig zu dem jungen Mann, Martha, der hat doch nichts Böses im Sinn. Der ›Pilatushof‹ ist eine Gaststätte in Hausen, im Nachbarort. Ich weiß die Hausnummer nicht, aber die Straße, das ist der Pilatusring.«

Na, das war doch mal eine Auskunft.

Ich bedankte mich, murmelte etwas von meiner Verehrung für die gnädige Rosenkönigin und verließ die Rosenkranzkapelle.

Mein Weg führte mich schnurstracks zu dem Parkplatz, auf dem ich mein Auto abgestellt hatte.

Es stand noch da, und auch hier war keine Spur von staatlichen Ermittlungsbehörden zu sehen.

Erst als ich an Sandra Danners Haus vorbeifuhr, sah ich, dass das Polizeiaufgebot immer noch vor Ort war.

Wenn die wüssten, dachte ich mir, wer sich da direkt vor ihrer Nase aus dem Staub machte …

18 Bär vergisst

Mehrere Radfahrer waren inzwischen unterwegs.

Gut, dann fiel ich nicht so auf.

Ich wusste, dass Erna Kalb in Moosburg wohnte.

In der Bergstraße.

Johannes Kalb am Wachtelweg.
Sollte ich maximales Risiko gehen?
Den Stier gleich bei den Hörnern packen?
Moosburg hatte nicht viele Straßen.
Ich fuhr durch den Ort.
In der Mitte die Kirche St. Johannes Baptist.
Daneben das Gasthaus »Zum Löwen«.
Fuhr in konzentrischen Kreisen um die Kirche, immer ein Stück weiter von ihr weg, schaute nach den Straßenschildern.
Am Ortsrand fand ich ihn.
Den Wachtelweg.
Eine Sackgasse.
Est nomen omen?
Ich hielt an.
Fiel fast vom Rad.
Ein Polizei-BMW rollte an mir vorbei.
Der Polizist und die Polizistin mit dem Pferdeschwanz interessierten sich nicht für mich.
Ich schnaufte durch, wischte mir den Schweiß von der Stirn.
Das Polizeiauto schlich bis ans Ende der Sackgasse.
Hielt an.
Die beiden stiegen aus, setzten sich ihre Dienstmützen auf den Kopf.
Sie hatten es nicht eilig.
Langsam gingen sie auf das letzte Haus der Straße zu. Zu langsam.
Drückten auf eine Klingel.
Verschwanden im Haus.
Ich wartete, jederzeit bereit, abzuhauen.
Mit kalten, feuchten Händen.
Ich vergaß sogar zu rauchen.
Ich schreckte auf. Ein Auto fuhr an mir vorbei, schneller als vor zwei Minuten die Polizei.
Der Fahrer trug Schwarz.
Der Bestatter?

Was sollte der hier?
Das Auto hielt hinter dem Polizei-BMW.
Der schwarze Mann stieg aus, schlug resolut die Tür zu, er hatte irgendwas in der Hand, drückte auf die Klingel, wartete kurz, verschwand im Haus.
Ich schaute alle zwei Minuten auf die Uhr.
Hielt die Spannung kaum aus.
Rauchte eine.
Noch eine.
Dachte: Ich sollte endlich mit dem Rauchen aufhören.
Aber unter Hochspannung ist eine Entwöhnung ungünstig. Geht nicht.
Plötzlich war ich meine Zigarette los. Sie war mir aus dem Mund gefallen.
Das Polizistenpaar trottete aus dem Haus, sie hinter ihm, beide mit hängenden Schultern, stiegen noch langsamer in ihr Dienstfahrzeug ein, als sie ausgestiegen waren.
Ich schwang mich auf mein Rad, verschwand hinter der nächsten Kurve, ging in Deckung hinter dem Stamm einer deutschen Eiche.
Das Polizeiauto kam aus der Sackgasse, nahm die Kurve Richtung Sulzberg, Kempten.
Ich atmete tief durch.
Wartete.
Bis das schwarze Auto aus der Sackgasse kam.
Es kam nicht.
Irgendwann musste es doch kommen.
Drei Gauloises später nahm es schwungvoll die Kurve, als wollte es die Polizei verfolgen.
Sollte ich wirklich?
Ich schob mein Fahrrad.
Sollte ich mich trauen?

19 Marlein und der falsche Pilatus

Irgendwie hätte ich mir den »Pilatushof« in Hausen anders vorgestellt.

Wenn ich denn überhaupt eine Vorstellung davon gehabt hätte.

In dieser Vorstellung hätte ich dann ein altes fränkisches Fachwerkhaus in der Innenstadt erwartet, und in der Gaststube lauter Accessoires aus der Römerzeit, wie Togen, Rüstungen, Schwerter, SPQR-Schilder und Lorbeerkränze.

Stattdessen fand ich in einem Industrie- und Gewerbebetrieb am Stadtrand einen hochmodernen Komplex vor, der ziemlich neu aussah, aus ganz viel Holz und Glas bestand und unter dem Oberbegriff »DER PILATUSHOF – Land Gut Gastro« ein Restaurant, ein Hofcafé, einen Hofladen, einen Biergarten und eine Dachterrasse beinhaltete.

Zum Glück war die Zahl der potenziellen Kandidaten überschaubar. Im Restaurant war nichts los, da das Mittagessen vorbei und es für das Abendessen noch zu früh war. Draußen saß niemand, da es zu kalt war, und der Hofladen schied aus. Blieb also nur noch das Café, was es mir erleichtern sollte, das Ecce-Homo-Treffen zu identifizieren.

Ich verlor erst gar keine Zeit mit einer Sichtung, sondern sprach nacheinander alle Gäste im Café an, mit der stets gleichen Frage: »Entschuldigung, bin ich hier richtig beim Ecce-Homo-Treffen?«

Leider mit vernichtenden Ergebnissen.

Eine Gruppe von jungen männlichen Studenten giftete mich an, sie seien doch kein Schwulenverein.

Eine Gruppe von älteren Frauen machte sich darüber lustig, dass ich da ja wohl bei ihnen die völlig falsche Zielgruppe erwischt hätte.

Eine Familie mit zwei kleinen Kindern drohte, die Polizei zu rufen, wenn ich sie belästigen wolle.

Eine mittelalterliche einzelne Frau verneinte, meinte aber,

ich könne mich gern zu ihr setzen, sie würde mich auf einen Kaffee einladen und anschließend könnten wir ja noch zu ihr gehen.

Nach diesem Desaster suchte ich mir einen Platz in der hintersten Ecke des Cafés, bestellte mir ein Wasser und ein Stück Erdbeerkuchen und dachte nach.

17 Uhr EH-Treffen im Pilatushof.

Ich sah auf die Uhr.

Sechzehn Uhr fünfundfünfzig.

Wo waren die Ecce-Homo-Leute?

Mein Blick fiel auf eine Tür, an der ein Schild mit der Aufschrift »Pilatusstube« stand.

Das musste es sein.

Ich rief die Bedienung zu mir, ein junges Mädchen mit Pferdeschwanz.

»Sagen Sie, ist die Pilatusstube heute von einer Gruppe für ein Treffen gebucht?«

Sie schüttelte den Kopf.

»Nein, heute haben wir keine Gruppe angemeldet. Wollen Sie den Raum für eine Feier oder eine Tagung oder ein Seminar buchen? Ich kann Ihnen die Pilatusstube gern zeigen.«

Nein, wollte ich nicht.

Verdammt! So verlor ich die einzige Spur, die ich hatte.

Ich quetschte meine Hirnwindungen aus, versuchte neu zu denken, anders zu denken.

Ein Gedanke blitzte auf.

Ich wandte mich erneut an die Bedienung.

»Sagen Sie mal, wieso heißt denn dieser Ort hier eigentlich ›Pilatushof‹?«

Sie sah mich erstaunt an.

»Also ... ehrlich gesagt ... keine Ahnung. Ich arbeite hier nur als Aushilfe. Aber ich kann eine Kollegin fragen, vielleicht weiß die mehr.«

Sie verschwand, und kurz darauf kam eine dickliche ältere Frau an meinen Tisch.

»Womit kann ich Ihnen helfen?«

»Mit einer Auskunft. Ich hätte nur gern gewusst, warum dieser Komplex hier den Namen ›Pilatushof‹ trägt. Ist doch ungewöhnlich, eine Gastronomie nach dem Typen zu benennen, der Jesus Christus ans Kreuz hat schlagen lassen.«

Sie lächelte amüsiert.

»Ja wissen Sie denn nicht, dass Pontius Pilatus hier in Hausen geboren wurde?«

Mir fiel die Kinnlade runter.

»Nein, das wusste ich nicht.«

Sie lachte.

»Nun ja, es ist ja auch nicht so ganz sicher, aber es ist eine bekannte Legende. Hier in Hausen ist so einiges nach Pilatus benannt. Es gibt einen Pilatusweg, ein Flurstück mit dem Namen Pilodes, und die Straße hier heißt ja auch Pilatusring.«

»Gibt es noch einen anderen Pilatushof?«

Sie dachte nach.

»Hier in Hausen nicht. Höchstens noch in der Nachbarstadt, in Forchheim. Aber das ist keine Gastronomie, sondern ein historischer Ort.«

Ich wurde sofort hellhörig.

»Wieso historisch?«

»Na ja, es gibt auch eine Legende, die sogar noch viel älter ist, nach der Pontius Pilatus nicht in Hausen geboren ist, sondern in Forchheim. Und drum gab's dort jahrhundertelang einen Pilatushof.«

»Was heißt ›gab‹? Gibt's den nicht mehr?«

»Er wird zumindest offiziell nicht mehr so genannt.«

»Wissen Sie, wo sich dieser Pilatushof befindet?«

»Nein, so genau kenn ich mich da nicht aus. Aber warten Sie – der Heimatverein hat ein kleines Faltblatt zur Pilatuslegende in Hausen und Forchheim erstellt. Da steht auch drin, wo sich der Forchheimer Pilatushof befindet. Ich schaue nach, ob wir noch eins dahaben.«

Sie ging zur Theke.

Ich betete zur Rosenkönigin von Heroldsbach, dass sie eines dahatten.

Mein Gebet wurde erhört.

Sie brachte mir eine abgegriffene Broschüre.

»Da steht eigentlich alles drin, was es über die Pilatuslegende hier in der Gegend zu sagen gibt. Viel ist es ja eh nicht.«

Ich war heilfroh, dass es nicht viel war, denn ich hatte nicht mehr die Zeit, lange geschichtliche Abhandlungen zu lesen.

Ich überflog den Text so schnell wie möglich, bis ich die einzige Information gefunden hatte, die mich interessierte. Die heutige Adresse des historischen Pilatushofes in Forchheim lautete: Schulstraße 4.

Ich steckte das Faltblättchen ein, bezahlte und bedankte mich bei der Bedienung mit einem fürstlichen Trinkgeld.

Dann hetzte ich davon mit der Panik eines Idioten, der sich wahrscheinlich die ganze Zeit an einem falschen Ort aufgehalten hatte.

20 Bär pokert

Ich war so aufgeregt, dass ich nicht denken konnte. Ich musste etwas *tun*!

Ich stellte mein Fahrrad an den Gartenzaun vor der Nummer 66.

Griff zum Schloss, um es abzusperren, aber es war kein Schloss da.

Ich ließ es am Zaun lehnen. Wird schon keiner klauen.

Oberhalb der Türklingel ein Schild: »Johannes Kalb«.

Was sollte ich sagen? Eine Geschichte erfinden: Grüß Gott, ich bin der Notfallseelsorger und muss Ihnen eine Nachricht überbringen?

In meinem Aufzug nahm mir kein Blinder, der auch riechen konnte, ab, dass ich Seelsorger war.

Landstreicher – ja.
Oh Maria, hilf!
Keine Ahnung, welche Maria für den Fall zuständig war. Dann eben volles Risiko.
Ich klingelte.
Nach ein paar Sekunden öffnete sich die Tür.
In der Tür stand ein Mann. Ich schätzte ihn auf Mitte dreißig.
Sein Gesicht war verheult.
Trotzdem erkannte ich ihn sofort: Er war seiner Mutter Erna Kalb wie aus dem Gesicht geschnitten.
Er öffnete die Tür nur halb.
»Was wollen Sie? Wer sind Sie? Ich hab jetzt keine Zeit, verschwind! Sonst ruf ich die Polizei!«
Ich nahm meine verschwitzte Frotteemütze vom Kopf, sagte: »Herr Kalb, ich habe die vorletzte Nacht mit Ihrer Mutter verbracht.«
Das öffnete die Tür.
Nicht weil er sie aufmachte, sondern weil er sie nicht mehr zuhalten konnte. Er konnte überhaupt nichts mehr halten.
Er wurde käsweis, ich dachte, er kippt jeden Augenblick um.
Mund offen, Augen aufgerissen.
»Darf ich reinkommen?«
Eine rhetorische Frage.
Ich ging rein, machte die Tür hinter mir zu.
Weiß Gott, wie viele Nachbarn hinter wedelnden Vorhängen schon gafften.
»Uuu…nd w… w…er … sind –«
»Bär«, sagte ich, »Emil Bär. Dr. Emil Bär. Ich war der Vorletzte, der Ihre Mutter lebend gesehen hat, bevor sie umgebracht wurde.«
»Und wer war der Letzte?«
»Die Mörder!«
»Kommen Sie rein.«

Er fand seine Stimme wieder, seine Farbe noch nicht.

Er ging vor mir her in eine Bauernstube.

Wies mit seiner Hand aufs Kanapee.

»Ich bin so frei«, sagte ich, hockte mich hin.

Er vergaß, sich hinzusetzen, stand mitten in der Stube. Sagte: »Die Polizei war grad hier. Hat uns die Nachricht gebracht. Dass sie gestorben ist. Mehr wissen sie noch nicht, ham sie gesagt. Nur dass es sich um ein Verbrechen handelt. Die Verbrecher sind nicht bekannt, aber sie haben zwei Verdächtige … Sie sind hinter ihnen her. Einer soll sogar aus der Gegend hier sein …«

Er stoppte, sein Gesicht verfinsterte sich, er schaute mich an, als würde er mich in der nächsten Sekunde mit der Mistgabel erstechen.

Ich kam ihm zuvor, sagte: »Einer davon bin ich. Aber ich hab Ihre Mutter nicht umgebracht, und mein Freund aus Franken auch nicht. Sonst wäre ich nicht hier, oder?«

»Warum sind Sie dann hier?«

»Ihre Mutter hat mir vorletzte Nacht ein paar Sachen erzählt. Über ihre Forschung … über Ecce Homo … und über ihre Angst … sie hatte furchtbare Angst, dass ihr jemand was antun könnte …«

Er nickte. »Ja, sie hat auch schon Morddrohungen bekommen.«

»Und sie hat mir Ihre Adresse gegeben, damit ich … wahrscheinlich ahnte sie, dass … damit ich den Hinweisen weiter nachgehen kann. Deshalb bin ich hier. Ich muss die Mörder Ihrer Mutter finden. Sonst verknacken sie mich. Und Sie müssen mir dabei helfen.«

»Ich weiß nicht …«

»Geben Sie uns beiden eine Chance. Ich erzähl Ihnen die Geschichte, wie sie wirklich war – so weit ich sie kenn, das heißt bis zwei Uhr vorletzte Nacht. Dann entscheiden Sie, ob Sie mich verpfeifen oder mir helfen – und ich Ihnen.«

Er war unschlüssig.

Ich fragte ihn: »Wer war eigentlich der Typ in Schwarz … nach der Polizei …?«

»Ach der … Das war der Notfallseelsorger.«

»Hat er was genutzt?«

»Ja, ich hab ihn rausgeschmissen, danach ging's mir besser.«

Er trat in den Flur, rief durchs Treppenhaus nach oben: »Chris!«

Er kam wieder in die Stube.

Hinter ihm ein Mannsbild, ungefähr im gleichen Alter wie Johannes Kalb.

»Mein Freund, der Chris«, sagte er, »Christian Räter.«

Mir verschlug es den Atem.

Dann entfuhr mir: »Grüß Gott … Sie schauen ja aus wie der Christus von Oberammergau.«

Er stockte einen Augenblick, sein rechtes Augenlid zuckte, dann lächelte er geschmeichelt, strich an seinem langen schwarzen IS-Bart entlang, wischte seine schulterlange schwarze Mähne aus seinem Jesusgesicht, sagte: »Ich bin auch der Christus von Oberammergau!«

Ich schaute so blöd, dass Johannes Kalb sekundieren musste: »Der Jesus-Darsteller für dieses Jahr. Er kommt auch aus Oberammergau, wir wohnen aber meistens hier. Wir sind … ein Paar … seit drei Monaten … aber für immer füreinander bestimmt!«

Er himmelte ihn an, legte seine Hand auf die Schulter seines Geliebten.

Er sagte nichts, strahlte. Hätte er etwas gesagt, hätte es sicher so geklungen:

Mein Freund ist weiß und rot, auserkoren unter vielen Tausenden.

Sein Haupt ist das feinste Gold. Seine Locken sind Rispen, schwarz wie ein Rabe.

Seine Augen sind wie Tauben an den Wasserbächen, sie baden in Milch und sitzen an reichen Wassern.

Seine Wangen sind wie Balsambeete, in denen Gewürzkräuter wachsen. Seine Lippen sind wie Lilien, die von fließender Myrrhe triefen.

Seine Finger sind wie goldene Stäbe, voller Türkise. Sein Leib ist wie reines Elfenbein, mit Saphiren geschmückt.

Seine Beine sind wie Marmorsäulen, gegründet auf goldenen Füßen. Seine Gestalt ist wie der Libanon, auserwählt wie Zedern.

Sein Mund ist süß, und alles an ihm ist lieblich.

Ich sagte: »Hohelied Kapitel 5, Verse 10 bis 16.«

Er staunte.

Dass der Jesus eine Lederhose anhatte, gab ihm auch noch einen lokalen Touch.

»Ich weiß«, sagte ich, »Sie sind ein Paar.«

»Woher?«

»Von Ihrer Mutter. Wie gesagt, ich sah Ihre Mutter noch vorletzte Nacht. Sie hielt zusammen mit ihrer Freundin Sandra einen faszinierenden Vortrag auf dem Kreuzberg …«

Ich erzählte den beiden von unserer Kreuzberg-Begegnung und dem grausigen Ende. Alle Einzelheiten.

Sie lauschten fasziniert, am Ende mit Tränen in den Augen. Beide.

Ich schloss: »Und nun bin ich hier. Ihnen ausgeliefert. Sie können mir glauben und die Polizei rufen. Sie können mir nicht glauben und die Polizei rufen. Oder Sie können mir helfen, die Mörder Ihrer Mutter zu finden.«

»Das kann die Polizei auch.«

»Ich kann es besser und schneller. Mit Ihrer Hilfe.«

»Ich weiß nicht …«, sagte Johannes Kalb, schaute seinen Geliebten fragend an.

Ich griff zu meinen Zigaretten.

»Ah … wir rauchen nicht in diesem Haus. Wenn Sie rauchen wollen …«

Er deutete Richtung Terrasse.

»Gut, dann geh ich auf der Veranda eine rauchen, und Sie

beide können sich besprechen … und entscheiden, was Sie tun wollen.«

Ich ging raus, zündete mir eine an.

Ich pokerte hoch. Aber ich fand, ich hatte keine andere Wahl.

»Alternativlos«, hätte unsere Bundeskanzlerin gesagt.

Nach einer Zigarettenlänge hörte ich Johannes Kalb rufen: »Herr Bär, Sie können reinkommen.«

Ich ging rein, hockte mich wieder auf das Kanapee, verströmte meine Rauch-Schweiß-Angst-Aura, fragte: »Wie ist das Verdikt?«

Der Oberammergauer Christus wischte sich wieder die Mähne aus seinem Hirtengesicht, lächelte etwas angespannt, sagte: »Wir glauben Ihnen.«

Ich wischte mir den Schweiß von der Stirn.

»Unter einer Bedingung«, ergänzte Chris scharf, gar nicht mehr der gute Hirte. »Sie sagen uns alles, was Sie wissen, was Sie erfahren und was Sie tun. Wenn nicht, verpfeifen wir Sie bei der Polizei.«

Ich dachte: So weit geht die Freundschaft nicht, ich lass mir nicht in alle Karten schauen, sagte: »Klar, selbstverständlich. Totale Transparenz.«

Fragte: »Gehört ihr beiden denn auch zu Ecce Homo?«

Chris antwortete: »Ja, natürlich. Johannes schon länger, durch seine Mutter. Und ich durch Johannes. Ein Glück, dass wir uns kennengelernt haben. Er hat mir die Augen geöffnet. Jetzt gehöre ich fest zur Ecce-Homo-Gruppe. Und ein Glück, dass ich heuer der Jesus der Passionsspiele bin. Wir haben mit der gesamten Ecce-Homo-Gesellschaft beschlossen, dass ich bei der Premiere für einen Eklat sorgen und verkünden werde, dass Tod und Auferstehung Jesu Christi in Wahrheit ein Fake waren – und das aus dem Mund Jesu selbst, sozusagen! Das wird uns die ideale mediale Aufmerksamkeit für unsere Botschaft schaffen!«

Und dich in höchste Lebensgefahr bringen, dachte ich.

Johannes Kalb meldete sich wieder zu Wort: »Und wie geht's jetzt weiter?«

Ich sagte: »Ich kann mich nicht in Tal sehen lassen und schon gar nicht auf der Biselalm, wo, wie ich von Ihrer Mutter erfahren habe, Beweise versteckt sind ... Und deshalb hab ich kein Dach überm Kopf.«

»Sie können hier wohnen. Im Gästezimmer«, sagte Chris.

Johannes schaute ihn überrascht an.

Ich sagte: »Danke. Dann habt ihr hundertfünfzig Prozent Transparenz.«

Johannes nickte, sagte: »Ich zeig Ihnen das Gästezimmer. Dann können Sie sich auch gleich frisch machen.«

Er meinte wohl, ich roch wie ein Stinktier.

Er drückte sich wirklich sehr kultiviert aus.

Chris sagte: »Und danach überlegen wir uns einen Schlachtplan.«

Klang nicht ganz so kultiviert.

Egal.

Ich hatte meinen Arsch gerettet.

Vorläufig.

21 Marlein und die brutale Botschaft

Nicht nur den »Pilatushof« in Hausen, auch den Pilatushof in Forchheim hatte ich mir ganz anders vorgestellt.

Zum Glück war ich wenigstens schnell da, denn Forchheim lag in unmittelbarer Nachbarschaft von Hausen; und auch wenn ich den Termin um siebzehn Uhr überschritten hatte, so konnte ich das Ecce-Homo-Treffen vielleicht immer noch abpassen.

Zeit verlor ich allerdings erst noch, weil ich in der Forchheimer Altstadt zwischen Rathaus, Martinskirche, Konradbrunnen, Stadtbücherei, Schüttspeicher, Marienkapelle, Kaiserpfalz und Pfalzmuseum herumirrte und die Schulstraße 4, die hier irgendwo sein musste, ums Verrecken nicht fand.

Ich fand mein Ziel deshalb so schwer, weil sich der Pilatushof als kleiner, enger Hinterhof entpuppte, in den nur eine kleine, enge Seitengasse führte.

Unter Pilatushof hatte ich mir, auch aufgrund der Beschreibung in der Broschüre, etwas Größeres, Herrschaftlicheres vorgestellt. Forchheim war ja anscheinend im Mittelalter eine große Nummer, die Kaiserpfalz war der Ort, an dem Könige gekrönt wurden, und der Pilatushof offenbar wichtiger Bestandteil des Königshofes und des Krönungsgeländes.

Aber die Kleinheit und Enge hatte auch einen entscheidenden Vorteil: Ich konnte sofort identifizieren, dass ein Mann, der vor dem alten Haus mit dem Schild »Schulstraße 4« stand, kein Bewohner war, sondern auf etwas oder jemanden wartete.

Im besten Fall auf die anderen Teilnehmer der Ecce-Homo-Gesellschaft.

Der Mann war zwischen sechzig und siebzig, dicklich, hatte breite graue Koteletten, die von seinen Ohren bis zu seinen Mundwinkeln reichten, und trug eine Nickelbrille und eine alte braune Baskenmütze.

Ich trat an ihn heran.

»Guten Abend.«

»Guten Abend.«

Er sah mich kurz an, als er meinen Gruß erwiderte, und blickte dann sofort wieder weg. Es war ihm sichtlich unangenehm, dass ich ihn ansprach. Er hoffte, dass ich schnell wieder verschwinden würde.

Den Gefallen tat ich ihm allerdings nicht. Stattdessen blieb ich bei ihm stehen.

»Entschuldigung, ist es richtig, dass sich hier früher der historische Pilatushof befand?«

Er spielte den Ahnungslosen und Desinteressierten.

»Kann sein.«

Unsere Konversation kam nicht so recht in Gang.

Ich versuchte es mit einem erneuten Vorstoß.

»Sie scheinen hier zu warten. Findet hier etwa eine Informationsveranstaltung zur Pilatusthematik statt? Dann würde ich mich gern anschließen.«

Nun wurde er so langsam ungehalten.

»Hören Sie, ich warte hier tatsächlich auf jemand. Ich habe nichts, aber auch gar nichts mit dem Pilatushof zu tun. Also lassen Sie mich in Ruhe und verschwinden Sie wieder!«

Das war Klartext gesprochen.

Ich nahm es als Anlass, das nun ebenfalls zu tun.

»Das kann ich nicht so ganz glauben. Es würde mich erstaunen, wenn sich die Ecce-Homo-Gesellschaft nur zufällig einen Pilatushof als Treffpunkt ausgewählt hätte.«

Das haute ihn beinahe aus seinen Schuhen.

Ich hatte jetzt seine ungeteilte Aufmerksamkeit. Keine Spur mehr von Desinteresse. Stattdessen unverkennbar eine Spur von Angst in seinem Gesicht, das ansonsten ein einziges Fragezeichen war.

»Wer … wer sind Sie?«

Ich gab die Antwort, der ich am meisten Erfolgsaussichten zubilligte, dass unsere Konversation eine Fortsetzung erfuhr.

»Eine Freund von Sandra Danner.«

Das schlug tatsächlich erneut ein wie ein Blitz. Und zog dieses Mal eine Mischung aus Erleichterung und Zweifel nach sich.

»Soso … aber … wo ist Sandra?«

»Sie kann heute nicht kommen. Sie hat mich sozusagen als Vertretung geschickt.«

Die Erleichterung schwand, nun war da nur noch Skepsis.

»Das glaube ich nicht. Das hätte sie mir vorher angekündigt. Außerdem habe ich Sie noch nie gesehen. Wer sind Sie?«

»Mein Name ist Philipp Marlein. Hören Sie, Herr …«

Er zögerte, ehe er sich zu einer schmallippigen Vorstellung durchrang.

»Butz. Gerald Butz.«

»Hören Sie, Herr Butz, wir sollten das nicht gerade hier besprechen. Oder wollten Sie Ihr Treffen im Stehen abhalten?«

»Nein, natürlich nicht. Wir wollten in meine Wohnung gehen, die ist nicht weit von hier.« Er warf einen Blick auf seine Armbanduhr. »Es fehlt noch unser drittes Mitglied. Aber es ist schon halb sechs. Er wird wohl auch nicht erscheinen. Er ist sonst überpünktlich.«

»Dann lassen Sie uns gehen.«

Er blieb wie angewurzelt stehen. Er hätte lieber einen stadtbekannten Triebtäter mit in seine Wohnung genommen als mich.

»Warum kann Sandra nicht kommen?«

Es half nichts. Ich hatte es ihm später schonend beibringen wollen, aber nur so würde ich ihn dazu bringen, mit mir zu kooperieren.

»Lesen Sie keine Zeitung?«

Er sah mich irritiert an.

»Nein, wieso?«

Ich versuchte, es sanft klingen zu lassen, aber solche Botschaften klingen einfach immer so kalt und scharf und brutal wie ein Fallbeil, auch wenn man sie stimmlich in Zuckerwatte packt.

»Sandra Danner wurde ermordet.«

22 Bär rennt

Tal am See war out.

Das mussten die beiden Freunde übernehmen. Chris und Johannes.

Ich roch wieder wie ein Mensch. Den Dreitagebart ließ ich stehen, meine Mütze behielt ich auf.

Grüntenblickstraße. Sie ging im Kreis rum.

Nummer 7.

Ich läutete.

Auf dem Schildchen über der Klingel stand: »Helga Hochreiter«.

Ein Name auf dem Zettel, den mir Erna Kalb zugesteckt hatte.

Die Tür öffnete sich.

Vorsichtig.

Einen Spalt.

Zwei verheulte Augen musterten mich.

»Frau Hochreiter?«, fragte ich.

»Sind Sie Analphabet? Steht doch an der Klingel.«

»Ich bin ein Bekannter von Erna Kalb.«

»Emil Bär, ich weiß.«

»Woher wissen –«

»Erna hat mir vorgestern Abend eine WhatsApp geschickt.«

»So … wahrscheinlich ihre letzte, gestern früh war sie … nicht mehr.«

Helga Hochreiter kriegte wässrige Augen. »Ich weiß, ich hab's aus der Zeitung erfahren.«

»Bild?«

»Ja, und in den Nachrichten kam's auch. Umgebracht … und die Sandra auch …«

»Was hat sie denn gewhatsappt, die Erna?«

»Sie hat geschrieben, dass Sie mich wahrscheinlich kontaktieren werden, weil Sie an unserer Sache interessiert wären …«

Ein Auto fuhr vorbei, ich drehte mich schnell weg.

»Darf ich reinkommen?«

Sie öffnete die Tür so weit, dass ich mich hineinquetschen konnte, schlug sie zu, richtete eine Pistole auf mich.

»Hände hoch.«

Ich kam mir vor wie in einem schlechten Krimi.

Mir blieb nichts anderes übrig, als mitzuspielen.

Nahm meine Pfoten hoch.

Sie tatschelte mich ab wie an der Schleuse auf dem Airport Memmingen.

Ich sagte: »Das können Sie sich sparen, ich bin nicht bewaffnet. Die einzige Waffe, die ich habe, ist mein Hirn.«

Sie fuhr unbeirrt fort, griff mir aber nicht ans Hirn, sondern in den Schritt, spürte nichts Hartes, ließ wieder von mir ab, sagte: »Sicher ist sicher!«

Ich sagte: »Können wir jetzt zum gemütlichen Teil übergehen?«

Sie zeigte mit ihrer Spielzeugpistole auf ein Kanapee: »Hock di hi!«

Ich hatte die Prüfung bestanden, wurde geduzt.

Sie setzte sich mir gegenüber in einen abgeschabten Sessel, legte ihre Waffe auf den Abstelltisch daneben.

Sie nahm eine Schachtel Zigaretten, zog eine raus, bot mir wortlos eine an. Ich sagte: »Danke, ich hab meine eigene Marke mitgebracht. Gauloises. Feuer?«

Ich hielt ihr mein Feuerzeug hin, sie griff erschrocken zu ihrer Pistole.

Ich ließ mich wieder auf ihr Kanapee zurückfallen, zündete mir eine an.

Wir bliesen den Rauch in das kleine, schäbige Wohnzimmer.

Ich sagte: »Die Erna, die hat so Schiss gehabt wie du … Ich erzähl dir jetzt alles, was ich weiß, und wie es seit Montagmittag zugegangen ist. Also …«

Ich erzählte ihr meine Geschichte von vorn bis hinten.

Ab und zu liefen ihr die Tränen runter.

»Vor was oder wem habt ihr denn so Angst?«

Sie sagte: »Genau vor dem, was der Erna und der Sandra passiert ist.«

»Wer ist hinter euch her?«

»Das wissen wir nicht. Ich hab nämlich auch schon Morddrohungen gekriegt, wie wir alle … Wir wissen nur, warum sie hinter uns her sind.«

»Wer ist ›wir alle‹?«

»Wir von EC.«

»Entschiedene Christen? Denen tut doch niemand was. Die sind harmlos. Unbewaffnet. Sogar im Hirn.«

»Nein. ›EC‹ ist eine unserer geheimen Abkürzungen für Ecce Homo. Wir sind eine kleine Gemeinschaft, die Sandra und die Erna sind … oh … waren unsere Anführerinnen. Sie sind zwei super Wissenschaftlerinnen … gewesen.«

»Ja, stimmt, ich hab sie ja selbst noch in Aktion erlebt. Sehr belesen, scharfsinnig, überzeugend.«

»Und wir sind alle überzeugt, dass Jesus wahrer Mensch war.«

»Davon sind Millionen Leute überzeugt, dafür wird man inzwischen nicht mehr umgebracht.«

»Aber wir wissen, dass er kein Gott war.«

»Das glauben Millionen andere Menschen auch und laufen putzmunter rum.«

»Die glauben nur … wir wissen.«

»Und woher wisst ihr das?«

»Wir haben Beweise …«

»Die *was* beweisen?«

»Dass Christus kein Gott war.«

»Und wie geht der Beweis?«

»Die Logik der Kirche ist: Jesus war ein Gott, weil er nach der Kreuzigung tot war, beerdigt wurde und auferstanden ist.«

»Ja, bis dahin kann ich folgen.«

»Er ist aber gar nicht auferstanden!«

»Wieso nicht?«

»Weil er gar nicht gestorben ist.«

»Und wo ist der Beweis dafür?«

»In Innsbruck. Einer davon.«

»Ha?«

Sie zündete sich eine neue Marlboro an, ich tat desgleichen, sagte: »Das musst du mir jetzt erklären, ich hab den Faden verloren.«

Sie sagte: »Ich erklär's dir, so kurz es geht. Ich arbeite in

Innsbruck am Institut für gerichtliche Medizin. In der Müllerstraße.«

»Kenn ich. Da hab ich den Zuckerkandl mal besucht.«

»Der ist leider nicht mehr.«

»Ich weiß, im Inn ersoffen.«

»Ich arbeite für seinen Nachfolger, Professor Kaltenbrenner. Der ist Weltführer in der DNA-Analyse. Es ist uns gelungen, einen winzigen Knochenrest in die Hände zu kriegen, von einem Knochen, der von Jesus ist. Mit den neuesten Methoden kann man rausfinden, wie alt der war, und man kann rausfinden, wer der war, dem der Knochen gehört hat – wenn man noch ein oder zwei andere Samples von der Person hat.«

»Und ihr von EC habt einen Knochen, könnt beweisen, dass er einmal Jesus gehört hat, und feststellen, wie alt der Jesus war.«

»Ja, wir sind kurz davor. Der Professor sagt, er braucht noch ein bisschen mehr Material, Knochenmaterial.«

»Und habt ihr noch mehr von dem Knochenzeug?«

»Wir beschaffen es, es ist nur eine Frage der Zeit …«

»Und dann könnt ihr beweisen, dass Jesus ein alter Mann war und wie er gestorben ist?«

»Und dass die Auferstehung von den Toten ein Fake ist.«

»Und das bricht den christlichen Kirchen das Kreuz. Dann können sie Oberammergau dichtmachen. Dann sind das alles Märchen.«

Ich dachte an Oberammergau, dachte an Chris, an Johannes … fragte: »Wer gehört denn alles zu eurem EC?«

»Die Erna, die Sandra … haben dazugehört … ein paar Bekannte von der Sandra in Forchheim … der Sohn von der Erna, der Johannes, und dem sein Freund, der Chris.«

»Der Christus von Oberammergau!«

»Ja, und dann noch einer, der Wastl Hämmerle.«

»Den hat mir die Erna auch aufgeschrieben.«

»Wir sind der harte Kern. Aber ich hab so Angst … nach dem, was der Erna und der Sandra passiert ist.«

Ich dachte nach, sagte: »Am sichersten wärt ihr, wenn ihr mit der ganzen Show aufhört, die Finger von den Knochen lasst und in die Zeitung setzt oder schreiben lasst, dass es keine Gruppe Ecce Homo mehr gibt, weil sie mit dem Tod von Erna und Sandra ihre Aktivitäten einstellt und es sich sowieso gezeigt hat, dass es keinen einzigen Beweis dafür gibt, dass Jesus die Kreuzigung überlebt hat.«

Sie fuhr hoch wie von der Tarantel gestochen. »Spinnst du? Dann wären ja die Erna und Sandra umsonst verstorben … Und ihre Mörder laufen frei rum! Aufgeben gibt's nicht. Außerdem«, sie lächelte maliziös, »ham s' dann dich und deinen Frankenfreund am Wickel. Ihr seid die Hauptverdächtigen. Nein, wir machen weiter!«

»Gott sei Dank, sonst wär ich geliefert. Apropos mein Frankenfreund: Kann ich den mal anrufen … von deinem Telefon aus? Weil ich denke, dass sie meines überwachen.«

Sie reichte mir ihr Mobilteil, sagte: »Ich geh uns was zu trinken holen derweil.«

Ich wählte Philipps Büronummer.

Ich wollte schon wieder auflegen, da meldete sich eine Stimme: »Ja?«

Es war aber nicht Philipps Stimme.

Wer war da rangegangen?

Polizei? Hatten sie ihn schon geschnappt?

Ich legte schnell auf.

Helga Hochreiter kam aus der Küche zurück.

Sie stellte eine Literflasche Felser Obstschnaps auf den Glastisch, zwei Zahnputzgläser daneben, schenkte beide ein.

»Du schenkest mir voll ein«, sagte ich.

»Du bereitest vor mir einen Tisch im Angesicht meiner Feinde. Psalm 23«, sagte sie. *»Gutes und Barmherzigkeit werden mir folgen mein Leben lang.«*

Wir ließen die Gläser klingen.

Zwei Stunden später trat ich an die frische Luft.

Der Schlüssel in der Tür hinter mir drehte sich drei Mal.

Ein Auto fuhr heran.
Ich rannte.
Davon.

23 Marlein und das sensationelle Dokument

Es dauerte eine Weile, bis sich Gerald Butz von dem Schock erholte.

Er hatte mich mit in seine Wohnung genommen, die sich nicht weit entfernt vom Pilatushof befand.

Wir saßen auf der Couch in seinem Wohnzimmer.

Ich musste ihm die Ereignisse auf dem Kreuzberg dreimal erzählen.

Beim ersten Mal schaute er mich nur an, als wäre er in Grimms Märchenstunde und als hätte das, was ich da berichtete, nichts mit der Realität zu tun.

Beim zweiten Mal heulte er wie ein Schlosshund, und ich musste ihn trösten, obwohl ich nicht wusste, was es da zu trösten gab.

Beim dritten Mal schließlich nickte er dauernd und murmelte immer wieder Wortfetzen wie »nun ist es also so weit«, »sie haben uns gefunden«, »sie machen also jetzt Jagd auf uns« und ähnliches Zeug.

So kamen wir nicht weiter.

Ich nippte an dem Mineralwasser, das er mir hingestellt hatte, und stellte das Glas so hart auf den Glastisch, dass es klingelte, als wollte ich eine Rede halten.

»Herr Butz, auch wenn das gerade ein schwieriger Moment für Sie ist, wir müssen systematisch vorgehen.«

Er sah mich an wie ein Erstklässler seinen Lehrer.

»Als Erstes müssen wir die Frage klären: Vertrauen Sie mir? Ich werde polizeilich gesucht als einer der Mörder von Sandra und Erna. Ich war es nicht, und deshalb möchte ich ihren

Mörder finden. Das ist der Grund, warum ich Sie aufgesucht habe. Wenn Sie Zweifel an meiner Unschuld haben, sollten Sie jetzt die Polizei anrufen. Dann haben Sie aber sicher auch Verständnis dafür, dass ich mich möglichst schnell wieder aus Ihrer Wohnung entfernen würde.«

Er schüttelte wild den Kopf.

»Nein, nein, Herr Marlein, bleiben Sie. Ich vertraue Ihnen. Ich weiß ja, wer Sandras Mörder sind. Wenn Sie einer von denen wären, hätten Sie nicht lange gefackelt und mich ebenfalls schon längst umgelegt.«

Ich schluckte.

»Sie … wissen, wer Sandras Mörder sind?«

»Ja. Aber ich kenne keine Namen oder Gesichter. Die Burschen agieren anonym. Sie bedrohen und verfolgen uns schon länger.«

»Und wer sind diese Burschen?«

»In den Drohmails und Drohbriefen nennen sie sich ›die Neuen Tempelritter‹.«

Ich kippte fast um – die Neuen Tempelritter!

Sofort stiegen Bilder in meinem Kopf auf. Szenen aus Ettal, wo Emil Bär und ich vor zwei Jahren um ein Haar von dieser militanten Kirchen-Gestapo von einem hohen Berg in den Tod gestoßen worden wären.

Damals wollten die Tempelritter verhindern, dass ein angeblich von Maria Magdalena geschriebenes Evangelium veröffentlicht wurde.

Und jetzt hatte ich es allem Anschein nach also wieder mit diesen Mordbuben Gottes zu tun, denn sie hatten ganz offenkundig die Mitglieder der Ecce-Homo-Gesellschaft auf der Abschussliste.

Aber das passte ja alles wie die Faust aufs Auge zu den Andeutungen, die Sandra und Erna gemacht hatten.

Dass sie etwas Sensationelles herausgefunden hatten.

Dass sie Beweise dafür hatten, dass die Auferstehung Jesu Christi nur ein Fake war.

Dass sie damit bald medienwirksam an die Öffentlichkeit gehen wollten.

Dass sie Morddrohungen erhalten hatten.

Offenbar hatte die Ecce-Homo-Gesellschaft tatsächlich irgendetwas in ihrem Besitz, was die Lehre des Christentums erschüttern könnte.

Die Tempelritter als selbst ernannte Wächter der reinen christlichen Lehre waren irgendwie darauf aufmerksam geworden.

Und reagierten mit ihrer üblichen Methode: mit der Auslöschung und Vernichtung der vermeintlichen Irrlehre – und ihrer menschlichen Träger.

Sandra Danner und Erna Kalb waren bereits Opfer des neuesten Kreuzzugs der Tempelritter geworden.

Und diese würden nicht eher ruhen, bis sie alle ermordet hatten, die Träger des unerwünschten Geheimnisses waren.

Aber genau das war auch meine Chance, sie zu erwischen und als die wahren Mörder von Sandra und Erna zu überführen.

Ich musterte Gerald Butz. Ob er wusste, in welcher Gefahr er schwebte?

Meine Kehle wurde trocken. Ich nahm einen Schluck aus dem Wasserglas.

»Okay, Herr Butz. Ich brauche unbedingt noch mehr Informationen von Ihnen. Wir müssen das Ganze von Anfang an aufdröseln. Wie ist die Ecce-Homo-Gruppe entstanden?«

Butz schien froh zu sein, in mir einen Verbündeten gefunden zu haben, und gab bereitwillig Auskunft.

»Sandra Danner und Erna Kalb waren die Keimzelle. Sie haben sich auf irgendeinem Kongress kennengelernt und beschlossen, eine Gesellschaft zu gründen, deren Ziel es ist, zu beweisen, dass Jesus Christus ein Mensch war – *nur* ein Mensch. Erna hat dann noch einige Leute bei sich im Allgäu angeworben, Sandra hier im Raum Heroldsbach/Forchheim/Hausen – unter anderem mich. Ich habe Sandra bei einem

Vortrag an der Volkshochschule kennengelernt und war fasziniert von ihren Thesen. Wir sind ins Gespräch gekommen, und nach einem Schnupperbesuch habe ich mich der lokalen Ecce-Homo-Gruppe angeschlossen. Und bin zum Pontius-Pilatus-Experten innerhalb der Gruppe geworden.«

»Was hat denn Pontius Pilatus mit der ganzen Sache zu tun?«

»Eine Menge. Pontius Pilatus war derjenige, der Jesus verurteilt hat; ohne Pontius Pilatus wäre Jesus niemals den Kreuzestod gestorben, und dieser Umstand wird weltweit jeden Tag millionenfach ins Gedächtnis gerufen, bei jedem gebeteten Glaubensbekenntnis der großen christlichen Kirchen: ›Gelitten unter Pontius Pilatus‹. Sandra und Erna haben schon immer die Theorie vertreten, dass Pontius Pilatus damals eine noch viel größere Rolle gespielt hat, als uns die Evangelien berichten. Deshalb habe ich vor einigen Monaten damit begonnen, die ganze Wahrheit über Pontius Pilatus ans Licht zu bringen.«

»Zum Beispiel, dass er aus Forchheim oder Hausen stammte.«

»Ja, das ist natürlich eine geradezu unglaubliche Ironie des Schicksals, dass ausgerechnet hier in Forchheim, in meiner Heimatstadt, diese Pilatuslegende existiert. Das war für mich wie eine Bestimmung. Ich habe dann auch mit der genauen Erforschung dieser Legende begonnen.«

»Wollten Sie sich deshalb heute an diesem Pilatushof treffen?«

»Ja, ich wollte Sandra und dem anderen Bruder einfach mal diesen historischen Ort zeigen, bevor wir zu mir gehen, denn sie waren da beide noch nie. Aber ich habe die Auseinandersetzung mit der Forchheimer Pilatussage längst wieder eingestellt, denn sie hat sich als großer Flop erwiesen.«

»Inwiefern?«

»Die Sage, dass Pontius Pilatus in Forchheim – oder in Hausen – geboren sein könnte, entstand erst im Mittelalter, und sie entstand letzten Endes nur, weil Rudolf von Rheinfelden, der in Forchheim zum König gewählt wurde, wegen diverser Parallelen zum historischen Statthalter von Judäa den Beinamen ›alter Pilatus‹ trug und weil der Ort, an dem er gewählt wurde, ein Pilatushof war, wie es ihn im Mittelalter in vielen Städten gab, meist als Station eines Kreuzweges. Aus dieser Konstellation entstand im Laufe der Zeit die Legende, Forchheim sei auch der Geburtsort des Pontius Pilatus. In Wirklichkeit aber hat der in Italien geborene Römer mit dem damals im wildesten Germanien gelegenen Forchheim nicht das Geringste zu tun.«

Butz nahm einen Schluck von seinem Kamillentee, den er sich zur Beruhigung nach der Nachricht vom Tod der beiden Ecce-Homo-Gründerinnen gebraut hatte.

»Aber ich habe meine Pontius-Pilatus-Forschungen fortgesetzt, bin nach Rom gereist, wo er der Überlieferung nach gestorben ist. Und in einem abgelegenen Kloster außerhalb Roms habe ich ein sensationelles Dokument gefunden, das das Christentum in seiner jetzigen Form vernichten wird, wenn wir es der Öffentlichkeit vorstellen. Und da unsere Allgäuer Gruppe beinahe zeitgleich auf ein Artefakt gestoßen ist, das wie ein Schlüssel zum Schloss der Thesen in diesem Dokument fungiert, können wir nun der ganzen Welt unumstößlich beweisen, was wir von Anfang an mit unserer Ecce-Homo-Gesellschaft propagiert haben: dass Jesus Christus kein Gott und kein unsterblicher Gottessohn war, sondern nur ein zwar außergewöhnlicher, aber nichtsdestotrotz sterblicher Mensch.«

Ich hielt den Atem an.

»Und … was ist das für ein Dokument?«

Gerald Butz flüsterte, damit nur ich hören konnte, was er sagte, als wäre noch eine ganze Partygesellschaft in seinem Wohnzimmer, die nichts davon mitbekommen durfte.

»Ich habe die Memoiren des Pontius Pilatus gefunden!«

24 Bär erbleicht

Wastl Hämmerle mistete im Stall. Zwischen den Kühen.

Im grauen Arbeitskittel über der blauen Latzhose und in schwarzen Gummistiefeln.

Häufte mit seiner Mistgabel verschissenes Stroh in einen Schubkarren.

War ganz in seinen Mist versunken.

»He, Hämmerle-Bauer!«

Er schreckte auf, schaute mich misstrauisch an.

»Ich bin der Bär!«

»Der Bär von der Biselalm? Man sagt, die Polizei sucht dich.«

»Ja. Die Polizei glaubt, ich hätt die Erna Kalb und die Sandra Danner umgebracht …«

»Du und der ander … Ich hab's im Radio gehört, und in der Zeitung steht's auch.«

»Ja, mein Freund aus Fürth. Aber das stimmt nicht. Ich bin hinter denen her, die die Erna und die Sandra auf dem Gewissen haben.«

»Und das soll ich dir glauben?«

»Ja.«

»Warum?«

»Weil ich beim Johannes und seinem Freund, dem Chris, wohn. Die glauben mir. Und die Erna, die hab ich vorgestern noch gesprochen, die hat Angst gehabt, dass ihr was passiert, weil sie hat mir deinen Namen und deine Adresse auf den Zettel geschrieben. Schau!«

Er schaute, nickte, sagte: »Ja, das ist ihre Handschrift.«

Ich sagte: »Sie war ganz erschrocken, wie ich ihr erzählt hab, dass ich auf der Biselalm wohn …«

Er nahm seinen verfilzten Hut ab, fuhr sich durchs silbergraue Haar.

»Die Biselalm … da isch ein Fluch drauf!«

»Da weiß ich gar nix davon.«

»Man redt ja auch nicht drüber.«

»Über was redt man nicht?«

Er mistete weiter.

»Die Erna hat gemeint, du weißt was … was Wichtiges.«

»Ich weiß was, aber ob das wichtig ist, weiß ich nicht.«

»Erzähl's mir einfach. Ich muss die Mörder finden, und irgendwas hat der Mord mit der Biselalm zu tun.«

Er mistete weiter.

Ich sagte: »Ich hab nur gehört, dass die Alm vor Jahren einmal abgebrannt und dann neu aufgebaut worden ist, und irgendwann hat sie der Sohn vom alten Bauern übernommen … Aber der ist verschwunden, der Alte ist inzwischen verstorben, und der Junge soll irgendwo in Indien sein … Der soll Kontakt mit jemand haben … Mehr weiß ich nicht.«

»Und die Erna hat dir wirklich gesagt, du sollst zu mir kommen?«

Wastl Hämmerle lehnte sich auf seine Mistgabel.

»Ja. Wie es um die Biselalm gegangen ist.«

Langsam fing er an zu reden: »Nachdem die Alm abgebrannt ist, hat der alte Bauer sie wieder aufgebaut. Für die Städter aus Augsburg. Er hat sie Jahre später alle hinausbefördert, es gab dauernd Streit. Dann ist dem Conny, dem Alten, seine Frau verstorben. An Krebs. Dann ist sein Sohn bei einem Verkehrsunfall ums Leben gekommen. Wie der Conny alt geworden ist, wollt er seinem zweiten Sohn, dem Hans-Peter, die Alm vermachen …«

Seine Augen schauten weit in die Vergangenheit.

»Der Hans-Peter und ich. Wir haben miteinander studiert. Ingenieur. Aber der Hans-Peter war immer ein Besonderer. Er war arg religiös. Er hat eigentlich Priester werden wollen, aber der Alte hat gesagt, jetzt hab ich schon einen Bub im Straßenverkehr verloren, jetzt will ich den andern nicht auch noch an die Kirch verlieren. Der Hans-Peter hat Ingenieur studiert, aber er war nie richtig dabei. Er ist dann mit seiner Frau auf der Alm eingezogen. Er wollte dort eine Art Kloster gründen. Er war ein paarmal in Indien, und das hat ihn nicht mehr losgelassen. Sein Vater hat geschimpft: Er will keine kahlkopferten Mönche in orangefarbenen Kutten auf seiner Alm haben. Und wenn der Hans-Peter dort schon umsonst wohnt, soll er sich gefälligst nach seinem Vater richten. Die zwei waren ganz unterschiedlich, aber eines ham sie gemeinsam gehabt: den Sturschädel. Der Hans-Peter ist dann mit seiner Frau ausgezogen und nach Indien gegangen, hat den Kontakt zu seinem Vater abgebrochen. Vor zwei Jahr ist der Alte verstorben, ohne dass er seinen Sohn wiedergesehen oder gesprochen hätt. Der Einzige, der noch Kontakt mit ihm gehabt hat, war ich.«

»Und was hat der Hans-Peter dann in Indien getrieben?«

Er hat in so einem Dingsda gewohnt, in einem Aschram …«

»Eine Art Kloster … Wie heißt es denn?«

»Ich kann mir die indischen Namen nicht merken. Es war aber ein Besonderes. Herrgottsakrament, die Scheiß-Demenz … Die Gegend klingt wie Käs … und der Ort, wo er gewohnt hat, so ähnlich wie Sibirien.«

»Ich kann's ja später googeln. Käs und Sibirien und Indien …«

Hämmerle fuhrt fort: »Der Hans-Peter ist komisch geworden nach dem Tod von seinem Vater. Er hat mir am Telefon gesagt, dass er eine wahnsinnig wichtige Entdeckung gemacht hat … dass Jesus in Indien gestorben sein soll und dort begraben worden ist, er sei alt geworden …«

»Ich hab immer gedacht, dass Jesus mit Mitte dreißig am Kreuz in Jerusalem als politischer Aufrührer gestorben ist …«

»Der Hans-Peter hat gemeint, das stimmt nicht, und die Erna hat auch gemeint, das stimmt nicht, und irgendwie sind die beiden zusammengekommen und noch ein paar andere …«

»Die EC-Gruppe?«

»Genau die, und die Sache ist dann ganz heiß geworden,

weil der Hans-Peter gesagt hat, er hat Beweise … echte Beweise, dass das mit der Auferstehung ganz anders war.«

»Und wo sind die Beweise?«

»Er war sehr vorsichtig, er hat nur Andeutungen gemacht. Angeblich auf der Biselalm versteckt.«

»Hast nachgeschaut?«

Er blickte mich nicht an. Er blickte auf seine Mistgabel.

»Nein, ich halt mich da raus. Ich bin Ingenieur und Bauer, und das religiöse Zeug ist nicht meins. Aber dem Hans-Peter zuliebe …«

Es läutete. Das Telefon war in den Stall durchgestellt.

»Wer will denn da was von mir?«

Wastl Hämmerle lehnte seine Mistgabel an die Wand, sagte: »Ich schau mal, wer da was von mir will.«

Er ging aus dem Stall.

Nach fünf Minuten oder so kam er zurück.

Nicht er. Sein Gespenst.

Aschfahl war er, wankte.

»Ich sagte: Was ist denn los, ist was passiert?«

Er musste sich auf seinen Schubkarren setzen.

»Die indische Botschaft. Aus Berlin.«

»Und?«

»Der Hans-Peter ist tot. Unfall.«

Jetzt wurde ich aschfahl. Sagte: »Das gibt's doch nicht!«

Er sagte: »Nein … das war kein Unfall!«

»Was dann?«

»Mord!«

25 Marlein und die römischen Memoiren

»Sie machen Späße!«

Gerald Butz blieb todernst.

»Nein, keineswegs. Offenbar hat Pontius Pilatus kurz vor

seinem Tod Aufzeichnungen über sein Leben angefertigt – vor allem zu einem Ereignis, das ihn anscheinend auch Jahre später noch beschäftigt hat. Das Originalmanuskript, das in lateinischer Sprache verfasst ist, habe ich hier in meinem Wohnzimmertresor verwahrt.« Er deutete auf einen grauen Kasten an der Wand. »Aber ich habe es übersetzt, und zwar so, dass es für unser modernes Sprachempfinden gut lesbar ist.«

Er ging zu dem Schreibtisch, der im Wohnzimmer stand, und kramte ein paar Blätter aus der Schublade. Es waren Computer-Ausdrucke.

Butz drückte mir die Papiere in die Hand.

Er war ganz aufgeregt.

»Lesen Sie das!«

Ich tat ihm den Gefallen und las.

Lucius Pontius Pilatus: Aus meinem Leben

Bevor ich nun bald mein Leben lassen muss, möchte ich die Wahrheit über die wichtigsten Ereignisse in meinem Leben berichten.

Mein Name ist Lucius Pontius Pilatus.

Pontius ist mein Familienname. Meine Familie stammt aus dem Geschlecht der Pontier.

Pilatus ist mein Ehrenname, den ich erhielt, weil ich als Soldat ein Speerträger war.

Als Soldat kämpfte ich an den nördlichen Grenzen unseres Imperiums, an Rhein und Donau, und zeichnete mich durch großen Einsatz und besondere Tapferkeit aus.

Wegen meiner Erfolge im Kampf wurde ich ein Freund des Kaisers Tiberius. Der Kaiser belohnte mich nach dem Ende meines Soldatentums für meine militärischen Leistungen, indem er mir die Präfektur der Provinz Judäa übertrug. Dies war möglich, da ich dem Ritterstand angehörte und über das entsprechende Vermögen verfügte.

Vorgeschlagen für die Präfektur hatte mich Seianus, ein

hoher Beamter und Befehlshaber der Leibwache am Hof von Kaiser Tiberius.
Also machte ich mich zusammen mit meiner Frau Claudia auf den Weg in diese ferne Provinz in einem abgelegenen Teil unseres Reiches und übte das Amt des Präfekten von Judäa zehn Jahre lang aus.
Judäa ist ein Teil der römischen Provinz Syrien, die von einem kaiserlichen Statthalter mit Sitz in Antiochia verwaltet wird. Mein Amtssitz befand sich in Caesarea am Meer, wo ich zu Ehren unseres Kaisers im Hafen einen Leuchtturm errichten ließ. Nach Jerusalem, der bedeutendsten Stadt Judäas, begab ich mich nur zu wichtigen Festen. Ich wohnte dann dort im Prätorium, auch Herodes-Palast genannt.
Meine Aufgaben waren dreifacher Art.
Ich sollte das Gebiet militärisch schützen. Hierfür stand mir eine Auxiliartruppe zur Verfügung, fünf Kohorten, bestehend aus Provinzialen ohne römisches Bürgerrecht, vier in Caesarea stationiert, eine in Jerusalem.
Ich hatte die Funktion eines Richters. Ich war der oberste Militärrichter über meine Truppen, in die zivile Gerichtsbarkeit der Juden durfte ich eingreifen, wenn es um die Verhängung von Todestrafen ging.
Ich sollte die Finanzen der Provinz regeln, indem ich für die Eintreibung aller Abgaben und Steuern an den Kaiser sorgte.
Diese Aufgaben waren gut zu erfüllen.
Auch dass ich meine Politik gegenüber drei Personen verantworten musste – gegenüber dem Kaiser Tiberius, gegenüber dem Oberstatthalter der Provinz Syrien und gegenüber den jüdischen Würdenträgern –, war kein Problem für mich.
Doch mein Amt sollte sich aus anderen Gründen als äußerst schwierig erweisen.
Denn was mir Seianus prophezeit hatte, sollte sich als

Wahrheit herausstellen: Judäa ist die unruhigste Provinz des ganzen römischen Reiches!
Denn die Juden hängen einer Religion an, die wir Römer weder verstehen noch in ihrer vollständigen Ausprägung zulassen können.
Diese Religion zeichnet sich durch einige Besonderheiten aus:
Die Juden verehren nur einen einzigen Gott.
Sie sprechen den Göttern aller anderen Völker – auch den römischen Göttern – ihre göttliche Natur ab.
Jede Handlung des Alltagslebens der Juden ist vollkommen von ihrer Religion durchdrungen.
Die Juden betrachten sich als auserwähltes Volk dieses Gottes, und sie können sich mit einer Fremdherrschaft nicht abfinden.
Anstatt zu akzeptieren, dass wir Römer ihnen Frieden, Ordnung und Kultur bringen, würden sie uns am liebsten wieder vertreiben. Ein Aufstand gegen Rom liegt in Judäa jederzeit in der Luft, die Atmosphäre ist stets aufgeheizt.
Und so befand ich mich in meiner Amtszeit als Präfekt von Judäa permanent in einem Konflikt:
Auf der einen Seite musste ich versuchen, die besonders ausgeprägte Frömmigkeit der Juden und die Eigenschaften und Besonderheiten ihrer Religion zu respektieren und sie möglichst viele ihrer Gebräuche ausführen zu lassen. Dies habe ich auch stets versucht und dabei eng mit dem Hohepriester Kaiphas zusammengearbeitet, dem obersten Repräsentanten der jüdischen Theokratie. Hätte ich die jüdische Religion komplett missachtet, hätte es ständig Ausschreitungen und Revolten gegeben.
Auf der anderen Seite musste ich aber auch die römische Autorität durchsetzen und sicherstellen, dass die Juden den römischen Kaiser und seine Gesetze achteten. Hätte ich es nicht getan, hätte ich die Gunst des Kaisers verlo-

ren, wäre in Ungnade gefallen und als Präfekt abgesetzt worden.
Diesen Konflikt aufzulösen, war nahezu unmöglich.
Und so gab es immer wieder Auseinandersetzungen.
Zum Beispiel, als ich die Feldzeichen mit den Kaiserbildern nach Jerusalem bringen und sie dort aufstellen ließ. Die Juden kamen daraufhin in Scharen zu meinem Amtssitz in Caesarea, protestierten gegen die Kaiserbilder und wollten lieber sterben, als diese – in ihren Augen – Gotteslästerung zu ertragen. Ich ließ die Bilder wieder entfernen, da ein Blutbad sicher auch nicht die Zustimmung des Kaisers gefunden hätte.
Bei anderen Konflikten, wie dem Bau einer Wasserleitung von einer entfernten Quelle nach Jerusalem zur Versorgung der Stadt, für den ich Gelder aus dem Tempelschatz verwendete, blieb ich hingegen hart und setzte mich durch, auch gegen den Willen des jüdischen Volkes. Und so konnte ich zehn Jahre lang die einander widerstrebenden Interessen immer irgendwie ausgleichen, indem ich mich je nach Wichtigkeit mal für die eine Seite, mal für die andere Seite entschied.
Doch zuletzt hat mich ein solcher Konflikt um mein Amt gebracht.
Als in Samaria, einem Gebiet, das ebenfalls zur Präfektur Judäa gehört, eine große Pilgerschar, die auch Waffen bei sich trug, auf dem heiligen Berg Garizin zusammenkam, drohte ein bewaffneter Aufstand, sodass ich meine Soldaten dorthin schickte und viele der Versammelten töten ließ. Daraufhin zogen Mitglieder des Hohen Rates der Samaritaner nach Antiochia und beklagten sich bei Vitellius, dem Statthalter von Syrien, dass es keine Gefahr eines Aufstandes gegen Rom gegeben hätte und dass ich einen unschuldigen Pilgerzug niedermetzeln ließ. Leider glaubte Vitellius ihren Anschuldigungen gegen mich, enthob mich meines Amtes und schickte mich nach Rom, wo

ich nun schwerer Verbrechen angeklagt bin und mich vor dem Kaiser rechtfertigen und verantworten soll. Welch eine Ungerechtigkeit!

26 Bär verrät

Wir saßen im Wohnzimmer. Vom Anwesen Wachtelweg 66.

Johannes und Chris nebeneinander. Eng. Wie Verliebte eben.

Ich gegenüber.

Ich erzählte, was ich beim Hämmerle-Bauern erlebt hatte.

Und erfahren.

»Hans-Peter ist tot. Das Konsulat hat angerufen. Unfall. Der Hämmerle meint, es war kein Unfall.«

»Mord?«, fragte Chris.

Johannes zuckte zusammen.

Ich sagte: »Ja. Mord. Aber er kann auch ganz einfach vom Rad gefallen sein. Oder mit einer heiligen Kuh zusammengestoßen ...«

Johannes fragte: »Und jetzt?«

Ich sagte: »Wir müssen die Alm durchsuchen.«

Chris: »Aber wie kommen wir da rein, und wo sollen wir suchen?«

Ich sagte: »Ich geb euch meine Schlüssel. Ich selbst kann mich da ja nicht sehen lassen.«

»Wir uns auch nicht, wenn uns jemand sieht ... Und was, wenn Leute da grad Ferien machen?«

»Ich sag euch nachher, wie man reinkommt, erzählt mir erst, was ihr bei eurer Mutter ... oder künftiger Schwiegermutter ... oh, sorry ... es ist bei mir immer noch nicht ganz eingesickert ... was ihr in der Wohnung von der Erna gefunden habt.«

Johannes fing an, brachte aber kein Wort raus, die Tränen kamen ihm.

Er schaute Chris an. Der übernahm: »Sie hat eine große Bibliothek …«

Ich sagte: »Als Wissenschaftlerin ist das ihr Handwerkszeug.«

Chris überging meine fachkundige Bemerkung, fuhr fort: »… aber da haben wir nichts gefunden, wir haben ja auch nicht Zeit genug gehabt. Aber auf dem Schreibtisch, da waren ein paar Schreiben aus dem forensischen Institut Innsbruck.«

»Mit der Post? Das war aber leichtsinnig … Post oder Mail. Dann kann man's ja gleich in die Zeitung schreiben.«

Johannes wurde unwirsch: »So blöd war meine Mama nicht. Die Post ging per Bote.«

»Und die Botin war … Helga Hochreiter?«

»Ja, genau, bei der du vor ein paar Stunden auf Besuch warst. Wir haben dann weitergeschaut und eine Mitgliederliste und Sponsorenliste der Ecce-Homo-Gesellschaft gefunden.«

»Was auch wieder leichtsinnig war. Wenn die Liste in die falschen Hände kommt …«

Chris lächelte.

»Die Liste kommt nicht in die falschen Hände … weil sie schon in den richtigen Händen ist.«

Er schaute Johannes triumphierend an.

»In euren?«

Chris nickte.

Johannes sagte: »Wir sind dann die Mails durchgegangen. Es waren echt üble Morddrohungen dabei.«

»Von primitiven Deppen, religiösen Fanatikern?«

Johannes schüttelte den Kopf.

»Der Schreibe nach waren es eher keine Deppen. Ordentliche Rechtschreibung, gute Grammatik, richtige Kommas, geschliffener Stil.«

»Auwei!«, sagte ich. »Mir wären Rechtschreibfehler und Satzbaumonster und ein Deppenstil lieber gewesen.«

Schweigen.

Chris meinte resigniert: »Viel hat das nicht gebracht. Nicht mehr, als wir vorher wussten.«

»Am Schluss«, sagte Johannes, »hatte Chris noch eine Idee. Wir gingen an ihr Nachtkästchen, wo sie ihre Schmuckschatulle hat.«

»Und?«

»Der Schmuck lag ordentlich drin ... Das einzig Auffällige war eine Mullbinde vom Zahnarzt.«

»Und was war darin, in der Mullbinde?«

»Hat ausgesehen wie ein abgebrochener Zahn.«

»Vielleicht ein Milchzahn aus ihrer Kindheit?«

Chris sagte: »Ich muss demnächst sowieso zu meinem Zahnarzt in Oberammergau. Die Jesus-Darsteller müssen nämlich immer Eins-a-Zähne haben.«

Ich sagte: »Klar, wenn ihnen am Kreuz das Gebiss rausfällt ...«

Er überhörte meinen empathischen Einwurf, fuhr fort: »Da frag ich den mal, was es mit dem Zahn auf sich hat.«

»Und wie geht's jetzt weiter?«

Chris sagte: »Wir sollten auf der Biselalm schauen, ob da was versteckt ist. Der Hämmerle weiß von so was, und die Erna wusste es auch.«

Er sah mich an. »Weißt du, wo da was versteckt sein könnt?«

»Keine Ahnung. Das Haus ist groß, viele Zimmer, dazu der Keller.«

»Wo tätest denn du was verstecken, sodass es bestimmt keiner findet?«

Ich sagte: »Ich verrat es euch: im Kühlschrank.«

Sie lachten.

»Und in der Bibel.«

Sie wiegten die Köpfe.

»Aber in der Bibel ist nicht viel Platz ... Wir wissen ja nicht, wie groß oder klein das Objekt ist, das er versteckt hat ...«

»Falls er eins versteckt hat.«

»Also im Ernst, wo tätest du es wirklich verstecken?«

Ich dachte nach.

»Mir fällt nix ein … Ich muss denken … aber dazu brauch ich einen klaren Kopf.«

»Und wie wird dein Kopf klar?«

Ich sagte: »Am schnellsten mit einem doppelten Klaren. Obstler oder so was.«

Sie schauten mit gerunzelten Stirnen. Ungeduldig.

Ich legte meine Zigarettenschachtel auf den Tisch.

»Und Rauch. Ein Rauchopfer … aber bei euch …«

Johannes trat an den Kühlschrank, schenkte Obstler ein, stellte ihn vor mich, sagte: »Aber zum Rauchen …«

Ich griff zu meiner Gauloises-Schachtel, sagte: »Ich geh mal für zwei Minuten an die frische Luft«, nahm den Schnaps mit auf die Veranda.

Sie nippten an ihrem Mineralwasser.

Erinnerten mich an meinen Freund Philipp.

Wo der sich wohl rumtrieb? Hoffentlich trieb er sich noch irgendwo rum.

Als ich wieder durch die Verandatür ins Zimmer trat, schauten die beiden gespannt.

»Mir ist da eine Idee gekommen …«

Die Stirnen glätteten sich wieder.

Sie hingen an meinen Lippen, als würde ich gleich das Weihnachtsevangelium verkünden.

»Der einzige Ort auf der Alm, wo seit mehr als zehn Jahr keine Sau hingeht, ist der Dachboden. Der ist voller Gerümpel. Jedes Jahr heißt es: Wir müssen mal das Zeug entsorgen … Aber dabei bleibt's dann auch. Ich hab letztes Jahr mal kurz reingeschaut, da geht eine Leiter in den Dachboden, die muss man aus der Dachluke ziehen, steil, eng, und ich wollt rausfinden, von wo das Wasser in meinem Bad aus der Decke tropft, wenn's schüttet … aber ich hab's dann aufgegeben. Bis zu den Dachziegeln Gerümpel, Dreck, Staub … Und dann hab ich die Klappe gleich wieder zugemacht, weil ich angegriffen worden bin.«

»Von wem?«
»Von den Wespen. Die haben sich da oben zur Untermiete eingenistet, Tausende. Aber das war letzten Hochsommer, vielleicht ist es jetzt besser …«
Ich machte eine Pause, sie hockten vorwärtsgelehnt, ich sagte: »Ja, genau da oben würde ich das Objekt der Begierde verstecken. Sicherer als ein Schließfach bei der Raiffeisenbank.«
Chris sagte: »Dann suchen wir dort. Wir begleiten dich.«
»Mich?«
»Ja, du kennst dich da aus, und wir passen auf dich auf. Einer steht Schmiere, der andere assistiert dir … mit Wespenspray. Wir ham noch eins hier im Haus.«
Ich sagte: »Sorry, das geht leider nicht. Das Risiko ist zu groß. Dass ich erwischt werde von neugierigen Nachbarn, der Polizei oder von Leuten, die zufällig in ihrer Ferienwohnung ankommen …«
»Aber wenn sie uns erwischen?«
»Ihr habt doch Ausreden, die plausibel klingen. Dass ihr für die Erna was finden wollt, das entspricht sogar der Wahrheit. Und von euch will die Polizei nichts wissen. Die wollen mich. Weil sie denken, ich hätte die Erna und die Sandra auf dem Gewissen. Ich werd im ganzen Land gesucht. Nein …«
Sie sahen ein, dass sie in den sauren Apfel beißen mussten.
Ich legte die Schlüssel auf den Tisch: »Der hier, den müsst ihr zuerst rumdrehen, damit der Alarm abgeschaltet ist. Und mit dem kommt ihr dann ins Haus. Ihr steigt die Treppen hinauf bis ins Dachgeschoss, da seht ihr dann sofort die Dachluke. Ganz einfach.«
»Und du?«
»Ich bleib hier, zünd eine Kerze an und bet einen Rosenkranz oder zwei für euch.«
Sie nahmen beide ihre Autoschlüssel.
»Fahrt ihr denn mit zwei Autos?«
Johannes nickte, sagte: »Chris fährt dann gleich weiter nach

Oberammergau. Er hat morgen den ganzen Tag Proben für die Passionsspiele. Bald ist ja die Premiere.«

Ich sagte: »Vergesst das Wespenspray nicht!«

27 Marlein und der ungewöhnliche Vorschlag

Ich sah von den Blättern auf.

»Das ist ja ganz nett für den Geschichtsunterricht, aber sonst?«

Butz nahm mir die Papiere aus der Hand, blätterte herum.

»Das Entscheidende kommt weiter hinten. Warten Sie!« Er suchte und gab mir einige Seiten zurück. »Lesen Sie das hier!«

Ich war erneut folgsam und las.

In meiner Amtszeit als Präfekt von Judäa begegneten mir unzählige Aufrührer, Aufwiegler, Prediger, Propheten, Protestler und selbst ernannte Messiasse, die versuchten, das Volk gegen den Kaiser in Rom und gegen unsere römische Herrschaft aufzuwiegeln und die Eigenherrschaft der Juden wiederherzustellen.
Ich ließ sie alle kurzerhand hinrichten, und nach jeder Hinrichtung eines dieser Rebellen war dann wieder Ruhe im Volk, so lange, bis der nächste auftrat.
In jenen Tagen, etwa in der Mitte meiner Amtszeit, gab es aber einen, der anders war als die anderen: ein gewisser Jesus, ein Wanderprediger, Sohn eines Zimmermanns. Er stammte eigentlich aus Galiläa, das nicht zu meinem Einflussgebiet gehörte, denn dort herrschte, vom Kaiser eingesetzt, der Tetrarch Herodes Antipas. Aber dieser Jesus war zu einer Zeit nach Jerusalem gekommen, um dort zu predigen und seine Botschaft zu verbreiten, als ich mich gerade ebenfalls in Jerusalem aufhielt (in Begleitung einer zusätzlichen Kohorte aus Caesarea), denn

die Juden feierten das Pessachfest, und da wollte ich vor Ort sein, da mit Unruhen zu rechnen war.
Mir wäre die Andersartigkeit dieses Jesus gar nicht aufgefallen, wenn nicht meine Frau Claudia schon von ihm gehört und mir von ihm erzählt hätte: dass seine Botschaft nicht, wie bei den anderen Unruhestiftern, Gewalt gegen Rom sei, sondern dass er Friede unter allen Völkern und Liebe zu allen Menschen predige. Außerdem verkünde er ein neues Reich – aber kein politisches, kein freies Judäa, sondern ein jenseitiges Reich, das nicht von dieser Welt sei. Auch wenn ich mich für diese Botschaft nicht so sehr erwärmen konnte wie meine Frau Claudia, der dieser Jesus sogar im Traum erschien, so war mir doch klar, dass von diesem Mann keine Gefahr drohte.
Kaum war ich jedoch in Jerusalem angekommen, suchte mich auch schon der Hohepriester Kaiphas auf, mit dem ich eng zusammenarbeitete. Er erzählte mir von diesem Jesus, dass er behaupten würde, er sei der neue König der Juden, und forderte mich auf, ihn verhaften und hinrichten zu lassen.
Damit war ich wieder einmal in einem Zwiespalt: Wenn das stimmte, was mir meine Frau erzählt hatte, war dieser Jesus unschuldig, und es hätte keinen Grund für mich gegeben, ihn festnehmen oder gar kreuzigen zu lassen. Andererseits: Wenn er behauptete, er sei der König der Juden, war das politischer Hochverrat – auch wenn er ein Königreich nicht von dieser Welt damit meinte. Ein Anspruch auf eine Königswürde war eine Rebellion gegen den Kaiser und musste mit der Todesstrafe geahndet werden. Wenn ich nichts gegen Jesus unternommen oder ihn nach einer Verhaftung wieder freigelassen hätte, hätte es sein können, dass sich seine Gegner beim Kaiser über mich beschwert und mir vorgeworfen hätten, ich werde abtrünnig und sympathisiere mit Feinden des Kaisers.
Während ich noch darüber grübelte, was ich tun sollte,

kam ein gewisser Josef von Arimathäa zu mir und bat mich um eine Unterredung. Josef von Arimathäa war ein angesehener und wohlhabender Mann, ein Mitglied des Hohen Rates – und ein heimlicher Anhänger dieses Jesus und seiner Lehre.

Josef von Arimathäa hatte von den Plänen gehört, dass Jesus verhaftet und getötet werden sollte, und er wusste, dass ich in der Plicht war, dies durchzuführen. Um meiner Pflicht Genüge zu tun und trotzdem das Leben des Jesus zu retten, machte mir Josef von Arimathäa einen äußerst ungewöhnlichen Vorschlag, der mir zuerst unmöglich erschien, den ich schließlich aber doch annahm – denn er ermöglichte mir, meine Pflicht dem Kaiser und dem Kaiphas gegenüber zu erfüllen und doch unschuldig am Tod dieses unschuldigen Menschen zu sein.

Der Vorschlag des Josef von Arimathäa lautete: Jesus von Nazareth sollte gekreuzigt werden und dabei zum Schein sterben – in Wirklichkeit aber lebendig vom Kreuz abgenommen werden, gesund gepflegt werden und dann Judäa und Galiläa verlassen und in ein fernes Land im Osten gehen. Ich bestand darauf, dass er niemals wieder zurückkehren durfte, denn wenn er als vermeintlich Toter wieder in Judäa oder Galiläa aufgetaucht wäre, hätte das für riesige Unruhe in der Bevölkerung gesorgt und die Meinung erzeugt, er sei der wahre Messias.

Und so geschah es. Ich ließ Jesus gefangen nehmen, führte einen Prozess gegen ihn (der im Übrigen das bekräftigte, was meine Frau Claudia mir von diesem Menschen erzählt hatte und mich davon überzeugte, dass er tatsächlich unschuldig war), ließ ihn foltern und demütigen und verurteilte ihn zum Tod am Kreuz.

Den Soldaten, die Jesus bewachten, erteilte ich allerdings Order, ihm nicht die Beine zu brechen, was nötig gewesen wäre, damit er noch vor dem Sabbattag starb, denn der Tod am Kreuz zog sich in der Regel über mehrere Tage

hin, und die jüdischen Gesetze verboten, dass am Sabbat ein Körper am Kreuz hing, weil dieser Tag heilig war.
Dem Soldaten, der den Lanzenstich durchführen sollte, der für alle Zeugen das Zeichen der Tötung des Jesus sein sollte, befahl ich, dass er keinen tödlichen, sondern nur einen oberflächlichen Stich durchführen sollte.
Und ein Vertrauter des Josef von Arimathäa, der beim Kreuz stand, sollte Jesus einen Schwamm zum Trinken an den Mund halten. Der Schwamm wäre angeblich mit Essig getränkt – in Wirklichkeit jedoch mit einem betäubenden Mittel, das ihn in einen todesähnlichen Schlaf verfallen lassen sollte.
Es funktionierte.
Als Josef von Arimathäa Jesus wie besprochen nach nur wenigen Stunden vom Kreuz abnahm, hielten ihn alle für tot – aber in Wirklichkeit lebte er noch.
Josef von Arimathäa ließ ihn sofort in Tücher wickeln, die mit Aloe und Myrrhe getränkt waren, Kräuter, die für die Heilung von Wunden sorgen. Dann ließ er ihn in eine Grabkammer bringen, die ihm gehörte, und Jesus darin gesund pflegen.
Nach drei Tagen war Jesus so weit genesen, dass er die Grabkammer verlassen konnte. Er verabschiedete sich heimlich von einigen engen Vertrauten und machte sich dann auf den Weg nach Indien.
Ich habe Jesus von Nazareth nie wiedergesehen.

28 Bär erstarrt

Ich wartete noch eine halbe Stunde.

Zog die Jacke über.

Sie brauchten nicht mehr als zwanzig Minuten bis zur Biselalm.

Wenn sie aus irgendeinem Grund nicht reinkamen, würden sie in vierzig oder fünfundvierzig Minuten zurück sein. Johannes Kalb auf jeden Fall.

Ich hockte mich hin, schaute alle drei Minuten auf meine alte mechanische Armbanduhr, Erbstück von meinem Vater.

Nach einer Ewigkeit von einer Stunde setzte ich meine Frotteemütze auf, schwang mich auf mein Fahrrad.

Nach fünf Minuten lehnte ich es an den Zaun von Erna Kalbs Haus in der Bergstraße, Rückseite.

Ich holte meinen Dietrich aus der Hosentasche.

Das Schloss war kein Problem. Die beiden hatten das Sicherheitsschloss nicht zugesperrt.

Die Tür öffnete sich, ich erschrak, weil sie quietschte.

Ging schnurstracks ins Schlafzimmer, zog die Schublade vom Nachtkästchen raus, öffnete die Schmuckschatulle.

Griff nach dem Zahnarztmull.

Griff ins Leere.

Der Schmuck war weg.

Mit dem Zahnarztmull.

Ich schaute mich eilig im Schlafzimmer um.

Keine Spur von einer Schmuckschatulle.

Schaute an den Schreibtisch.

Drei Taschenbücher lagen drauf.

Ich finde Bücher unwiderstehlich. Las die Titel:

»Kein Tod auf Golgatha«.

»Starb Jesus in Kaschmir?«.

»Jesus lebte in Indien«.

Auf dem Klappentext des einen stand: »Jesus starb in Kaschmir und wurde in Srinagar begraben.«

Ich lachte. Das Geheimnis von Hämmerles dementen Assoziationen von Käs und Sibirien war gelüftet. Kaschmir und Srinagar.

Meine Lache hielt nicht lange.

Ich erstarrte.

Durch die geschlossenen Fenster hörte ich Autos.

Schnell.
Blaulicht zuckte ins Schlafzimmer.
Atemstillstand.
Die Motorengeräusche wurden schwächer.
Das Blaulicht auch.
Mein Herz stolperte.
Ich atmete durch, rannte zur Haustür, schloss sie leise hinter mir, ging hinters Haus, hielt mich an meinem Fahrrad fest.
Nichts wie weg.
Zurück in mein Versteck am Wachtelweg.
Am andern Ende von Moosburg sah ich das Blaulicht.
Was machten die da?
Polizei? Feuerwehr? Technisches Hilfswerk?
Auf jeden Fall waren sie nicht hinter mir her. Noch nicht.
Meine Neugierde gewann.
Ich radelte Richtung Blaulicht.
Vorsichtig.
Rentnertempo.
Sie standen am Ende einer Straße.
Vor einem Haus.
Polizei.
Sanitätsauto.
Leichenwagen.
Hintereinander. Vor einem Haus.
Es war das Haus von Helga Hochreiter.
Mein Gott! Bitte nicht …
Doch: Die Bestatter trugen einen Sarg ins Haus.
Nichts wie weg.
Mir wurde plötzlich heiß. Siedend heiß.
Wenn die meine Fingerabdrücke auf dem Schnapsglas fanden …
Was meine Fahrt unheimlich beschleunigte.

29 Marlein und die größte Verschwörung

Ich legte das Manuskript auf den Wohnzimmertisch und musste einmal kräftig durchpusten.

»Ich weiß nicht, ob ich alles richtig verstanden habe, was Pontius Pilatus da schreibt, aber wenn ich es richtig verstanden habe, wird hier eine der größten Verschwörungen der Menschheitsgeschichte beschrieben!«

Gerald Butz war ganz Ohr.

»Was haben Sie denn verstanden?«

Ich versuchte mich an einer Quintessenz aus dem Gelesenen.

»Die Auferstehung von Jesus war ein Fake, eingefädelt von Pontius Pilatus und Josef von Arimathäa. Pontius Pilatus hält Jesus für unschuldig, hat aber Angst vor Unruhen. Josef von Arimathäa, ein prominenter Anhänger von Jesus, handelt mit Pontius Pilatus einen Deal aus: Pontius Pilatus lässt Jesus kreuzigen, aber die Wachen erhalten Order, ihn nicht zu töten. Josef lässt seinen Körper noch vor dem Todeseintritt abnehmen und zum Schein begraben, in Wirklichkeit aber gesund pflegen. Pontius Pilatus verlangt als Gegenleistung, dass Jesus heimlich das Land verlässt und nicht zurückkehrt; also geht Jesus nach Indien. Eine Auferstehung von den Toten hat es nie gegeben.«

Butz grinste triumphierend.

»Ganz genau, das sagen die Memoiren des Pontius Pilatus aus.«

Ich starrte ungläubig auf das Manuskript.

»Haben Sie irgendeinen Beweis, dass das hier wirklich echt ist?«

Butz nickte eifrig.

»Ich habe Material des Originalmanuskriptes in einem Labor auf sein Alter hin untersuchen lassen. Mir wurde bestätigt, dass es tatsächlich aus dem ersten Jahrhundert nach Christus stammt.«

In meinem Kopf schwirrten verschiedenste Stellen aus dem Text herum.

»Pilatus spricht ganz am Anfang davon, dass er bald sein Leben lassen muss. Was ist damit gemeint?«

Butz zuckte die Schultern.

»Das weiß ich auch nicht, er führt das in seinen Aufzeichnungen nicht weiter aus. Es gibt zwei traditionelle Überlieferungen zum Tod des Pontius Pilatus: Nach der einen hat er Selbstmord begangen, weil er sich zu Unrecht verurteilt fühlte. Es ist historisch verbürgt, dass er im Jahr 36 nach Rom zitiert wurde und ihm dort schwere Verbrechen zur Last gelegt wurden: Bestechungen, Beleidigungen, Raub, Gewalttätigkeit, Zügellosigkeit, wiederholte Hinrichtungen ohne juristisches Verfahren, konstante Ausübung von extrem leidvoller Grausamkeit. Nach der anderen Tradition wurde Pontius Pilatus nach Jesu Tod und Auferstehung zu einem der ersten Christen – und als einer der ersten christlichen Märtyrer wegen seines neuen Glaubens hingerichtet.«

»Letzteres würde aber nicht zu seinen Aufzeichnungen passen. Wenn das stimmen sollte, was hier steht, gab es keinen Tod und keine Auferstehung Jesu. Nach diesen Memoiren des Pontius Pilatus waren die Kreuzigung und die Auferstehung ein einziger großer Fake, denn Jesus ist danach gar nicht gestorben – und demzufolge auch nicht von den Toten auferstanden.«

Butz nickte.

»Ja, Sie haben recht. Die Variante mit Pontius Pilatus als erstem Christen scheidet hiermit aus. Außer man betrachtet ihn als Christen im Sinne eines persönlichen Fans von Jesus, von dem er offenbar sehr beeindruckt war, denn sonst hätte er sich sicherlich nicht auf so ein waghalsiges Manöver eingelassen, um sein Leben zu retten.«

Ich runzelte die Stirn.

»Okay, dann war Pilatus der erste Christ – und gleichzeitig der letzte. Denn wenn dieser Bericht in der damaligen Welt bekannt geworden wäre, hätte sich nie ein Christentum entwickelt. Christus wäre dann kein Sohn Gottes gewesen, kein Sieger über Leben und Tod, kein von Gott persönlich gesandter Religionsstifter, sondern nur ein Wanderprediger, der sich durch ein trickreiches Komplott einer Hinrichtung als politischer Aufrührer entzog, nach Indien auswanderte und dort wahrscheinlich im Alter eines natürlichen Todes starb.«

Butz hüpfte fast auf seinem Platz vor Begeisterung.

»Und genau das ist der Beweis für die These unserer Ecce-Homo-Gesellschaft: Jesus war nur ein Mensch!«

Meine Begeisterung hielt sich hingegen in Grenzen.

»Aber ist Ihnen denn bewusst, wie viel Sprengstoff in diesem Manuskript steckt? Es stellt die ganze Weltgeschichte auf den Kopf! Weil dieser Text offensichtlich nach seiner Entstehung nicht einem breiten Publikum bekannt wurde, hat er zwar damals nicht die Entwicklung des Christentums verhindert – aber seine heutige Verbreitung würde dem Christentum den sofortigen Todesstoß versetzen. Über zwei Milliarden Gläubige weltweit müssten dann feststellen, dass sie einem großen Betrug aufgesessen sind, und stünden von heute auf morgen ohne Religion da. Kein Wunder, dass die Tempelritter hinter Ihnen her sind wie der Teufel hinter der armen Seele.«

Butz zuckte zusammen, als käme etwas lange Verdrängtes plötzlich wieder in ihm hoch.

»Die Tempelritter! Ja, sie werden uns alle töten, alle Ecce-Homo-Mitglieder!«

Sein Blick schweifte in die Ferne, als hätte er eine Vision.

»Und in Oberammergau wird es zum tödlichen Finale kommen!«

30 Bär rollt

Ich saß wie auf Kohlen.

Rauchte wie ein Schlot.

Schaute alle fünf Minuten auf die Uhr.

Wo blieb er nur?

Johannes Kalb.

Er müsste längst zurück sein.

Ich hielt es nicht mehr aus, zog mir wieder meine Jacke über, schlug die Tür hinter mir zu, stieg aufs Fahrrad.

Rollte hinunter zum Speichersee, überquerte den Damm mit der Turbine, in der der Religionslehrer Spielrein zu Fischfutter verarbeitet worden war, nachdem er mit einem Heißluftballon im See versunken war.

Fuhr durch Tal am See, dann hoch Richtung Alm. Auf halber Strecke bog ich ab und schob mein Rad den Kiesweg hoch zum Hörnle. Der Wald gab Sichtschutz.

Ich rollte auf der anderen Seite hinab.

Die Alm lag nun einen Kilometer rechts von mir.

Ich erklomm die Elleg-Höhe.

Die Idee war, von hinten auf die Alm zu stoßen, weg von der Straße, wo immer der Milchwagen raufkam, zu den Nachbarn, und die Milch abholte.

Und die Nachbarn oder der Postbote rauf- und runterfuhren.

Ich durfte mich nicht erwischen lassen.

Ich sah ein Auto auf dem Parkplatz neben der Alm stehen.

Ich stolperte und sprang den Hang abwärts. Rutschte auf Kuhfladen aus, rappelte mich wieder hoch.

Ich kam außer Atem bei der Alm an.

Das Auto auf dem Parkplatz gehörte Johannes Kalb.

War er eingeschlafen beim Suchen?

Oder weil er meine Bar leer gesoffen hatte?

Die Haustür war nicht abgesperrt.

Ich ging in den Vorraum, die Treppen hinauf, rief: »Johannes?«

Keine Antwort.

Setzte meinen Fuß auf die letzte Treppenflucht zum Dachgeschoss.

Die Türen meiner zwei Zimmer standen sperrangelweit offen.

Die steile Holztreppe zum Dachboden war ausgefahren.

An ihrem Fuß lag eine Gestalt.

»Nein!«, schrie ich. »Nein!«

Johannes Kalb lag da, mit dem Kopf nach unten, sein Kopf auf dem Steinboden, in einer Lache Blut. Braun. Trocken. Etwas stimmte nicht mit dem Kopf, der lag neben der linken Schulter. Im rechten Winkel.

Ich rüttelte Johannes Kalb, klatschte ihm ins Gesicht.

Eiskalt.

Das Gesicht.

Ich wollte es nicht wahrhaben.

Er war tot.

Ich war in Panik.

Wenn sie mich jetzt erwischten, hatte ich noch einen Mord an der Backe.

Ich warf einen schnellen Blick durch meine beiden Räume. Sie sahen aus wie Dresden nach dem Bombenangriff im Februar 45.

Der Kühlschrank stand offen.

Abgetaut.

Meine Bibeln zerrrissen und zerfetzt.

Die Geldscheine, die ich drin versteckt hatte, lagen auf dem Boden herum.

Das nahm mir die Panik etwas.

Ein Schwabe lässt kein Geld liegen.

Ich steckte die Scheine in meine Brusttasche.

Sah, dass die Versiegelungen der Polizei aufgebrochen waren.

Ich griff in Johannes' Jacke. Brieftasche drin. In der Brieftasche drin: Geldscheine, Kreditkarten … das Übliche.

Seine Jackentaschen waren leer.

Ich dachte, vielleicht hat er was auf dem Dachboden gefunden und in die Taschen gesteckt.

Nichts.

Weg hier.

Noch ein Gedanke: die Hosentaschen.

Ich habe noch nie einem Mann in die Hosentaschen gegriffen.

Das wär mir zu weit gegangen. Oder zu nah.

Ich griff trotzdem.

Rechts. Nichts.

Links: Ich fühlte was Weiches, wie ein Tempotaschentuch. Nur kleiner.

Innen etwas Hartes.

Ich fischte das Ding heraus.

Es war die Mullbinde aus Ernas Wohnung mit dem Milchzahn – oder was auch immer für einem Knochen – drin.

Ich steckte ihn in meine Hosentasche.

Rannte die Treppen hinab, die ganze Tour rückwärts: Hörnle, Fahrrad untern Hintern, ab und weg, runter an der Kirche von Tal vorbei, am See entlang, über den Damm … wohin nur?

Zurück zu Johannes Kalbs Wohnung?

Ja, meine Sachen holen und dann in Sicherheit nach … Ich merkte, dass ich nichts hatte, wo ich mich verstecken konnte. Keinen sicheren Platz. *Die Füchse haben Gruben, und die Vögel unter dem Himmel haben Nester; aber des Menschen Sohn hat nichts, da er sein Haupt hinlege.* Matthäus 8,20.

Die Polizei musste bald hier sein … Warum war Chris weg? Hatte er es so eilig gehabt mit seinen Proben in Oberammergau? Hatte Johannes allein weitergesucht? Ich hörte auf zu denken, ich musste mich in Sicherheit bringen. Schnell. Aber wo?

Am Ende vom Staudamm fiel mir noch mal die Geschichte mit dem Heißluftballon ein und dem Spielrein und wie ich die Mörder erwischt hatte … in Köln.

Dann kam die rettende Idee!

31 Marlein und das geistige Erdbeben

»Wieso ausgerechnet in Oberammergau?«, fragte ich. »Was soll denn in Oberammergau passieren?«

Butz sagte: »Da beginnen doch demnächst die weltberühmten Passionsspiele, die nur alle zehn Jahre stattfinden.«

»Ja und?«

»Der diesjährige Jesus-Darsteller, Chris, ist eines der Mitglieder unserer Allgäuer Ecce-Homo-Gruppe. Und er wird in der Uraufführung vom vorgegebenen Text abweichen und stattdessen die Wahrheit verkünden. Wenn er vom Kreuz abgenommen wird und im Schoß seiner trauernden Mutter Maria liegt, wird Chris, der sich ja eigentlich tot stellen sollte, plötzlich aufstehen und verkünden, dass er gar nicht tot sei – und dem staunenden Publikum die Wahrheit über die damaligen Ereignisse erzählen, so wie sie uns Pontius Pilatus in seinen Memoiren enthüllt hat. Das wird natürlich einen riesigen Eklat geben! Die Aufführung wird abgebrochen werden, Chris wird von allen Medien zu seinem Aussetzer befragt werden – und auf einer großen Pressekonferenz wird er der Weltöffentlichkeit dann die beiden Beweise dafür vorstellen, dass das Ungeheuerliche, das er auf der Bühne behauptet hat, auch wirklich wahr ist.«

Jetzt ging mir ein Licht auf. Jetzt wusste ich, was Sandra Danner und Erna Kalb gemeint hatten, als sie auf dem Kreuzberg so kryptisch von etwas Sensationellem gesprochen hatten, mit dem sie bei einer bekannten Großveranstaltung, die etwas mit der Kreuzigung Christi zu tun hatte, für einen Eklat sorgen und medienwirksam an die Öffentlichkeit gehen würden.

Doch etwas an Butz' Ankündigung war mir noch rätselhaft.

»Sie sprechen von zwei Beweisen. Mit dem einen ist sicherlich das von Ihnen entdeckte Manuskript des Pontius Pilatus gemeint. Was aber ist der zweite Beweis?«

Gerald Butz strahlte wie ein Honigkuchenpferd.

»Unsere Allgäuer Gruppe war nicht weniger erfolgreich

als ich. Sie haben in Indien ein Knochenstück gefunden, das als ein Teil des Leichnams Jesu identifiziert werden konnte. Es ist das praktische Artefakt, das den theoretischen Bericht des Pontius Pilatus als wahr qualifiziert. Wir haben der Welt hiermit eine lückenlose Beweiskette anzubieten, dass Jesus Christus die Kreuzigung überlebte, nach Indien ging und dort als alter Mann eines natürlichen Todes starb – und somit kein wiederauferstandener Gottessohn war, sondern ein sterblicher Menschensohn.«

Ich konnte nicht verhindern, dass ich eine Gänsehaut bekam.

»Wenn diese Pressekonferenz tatsächlich so stattfindet, wird das für ein geistiges Erdbeben weltweit sorgen!«

Butz' Strahlen verschwand schnell in einem Meer aus Sorge auf seinem Gesicht.

»Ja, und die Neuen Tempelritter werden das natürlich mit allen Mitteln zu verhindern suchen, denn irgendwie haben sie von unseren Beweisen und unserem Oberammergau-Plan erfahren, vielleicht haben sie unsere Telefonate oder E-Mails angezapft. Deshalb trachten sie danach, uns alle schon im Vorfeld zu töten und das Manuskript und den Knochenfund an sich zu reißen. Nur bei Chris trauen sie sich offenbar nicht, ihn einfach umzulegen, da er als Christus-Darsteller eine gewisse Prominenz besitzt und im Blickfeld der Öffentlichkeit steht. Aber sie haben ihm eine Drohung zukommen lassen: Sollte er nicht vorher als Darsteller zurücktreten, wird er während dieser Aufführung sterben – indem ihm, wenn er am Kreuz hängt, eine echte Lanze in die Seite gestoßen wird. Es soll dann aussehen wie ein tragischer Unfall.«

Ich schluckte. Anscheinend standen den Oberammergauer Passionsspielen wirklich dramatische Ereignisse bevor.

»Aber wie soll das funktionieren? Die Tempelritter werden doch wohl kaum die Bühne stürmen!«

»Wir vermuten, dass sie einen ihrer Leute als römischen Soldaten in die Schauspielertruppe eingeschleust haben.«

Ich wollte etwas erwidern, als mein Handy klingelte.

Ich warf einen Blick darauf: ein Anruf von Emil Bär!

Das war wie Gedankenübertragung – ich musste mich unbedingt mit ihm austauschen.

Auch wenn es vielleicht nicht ganz ungefährlich war, das Handy zu benutzen.

»Entschuldigung, Herr Butz, ich muss da kurz rangehen. Wo kann ich ungestört sprechen?«

Butz deutete in Richtung einer Tür im Wohnzimmer.

»Da ist das Bad.«

Ich flitzte ins Bad und schloss die Tür hinter mir.

32 Bär riecht

Zurück in Johannes Kalbs Haus, wählte ich auf dem Festnetztelefon Stanzis Nummer.

Stanzi, meine rheinländische Freundin, war immer noch in Scheidegg an der »Psychosomatischen Panorama Fachklinik«. Machte ihr Projekt über Sesshaftigkeit, Mobilität und Heimweh zu Ende.

Es läutete eine Weile, dann hob sie ab: »Ja?«

»Ich bin's!«

»Wird ja auch mal Zeit, dass du dich meldest! Was war denn los?«

»Das kann ich dir jetzt nicht in epischer Breite erklären. Du musst mich hier rausholen!«

»Wo rausholen?«

»Aus der Scheiße. Die sind hinter mir her!«

»Die Polizei?«

»Die auch. Die sind aber harmlos. Ich hab keinen sicheren Ort mehr. Kannst mich abholen?«

»Jetzt?«

»Ja, schnell.«

»Und wo?«

»Am Ortsausgang von Moosburg, Richtung Sulzberg. Wart am Ortsschild. Ich werd auch da sein, aber ich versteck mich und spring dann schnell ins Auto.«

»Okay. Ich fahr in zehn Minuten los.«

»Du Engel! Dann bist du in einer guten Stunde in Moosburg. Dank dir!«

»Bussi!«

Ach ja, das gab's ja auch noch.

Bussi. Nicht nur Mord und Totschlag.

Ich warf meine sieben Zwetschgen in den Rucksack, schaute, dass ich keine Spuren hinterließ.

Und dann nichts wie weg, bevor die Polizei anrückte. Oder die anderen. Irgendwann mussten sie ja kommen, wenn Johannes mit dem gebrochenen Genick in der Biselalm gefunden wurde.

Eine knappe Stunde später rollte der Rettungswagen heran.

Stanzis Campingbus.

Er hielt am Ortsschild.

Ich sprang aus meiner Deckung, schob die Seitentür auf, schmiss mein Fahrrad hinein, riss die Beifahrertür auf, fiel in den Sitz.

Bellte: »Nix wie weg hier … nach Scheidegg.«

Sie schaute mich an.

»Bist wohl ganz schön fertig mit den Nerven.«

Ich nickte.

Sie sagte: »Aber *das* muss sein …«

Sie hielt mir ihre hübsche Schnute hin, meinte: »Bussi.«

Okay. Bussi, Bussi.

Der Kuss ist das Aufeinanderdätschen
zweier Menschenlätschen.

Schwäbische Volksweisheit.

Gegen meinen Willen musste ich lachen.

Sie strahlte. »Siehste, so geht's schon besser.« Legte den Gang ein, wendete, düste los.

Ich sagte: »Nicht so schnell, die Polizei darf uns auf keinen Fall erwischen.«

»Wegen Knöllchen?«

»Nein, wegen mir …«

Wir fuhren Richtung Scheidegg.

Ich erzählte ihr die ganze Geschichte, wie ich in den Scheiß hineingeraten war.

»Angefangen hat es mit dem Geburtstagsgeschenk vom Philipp …«

Sie zündete sich eine Marlboro an, hörte ruhig zu, warf hin und wieder »unglaublich«, »nit möööchlich«, »wie aus einem Krimi!« ein.

Ich schloss: »Du bist meine Rettung. Wie damals schon in Köln …«

Sie lachte. »Das wird wohl mein neuer Nebenjob: Retterin. Aber wie soll's jetzt weitergehen?«

Ich sagte: »Ich brauch ein Dach überm Kopf, am besten, wo mich niemand kennt. Ich brauch ein Handy, auf dem man mich nicht orten kann. Ich brauch ein Auto, mit dem ich rumfahren und recherchieren kann. Ich muss rauskriegen, wer die beiden Frauen auf dem Gewissen hat. Und die Helga Hochreiter … Dann bin ich wieder ein freier Mensch.«

»Und ich auch«, sagte sie.

»Wieso du auch?«

»Im Augenblick und bis auf Weiteres mache ich mich der Beihilfe zum Mord schuldig. Wenn sie uns erwischen.«

»Deshalb sollst ja auch nicht so sausen!«

Sie nahm den Fuß leicht vom Gas. Unwillig.

Ich sagte: »Ich kann vor Angst kaum mehr denken.«

Stanzi lachte. »Dann überlass das mal mir!«

»Und was sagen deine Gedanken?«

»Erstens, du hast ein Dach überm Kopf.«

Sie deutete auf das Autodach, die Klappe, wo man das Schlafzimmer vom Bus öffnete.

»Und wo soll das Dach sein?«

»Zwanzig Zentimeter über deiner Birne. Außerdem hast du was vergessen, was du brauchst.«

»Was?«

»Eine Dusche!«

»Riech ich so männlich?«

»Du stinkst. Schweiß. Genauer gesagt: Angstschweiß.«

Ich machte das Fenster einen Spalt weit auf.

»Besser?«

»Anders. Jetzt riecht's nach Jauche.«

Sie sagte: »Zünd mir bitte mal eine Ziggi an.«

Ich zündete eine an, reichte sie ihr.

Sie blies den Rauch aus, sagte: »Du kannst im Bus wohnen. Auf dem Abstellplatz an der Klinik. Die Bauern haben eine Wiese freigegeben für Angehörige, die Patienten per Camping besuchen wollen. Außerdem kannst du im Bus überall leben. Ortsunabhängig.«

Ich schluckte.

»Machst du das wirklich, mir deinen Bus leihen?«

Sie nickte. »Du kannst auch mein privates Handy haben. Ich nehme mein dienstliches.«

»Wirklich?«

»Klar … für so was ist man doch zusammen.«

Ich wäre ihr am liebsten um den Hals gefallen. Bremste mich aus. Am Steuer mit Zigarette in der Hand wäre meine Liebesbekundung zu riskant geworden.

Sagte: »Ich liebe dich.«

Sie lächelte mich huldvoll an.

Fragte: »Und wann heiraten wir?«

Ich hustete, sagte: »So pragmatisch war das nicht gemeint … Heiraten tut man nicht so auf die Schnelle.«

»Nach einem Jahr Verlobung – ist das bei dir schnell?«

»Sigmund Freud heiratete seine Martha erst nach vier Jahren Verlobung. Jesus Christus heiratete überhaupt nicht … seine Maria Magdalena.«

»Erstens heiße ich weder Martha noch Maria Magdalena,

und zweitens bist du nicht Jesus, nicht einmal Freud. Ziehst jetzt den Schwanz wieder ein?«

»Nein, natürlich nicht. Aber im Augenblick geht's nicht, sonst werden wir beide vor dem Traualtar verhaftet. Nach Oberammergau ...«

»Was hat das mit Oberammergau zu tun?«

»In Oberammergau finden bald die Passionsspiele statt. Und ich hab erfahren, dass dort der Urknall stattfinden soll. Der Jesus-Darsteller, der Chris, und seine Freunde – die, die noch geblieben sind – wollen da einen großen Auftritt hinlegen. Die Leute von Ecce Homo wollen bei der Uraufführung verkünden, dass die Sache mit der Auferstehung ein Fake war. Und dann wackeln die Fundamente der christlichen Kirchen. Die sind natürlich dagegen.«

»Und wie soll der Knall aussehen?«

»Chris wird als Jesus hinausposaunen, wie es wirklich war ...«

»Wie?«

»Jesus war nur scheintot, als sie ihn vom Kreuz holten. Man hat ihn gesund gepflegt, und er ist dann nach Indien verschwunden ... und später im Altersheim gestorben. Nix mit Auferstehung!«

»Finde ich nett. Schöner als Sterben am Kreuz wie ein Verbrecher. Ich versteh nur nicht, warum man da so ein Bohei macht. Das ist zweitausend Jahre her ...«

»Aber es wird dann bekannt, dass die christlichen Kirchen seit zweitausend Jahren ihren Glauben auf einen Fakt gründen, der ein Fake war. Das Fundament bricht zusammen, das Dach fällt ein.«

»Und du verlierst deine Pension.«

»Was hat das mit meiner Pension zu tun?«

»Wenn die Kirche zusammenbricht, ist deine Pension weg. Du warst doch Pfarrer.«

Ich war verdattert.

»Von der Seite hab ich's noch nicht gesehen ... Aber was

nützt mir meine Pension, wenn ich im Knast hock? Lebenslänglich. Ich muss nach Oberammergau, um die Mörder der Ecce-Homo-Mitglieder zu kriegen. Und um den Chris vor ihnen zu schützen. Es sind Leute hinter Ecce Homo her, die wollen den Eklat verhindern.«

»Und deine Pension? Und meine Witwenrente?«

»Also, Stanzi, das muss ich mir noch mal gründlich überlegen. Das ist ein ethisches Dilemma. Zuerst muss ich überleben.«

Wir fuhren in Scheidegg ein.

Bayern 5, der Nachrichtensender, sendete soeben Regionales: »Bei Moosburg wurde im Speichersee die Leiche eines Mannes gefunden. Die Identität des Toten ist noch nicht ermittelt. Der Mann trug einen grauen Arbeitsmantel, eine blaue Latzhose und schwarze Gummistiefel. Er hat silbergraues Haar. Sein Alter wird auf circa fünfundsechzig Jahre geschätzt. Sachdienliche Hinweise –«

»Nein!«, sagte ich gegen die Windschutzscheibe.

»Willst du doch nicht heiraten?«

»Doch. Ich mein: Nein, nicht schon wieder ein Toter. Ich kenn die Leiche aus dem Speichersee. Hab gestern noch mit ihr gesprochen.«

»Mit der Leiche?«

»Da war sie noch nicht tot …«

Ich logierte erst mal auf der Bauernwiese für campende Angehörige.

Duschen durfte ich in Stanzis Wohnung im Gästehaus der Klinik.

Aber erst nachts, damit mich keiner sah.

Wir hatten ein kleines Wiedersehensfest, Candle-Light-Dinner, Dreamtime, Wiedervereinigung.

Dann schlich ich mich in meinen Bus.

Ich nahm mein Handy. Nicht Stanzis, sondern noch einmal mein eigenes, damit er auch erkannte, dass ich es war, der ihn anrief.

Ich wählte eine Nummer.
Herzklopfen.
Es läutete eine ganze Weile, bis jemand ranging.
»Ja?«
War er's oder nicht?
»Bin ich mit Herrn Marlein verbunden?«
»Natürlich, Emil! Wo steckst du denn?«
»In Sicherheit. Relativ sicher. Ich darf mich nur nicht sehen lassen. Und du?«
»Genau das Gleiche. Gibt's was Neues in unserer Geschichte?«
»Es läuft alles auf einen Showdown in Oberammergau hinaus. Bei den Passionsspielen.«
»Ja, meine Spur führt auch genau dorthin!«
»Dann treffen wir uns dort. Zur Premierenaufführung. Wir telefonieren am Tag davor noch mal. Wunder dich aber nicht, wenn ich dich dann mit einem anderen Handy anrufe.«
Wir beendeten unser kurzes Gespräch.
Ich atmete durch. Erleichtert.
Er war also noch am Leben. Und am Ball.
Vor dem nächsten Anruf hatte ich noch mehr Schiss.
Dieses Mal benutzte ich Stanzis Handy.
Ich konnte mit meinen zittrigen Fingern kaum die Tasten bedienen.
Es läutete am anderen Ende … einmal … zweimal … dreimal.
Ich drückte auf die Taste mit dem roten Telefonhörer.
Ein Zeichen von oben, dass ich nicht anrufen sollte?
Zeichen des Himmels?
Nein, Beweis meiner Feigheit.
Aber ich musste vorwärtskommen.
Ich musste es wissen.
Ich rauchte eine.
Wählte noch mal.
Es läutete einmal, zweimal, dreimal … Ich wollte schon

wieder auflegen, da kam eine Stimme: »Ja, Chris … Chris Räter.«

»Hallo, Chris.«

Meine Stimme war dünn wie ein durchgewetzter Kälberstrick.

»Emil hier. Emil Bär.«

»Mensch, bin ich froh, dass du anrufst. Ich bin schon ganz fertig. Mache mir um Johannes Sorgen. Wir haben zusammen eine Weile auf dem Dachboden gesucht und nichts gefunden. Aber Johannes war wie besessen und wollte allein weitermachen. Ich bin dann nach Oberammergau gefahren, ich habe ja morgen von früh bis spät Proben im Passionsspielhaus. Ich habe Johannes immer wieder angerufen, aber er ist nicht ans Telefon gegangen. Hoffentlich ist ihm nichts passiert. Wo ist er denn?«

Ich nahm einen tiefen Atemzug.

»Wenn ihn bisher niemand gefunden hat, ist er immer noch auf der Alm.«

»Was macht er da bloß?«

»Er ruht.«

»Was, wie?«

»Er ruht … in Frieden.«

»Spinnst jetzt, ich bin nicht für Scherze aufgelegt. Also?«

»Wenn du's genau wissen willst: Er liegt am Fuß von der Leiter, die von der Dachluke runtergeht … tot.«

»Nein!«

Ich erzählte ihm, wie ich zur Alm geradelt war und Johannes Kalb dort tot aufgefunden hatte.

In der Leitung schwieg es.

Dann schluchzte es.

Dann wimmerte er: »Sag, dass es nur ein Alptraum ist … Das kann doch nicht wahr sein … Das darf nicht wahr sein … Nein, nein, nein!«

Schweigen.

»Wie ist es denn passiert? Schrecklich, von der Treppe stürzen und sich das Genick brechen ... Ich pack das nicht ... Hat er denn was gefunden?«

»Ich konnte nicht mehr mit ihm reden. Er war schon tot. Er hatte aber nichts in den Händen.«

Den Zahn in der Hosentasche behielt ich für mich. Aus Sicherheitsgründen.

Er sagte: »Das ist eine Katastrophe! Ich überleb das nicht! Ich kann meine Rolle nicht mehr spielen ... Ich bring mich um!«

»Das kannst du deinem Johannes nicht antun, Chris. Er ist für eine gerechte Sache gestorben, seine Mutter Erna ist dafür gestorben, die Sandra Danner ist dafür gestorben und wer weiß, wie viele andere ... und noch sterben werden. Spiel diese Rolle. Du musst das Ding durchziehen, du bist es den toten Ecce-Homo-Leuten schuldig, sonst war alles umsonst. Du musst während der Aufführung die Wahrheit verkündigen ...«

So viel hatte ich schon lange nicht mehr gepredigt.

Er sagte: »Meinst du?«

Ich sagte: »Du kannst dich ja danach immer noch umbringen ... falls du nicht sowieso gelyncht wirst. Aber die EC-Leute werden da sein und dich schützen.«

»Wenn es überhaupt noch EC-Leute gibt. Wirst du auch da sein?«

»Ja, Ehrensache. Ich muss ja die Typen finden, die da mordend durch Franken und das Allgäu ziehen.«

»Wo bist du jetzt?«

»An einem sicheren Ort. Mehr kann ich dir nicht verraten. Aus ermittlungstechnischen Gründen.«

»Und was soll ich jetzt tun?«

»Ich an deiner Stelle würd den Johannes als vermisst melden bei der Polizei. Denn wenn du ihn nicht als vermisst meldest, werden sie blöde Fragen stellen und auf die Idee kommen, am Ende hätte ich ihn ...«

»Okay, das mach ich. Wie komm ich an dich ran, wenn ich dir was Wichtiges mitteilen muss?«

»Setz eine kleine Anzeige in die Allgäuer Rundschau. Ich bin passionierter Zeitungsleser.«

»Mein Gott, ich kann's nicht glauben …«

Ich sagte: »Doch, glaub's mir. Zeitung ist mir wichtiger wie Frühstück.«

33 Marlein und die lebensrettenden Einflüsterungen

Ich steckte mein Handy ein.

Emil hatte recht. Es war natürlich fahrlässig, es weiter zu benutzen. Die Bullen konnten mich so bequem orten.

Emil hatte das erkannt.

Wer war hier der professionelle Detektiv? Er oder ich?

Ich musste mir so schnell wie möglich ebenfalls ein neues Handy besorgen. So ein Prepaid-Teil ohne Vertrag, ein Wegwerfhandy.

Aber zumindest bis zum nächsten Telefonat mit Emil musste ich das alte behalten, denn wenn wir beide neue Nummern hatten, konnten wir uns nicht erreichen.

Ich überlegte, ob ich die SIM-Karte entfernen sollte, um nicht geortet werden zu können, aber dann konnte mich auch Emil nicht erreichen. Also ließ ich es bleiben.

War zwar riskant, aber alles, was ich gerade tat, war verdammt noch mal hochriskant. Also drauf geschissen.

Ich verließ das Bad wieder und trat ins Wohnzimmer.

Ich wollte Gerald Butz gerade erzählen, dass tatsächlich alles auf einen Showdown in Oberammergau hindeutete, als die Haustürglocke läutete.

Gerald Butz strahlte.

»Endlich! Das wird der Stefan Briegel sein, unser dritter Mann. Er hat sich ganz schön verspätet. Ich habe mir schon Sorgen gemacht, dass ihm auch etwas zugestoßen ist. Warten Sie kurz, ich lasse ihn rein.«

Butz stand auf und verschwand im Flur, der zur Haustür führte.

Ich hörte, wie er die Tür öffnete.

Ich hörte ein kurzes, scharfes »Plopp«.

Ich hörte etwas, das wie das Fallen eines Körpers klang.

Es ging alles viel zu schnell, als dass ich analytisch darüber hätte nachdenken können.

Es war einer dieser Momente, in denen man nur hoffen kann, dass die Intuitionsgehirnzellen, die Bereitschaftsdienst haben, nicht gerade ein Nickerchen machen oder besoffen sind, sondern die Stellung halten und ihren Job erledigen.

Zum Glück waren meine in diesem Moment auf ihrem Posten und gaben mir die richtigen spontanen Einflüsterungen.

Was sie mir im Bruchteil von Sekunden einflüsterten, war:

Die Tempelritter sind da!

Sie haben gerade Gerald Butz ohne jede Vorwarnung erschossen!

Sie werden in ungefähr fünf Sekunden hier im Wohnzimmer sein!

Sie werde auch dich sofort töten, weil sie dich für ein Ecce-Homo-Mitglied halten!

Du kannst dein Leben nur retten, wenn du das Wohnzimmer verlässt – sofort!

Der einzige Weg, das Wohnzimmer zu verlassen, ist, dich ins Bad zu flüchten!

Ich befolgte die Einflüsterungen.

Ich war mit einem Sprung im Bad und verriegelte die Tür hinter mir.

Ich wusste aber, dass die Flucht ins Bad allein nicht genügte, dass sie mir lediglich einen kurzen zeitlichen Aufschub verschaffte.

Wieder folgte ich blind den Einflüsterungen.

Du musst sofort die Wohnung verlassen!

Das Bad hat ein kleines Fenster – öffne es und steige hindurch, egal, wohin es führt!

Ich tat es.

Ich zwängte mich durch das Badfenster und landete auf einem Hinterhof.

Zum Glück lag Butz' Wohnung im Erdgeschoss, und zum Glück war es mittlerweile schon dunkel.

Die Einflüsterungen retteten mir tatsächlich das Leben.

Denn bevor ich meine Beine in die Hände nahm und in die Nacht hinein davonlief, hörte ich noch zwei Geräusche.

Das erste klang wie ein menschlicher Körper, der sich gegen eine Badtür warf, ohne sie dadurch aufsprengen zu können.

Und das zweite klang wie eine Pistolenkugel, die durch eine Badtür schlug.

34 Bär wirft

»Kannst du mich nach Innsbruck fahren?«

Es war Donnerstagmorgen. Stanzi und ich saßen uns gegenüber. Im Bulli. Auf dem Parkplatz in Kranzegg unterhalb der Grüntenhütte.

Wir waren die Einzigen, die parkten.

Es goss in Strömen. Gute Tarnung.

Ich sagte: »Noch ein paar Grad weniger, und es schneit.«

»Schöne Aussichten«, sagte Stanzi und schaute in den Nebel hinein.

Ich sagte: »Da wird's wohl nichts mit der Erstbesteigung des Grünten heute.«

»Warum Innsbruck?«, fragte sie.

»Ich hab recherchiert. Vor einem Monat ist in Srinagar ein Anschlag passiert.«

»Und was hat der mit Innsbruck zu tun? Außerdem weiß ich nicht, wo Srinagar liegt.«

»Srinagar liegt in Indien. Kaschmir.«

»Wo die Pullover herkommen?«

»Genau da.«
»Haben sie eine Pulloverfabrik überfallen?«
»Nein, aber das Grab von Jesus. Das ist in Srinagar.«
»Grabräuber?«
»Ja.«
»Und?«
»Es war nichts drin zum Rauben. Keine Goldschätze, keine Antiquitäten für die ewigen Jagdgründe, keine geheimen Schriftrollen.«
»Dann war der Anschlag umsonst. Wozu dann die Aufregung? Wenn da bloß alte Knochen drinliegen.«
»Deshalb. Es hat nicht einmal ein Knochen gefehlt.«
»Versteh ich nicht. Wie kann man ein Grab schänden und nichts mitnehmen? Außerdem ist es pietätlos gegenüber dem Toten. Und noch dazu Jesus.«
»Dem tut kein Zahn mehr weh ... Aber ich vermute, genau darum geht's.«
Ich wühlte in meiner Hosentasche, zog eine Mullbinde heraus, nahm ein winziges Stück Knochen, hielt es ihr hin, sagte: »Was denkst du, was das ist?«
Sie nahm das Teil, drehte es in ihren Fingern, schaute es genau an, sagte: »So haben die Milchzähne von meinen Kindern ausgeschaut, wenn sie abgebrochen sind.«
»Ich glaube, das ist ein Zahn von Jesus ...«
»Ein Milchzahn? Er war doch schon so alt, ob er überhaupt noch Zähne hatte?«
»Vielleicht ist es auch nur ein Knochensplitter aus einem anderen Knochen. Das Ding war in der Schmuckschatulle von Erna Kalb, die in Kreuzberg am Kreuz gestorben ist. Und dann war es weg. Und dann hab ich's in der Hosentasche von ihrem Sohn Johannes gefunden.«
»Jetzt blick ich überhaupt nicht mehr durch. Kaschmirpullover, Überfall, Milchzahn, Innsbruck. Hast du noch alle?«
»Ich vermute, das Knochenteil ist von Indien irgendwie ins Allgäu gekommen, über den Hans-Peter, der auf der Bisel-

alm mal gewohnt hat, ich hab dir ja davon erzählt, und dann nach Kaschmir zu irgendwelchen Mönchen ausgewandert ist, und kürzlich verstorben ist. Das Knochenteil ist dann wieder irgendwie zu der Erna Kalb gelangt. Vielleicht durch Wastl Hämmerle. Erna Kalb hatte Verbindungen mit der Helga Hochreiter, und die Helga Hochreiter arbeitet am forensischen Institut Innsbruck oder hat da gearbeitet, bevor sie umgekommen ist, und die brauchten das Stück, um mit DNA-Analyse herauszufinden, wie alt der Knochen ist und wem er gehört hat.«

»Geht das?«

»Geht. Das Alter kann man mit einem DNA-Test bestimmen, und wenn die DNA mit der vom Turiner Grabtuch übereinstimmt, dann weiß man, ob es Jesus war oder nicht.«

»Und wie kommt das Turiner Grabtuch da rein?«

»Es ist erwiesen, dass Jesus in das Tuch eingewickelt war, und dass Jesus noch nicht tot war zu dem Zeitpunkt. Es hat nur so ausgeschaut.«

»Jetzt versteh ich gar nichts mehr.«

»Ganz einfach: Jesus wurde gekreuzigt, und bis die Gekreuzigten tot waren, hat es eine ganze Weile gedauert, bis zu drei Tagen. Die Jesus-Anhänger haben mit Hilfe eines gewissen Josef von Arimathäa, ein wohlhabender Mann, der auch einen guten Draht zu Pontius Pilatus hatte, den gekreuzigten Jesus in ein Tuch eingewickelt und in eine Grabhöhle gebracht, haben ihn dort wieder hochgepäppelt und ihn dann nach Indien geschickt, wo er in seiner Jugend schon mal ein paar Jahre war. Dort hat er gelebt, bis er gestorben und in Srinagar begraben worden ist. Wenn die DNA vom Knochen und vom Grabtuch übereinstimmen, ist das der Beweis, dass Jesus nicht am Kreuz gestorben ist, sondern stinknormal an Altersschwäche.«

»Ah … so. Und was tun wir in Innsbruck?«

»Ich bring das Knochenteil zum Professor Kaltenbrenner, damit der die Analyse machen kann.«

»Hast du denn einen Termin bei ihm?«

»Termin wäre zu gefährlich. Wenn die, die die andern umgebracht haben, Wind davon bekommen, sind wir beide in Lebensgefahr und Professor Kaltenbrenner auch. Aber ich weiß, wie ich eine Spontanaudienz bei ihm kriege.«

Ein paar Stunden später parkte Stanzi ihren Bus vor dem M-Preis am Flugplatz Innsbruck.

Ich sagte: »Ich fahr lieber mit dem Rad in die Innenstadt. Hier gibt's eine Menge Studenten auf Fahrrädern. Dann fall ich nicht so auf. Und du bist sicherer.«

»Und was soll ich machen?«

»Kannst ja beim M-Preis einkaufen. Tiroler Obstler. Strohrum. Und Kaffee trinken. Der ist ganz gut hier.«

»Pass auf dich auf!«

»Keine Sorge!«

Ich nahm das Fahrrad aus dem Bulli. Radelte eine Viertelstunde Richtung Innenstadt, Klinik, Universität.

Das Institut für gerichtliche Medizin in der Müllerstraße im dritten Stock war hermetisch abgeriegelt.

Ich drückte den Klingelknopf unter dem Schild »DNA-Labore«.

Aus der Sprechanlage quäkte eine weibliche Stimme: »Ja?«

Ich quäkte zurück: »Ich muss dringend Herrn Professor Kaltenbrenner sprechen.«

»Der Herr Professor ist nicht zu sprechen.«

»Sagen Sie ihm, es geht um Helga Hochreiter. Und dann beten Sie, dass Sie Ihre Stelle behalten dürfen.«

»Unversch…«

Nach drei Sekunden schnappte die Tür auf.

Dahinter stand ein grau melierter Mittvierziger in einem weißen Labormantel.

Bevor ich Grüß Gott sagen konnte, sagte er gehetzt: »Wer sind Sie? Was ist mit Helga … Helga Hochreiter?«

Panik stand ihm im Gesicht.

Im Hintergrund schaute eine Frau, vermutlich die Quäkstimme, auf den Bildschirm eines PCs. Regungslos.

Horchte.

Ich legte meinen Zeigefinger auf die Lippen, deutete mit der linken Hand Richtung PC.

Professor Kaltenbrenner begriff, drehte sich um, öffnete die Tür zu seinem Labor, ich folgte in seinem Windschatten, er schloss die Tür hinter uns, sagte: »Reden Sie! Was ist mit Helga?«

»Schlechte Nachrichten.«

»Ist sie krank? Ist ihr was passiert?«

»Nein, sie ist nicht krank.«

»Gott sei Dank. Warum rührt sie sich dann nicht?«

»Weil sie sich nicht mehr rühren kann.«

»Ist sie gelähmt, hatte sie einen Unfall?«

»Nein und ja …«

»Was soll das heißen?«

»Ja, sie hatte eine Art Unfall. Leider … tödlich.«

»Nein!«

Sein Gesicht wurde wächsern.

Ich dachte, er kippt gleich um.

Er brachte hervor: »Und … wer … sind Sie?«

»Ich bin der Bär. Emil Bär. Ich bin vermutlich der Vorletzte, der sie lebend gesehen hat.«

»Und der Letzte?«

»Ich vermute, ihr Mörder. Oder ihre Mörder. Was ich tatsächlich weiß: Ich habe mit ihr gesprochen, sie war äußerst ängstlich und misstrauisch.«

Unser Tête-à-Tête mit der Flasche Obstler ließ ich vorläufig mal aus, fuhr fort: »Als ich sie verließ, sperrte sie die Tür dreimal ab. Ein paar Stunden später sah ich ein Polizeiauto vor ihrer Tür. Dahinter ein Sanitätsauto. Dahinter einen Leichenwagen.«

»Nein! Also doch …« Er schüttelte den Kopf. »Sie hatte Angst, dass …«

Er konnte nicht weiterreden. Ich ergänzte: »… dass sie das gleiche Schicksal erleidet wie Erna Kalb, Sandra Danner, Johannes Kalb, Wastl Hämmerle …«

»Unsere Topleute von EC.«

Er wurde noch einen Hauch wächserner.

»Dann gehören Sie auch zu Ecce Homo.«

Er nickte.

»Sie gehören nicht nur dazu, Sie sind die Schlüsselperson. Weil Sie Knochenmaterial untersuchen, das den Beweis ergibt, dass Jesus Christus nicht am Kreuz auf Golgatha gestorben ist, sondern Jahrzehnte später als Rentner in Kaschmir. Und Helga Hochreiter sollte das Material Ihnen persönlich überbringen, Sie beide haben ja zusammengearbeitet.«

Er schluchzte, nickte, sagte: »Eine wunderbare Frau … wir waren …«

Es schüttelte ihn.

Ich sagte: »Ein super Team?«

Er nickte, brachte hervor: »Mehr …«

»Ein Paar?«

Er senkte den Kopf, hauchte: »Ein Liebespaar …«

Nach einer Weile, mit hängenden Schultern: »Jetzt hat alles keinen Sinn mehr!«

»Sie sind ihr noch was schuldig, Professor Kaltenbrenner!«

»Was?«

»Sie müssen mir helfen, ihre Mörder zu finden.«

»Was kann ich dazu tun?«

»Ich bin sicher, die ganzen Morde – an Helga und den anderen von EC – haben nur einen Sinn: Da wollen Leute mit allen Mitteln verhindern, dass das Ergebnis Ihrer Forschungen jemals öffentlich wird … so wie es geplant ist: Bei der Uraufführung der Passionsspiele in Oberammergau, wo Chris als Christus die Wahrheit in die Welt hinausschreien wird. Wenn sie den Chris nicht vorher umbringen, werden sie dort sein und ihn umbringen, bevor er das erste Wort sagen kann – und dann haben wir sie.«

»Aber … das letzte Stück vom Beweis habe ich noch nicht. Das Knochenmaterial …«

Ich griff in meine Hosentasche, holte ein zusammengeknülltes Tempo heraus.

»Schauen Sie, Professor Kaltenbrenner, hier ist das Knochenmaterial. Sieht aus wie ein abgebrochener Milchzahn. Ihre Untersuchungen werden ergeben, dass es sich um ein Knochenteil von Jesus handelt. Und damit ist der Sack zu.«

»Ich kann nicht …«

»Sie müssen!« Ich hielt ihm den Milchzahn hin. »Sie müssen! Für Helga … und für Ecce Homo. Für all die anderen Opfer. Todesopfer. Sonst hat ihr Tod keinen Sinn.«

Die Tränen liefen ihm runter.

»Diese Schweine … diese verdammten Schweine!«

Farbe kehrte in sein Gesicht zurück.

Ich sagte: »Ich muss jetzt wieder verschwinden. Hinter mir sind sie auch her.«

Ich kritzelte eine Mailadresse auf einen Zettel. Stanzis Dienstadresse.

»Unter dieser Adresse erreichen Sie mich. Bestätigen Sie einfach das Ergebnis. Unter Betreff ›Arztbrief Eckstein‹. Am besten von Ihrem privaten Smartphone.«

Er steckte den Zettel in seinen Laborkittel.

Ich hielt ihm die Hand hin.

Sein Händedruck war lasch, kalt und schweißig.

Ich sagte: »Beileid. Und auf Wiedersehen in Oberammergau.«

Sein Gesicht schaute aus wie Oberjammergau.

Ich sagte: »Ach, das Wichtigste hätte ich fast vergessen …«

Mit einem Sprung war ich an der Tür, riss sie auf, vor mir stand die Sekretärin, völlig verdattert, sagte: »Grad … wollt ich anklopfen … weil … da ist ein Anruf für Herrn Professor …«

»Sie haben schon besser gelogen«, sagte ich und ließ sie stehen.

»Und?«

Stanzi erwartete mich mit laufendem Motor hinter dem Steuer ihres Bullis.

Rauchte.

»Das hat aber lang gedauert. Ich hab mir schon Sorgen um dich gemacht. Wie ist's denn gelaufen?«

Ich warf das Fahrrad in den Bus, setzte mich auf den Beifahrersitz, sagte: »Ich hab das Ding – den Milchzahn – dem Professor Kaltenbrenner gegeben. Er war ganz schön fertig.«

»Wegen dem Milchzahn?«

»Nein, auf den hat er schon gewartet. Aber er hat nicht auf mich gewartet. Er hat auf die Helga Hochreiter gewartet.«

»Die ist doch tot.«

»Deshalb war er so fertig.«

»Na ja, kein Wunder. War ja auch seine Mitarbeiterin.«

Ich zündete mir eine an, blies den Rauch gegen die Scheibe, sagte: »Mitarbeiterin auch …«

Stanzi fuhr los. Fragte: »Was sonst noch?«

»Seine Geliebte.«

»Oh!«

»Und beide steckten unter einer Decke.«

»Klar, wenn sie ein Liebespaar sind.«

»Sie sind auch beide bei EC.«

»EC?«

»Die geheime Abkürzung von Ecce Homo. Das bedeutet, dass er ebenfalls in Lebensgefahr ist. Die sind sicher auch hinter ihm her.«

»Wenn sie das wissen … mit Ecce Homo.«

»Sie haben die anderen gekannt und umgelegt, da werden sie beim Professor Kaltenbrenner nicht haltmachen, nur weil er Professor ist … Er hat den Schlüssel in der Hand …«

»Welchen Schlüssel?«

»Den Beweis, dass Jesus nicht von den Toten auferstanden ist. Der kleine Milchzahn ist der Schlüssel. Er wird ihn einer DNA-Analyse unterziehen. Das Ergebnis schickt er dir. Wenn du eine Mail mit Betreff ›Arztbrief Eckstein‹ kriegst, sag mir bitte sofort Bescheid!«

Stanzi nickte, fuhr am Flugplatz Innsbruck vorbei, auf die A 12, gab Gas.

»He, nicht so schnell. In Österreich gibt's ein Tempolimit. Hundertdreißig. Wenn uns die Polizei schnappt, sind wir dran. Ich bin sicher, ich steh auf der Fahndungsliste. Gut, dass es keine Grenzkontrollen mehr gibt.«

Sie hielt sich grummelnd an die hundertdreißig Stundenkilometer.

Wir bogen bei Mötz Richtung Fernpass ab. Schlängelten uns die Fernpassstraße hoch.

Passierten den Fernsteinsee, die Tankstelle Dolle auf der Passhöhe.

»Von nun an geht's bergab«, sagte ich.

»Dann kommt ja bald dieser unendlich lange Tunnel, ich hasse das …«

»Ich auch, der Leermoser Tunnel. Da muss man durch …«

Stanzi schwieg.

Schaute in den Rückspiegel.

Immer wieder.

Ich fragte: »Was gibt's denn da Interessantes, da hinten?«

»Ich glaub, da fährt einer auf Suizid. Der überspringt einen nach dem anderen in der Kolonne.«

Ich schaute mich um.

»Ja, ich seh ihn. Ein VW Amarok. Knallgelb wie Eidotter. Fährt wie die Sau, der will sich wirklich umbringen. Und hat's eilig damit. Idiot.«

»Er kommt immer näher … Ich bin gespannt, wann er uns überholt.«

»Hoffentlich noch vor dem Tunnel, den möchte ich nicht im Tunnel hinter uns drängeln haben …«

Die Straße vor dem Tunnel war ziemlich breit.

»Jetzt nimmt er schon zwei auf einmal …«

»Jetzt ist er hinter uns. Lass ihn überholen!«

Stanzi nahm den Fuß vom Gas.
Der VW Amarok wurde langsamer. Blieb hinter uns.
»Ich glaub, am Steuer … das ist eine Frau …«
Die Einfahrt zum Tunnel war schon in Sichtweite.
Der Amarok hockte uns auf der Stoßstange.
Dann setzte er zum Überholen an. Ganz knapp.
Dann schrammte es.
Stanzi konnte den Bus gerade noch abfangen.
»Der will uns gegen die Mauer drücken!«, rief sie.
Die Wahnsinnige ließ sich wieder zurückfallen.
Ich schrie: »Gib Vollgas. Bleib in der Mitte. Er darf uns nicht überholen!«
Stanzi trat das Gaspedal voll durch.
»Bleib in der Mitte …«
Ich kletterte über den Beifahrersitz in den Stauraum.
Öffnete die Schiebetür vom Bus.
Zerrte das Fahrrad an die Tür, warf es hinaus.
Brüllte: »Vollgas. So schnell du kannst!«
Schob die Tür zu.
Hinten gab es einen Knall.
Reifen quietschten in Vollbremsung.
Hupen plärrten empört.
Ich schaute zurück.
»Der Tunnel ist dicht, Entwarnung für uns«, sagte ich.
Wir fuhren in den Tunnel ein.
»Jetzt haben wir den Tunnel ganz für uns allein. Kannst wieder langsamer werden. Für die Polizei.«
»Was war das jetzt? Was hast du denn gemacht?«
»Ich hab das Fahrrad auf die Fahrbahn geschmissen, das hat unsere Verfolgerin ins Schlingern gebracht. Der Amarok ist gegen die Mauer geknallt und steht jetzt quer. Versperrt die Einfahrt zum Tunnel. Mega-Stau.«

35 Marlein und die perfekte Kommunikation

Nachdem ich weit genug gelaufen war, um sicher zu sein, dass mir niemand folgte, blieb ich stehen und atmete tief durch.

Ich war den Tempelrittern entkommen, ich hatte mein Leben gerettet.

Doch wie sollte es nun weitergehen?

Es war dunkel geworden, die Nacht brach an. Heute würde ich nichts Sinnvolles mehr unternehmen können.

Stattdessen brauchte ich jetzt einen Unterschlupf, in dem ich zur Ruhe kommen konnte und in dem ich sicher war.

Sicher vor meinen Verfolgern – vor der Polizei und vor den Tempelrittern.

Ich hatte mein Auto auf einem Parkplatz in der Forchheimer Altstadt abgestellt.

Es stand noch da, aber bevor ich zu ihm hinging, musterte ich die Umgebung.

Nichts deutete darauf hin, dass jemand nur darauf wartete, dass ich am Wagen auftauchte, um mich festzunehmen oder mich umzunieten.

Also trat ich todesmutig an die Fahrertür, sperrte auf und stieg ein.

Nichts passierte – kein Sondereinsatzkommando umzingelte mich, kein Terrorkommando eröffnete das Feuer.

Daher fuhr ich los.

Ich steuerte ziellos durch die Straßen von Forchheim und fragte mich, wonach ich eigentlich suchte.

Ich kam an einigen Hotels vorbei, aber das waren allesamt klassische Touri-Burgen. Das war definitiv nicht das, was ich suchte. Ich brauchte etwas Abgelegenes, Anonymes, Alternatives.

Schließlich landete ich in einem wenig heimelig aussehenden Vorort mit schmutzigen Gassen und Häusern.

An einem heruntergekommenen Gebäude hing ein dreckiges Schild mit der Aufschrift »Kaiser-Hotel«, wobei fast alle

Buchstaben stark abgeblättert waren, lediglich das »K«, das »o« und das »t« hielten noch die Stellung. Außerdem hing das Schild schief.

Es wirkte wie das genaue Gegenteil von kaiserlich.

Aber das war ganz nach meinem Geschmack.

Ich parkte meine Kiste am Straßenrand, holte meine Notfall-Reisetasche aus dem Kofferraum und betrat das Haus.

Ich landete in einer Art Lobby, die nur spärlich von schummrigem Licht erleuchtet wurde.

Hinter der Rezeption, die aus einem wurmstichigen Holztresen bestand, saß ein dicklicher Mann mit ungewaschenen Schmalzlocken. Er trug ein weißes achselfreies Unterhemd, hatte eine Kippe im Mund und blätterte in einem Pornoheftchen.

Ich trat an die hölzerne Theke.

»Haben Sie noch ein Zimmer für ein oder zwei Nächte frei?«

Er sah unwillig von seinem Heftchen auf und warf einen Blick auf eine Tafel, die an der Wand hing.

Bei seiner Antwort behielt er die Kippe im Mund, sodass er stark nuschelte.

»Kostet fünfzig Euro pro Nacht. Mit Frühstück sechzig.«

Ich griff nach meinem Portemonnaie, holte einen Hunderter und einen Zwanziger heraus und legte die Scheine auf den Tresen.

Er schnappte sie mit seinen fetten Wurstfingern weg und legte dafür ein Anmeldeformular hin.

Ich füllte es aus und trug mich ein als Thomas Müller aus Castrop-Rauxel.

Er nahm es und warf einen kurzen Blick darauf.

»Können Sie sich ausweisen?«

Diese Frage hatte ich befürchtet. Ich hatte aber erwartet, sie in einer solch heruntergekommenen Absteige nicht gestellt zu bekommen.

Doch fast augenblicklich wurde mir klar, warum sie mir

ausgerechnet in dieser heruntergekommenen Absteige gestellt wurde und welchen Sinn sie hatte.

»Ja, natürlich.«

Ich griff erneut nach meinem Portemonnaie, holte einen Zwanziger raus und legte ihn auf den Tresen.

Er verschwand blitzschnell in der Hand des Dicken und wurde ersetzt durch einen Schlüssel mit der Aufschrift »Zimmer 7«.

Wir verstanden uns, wir beide.

Perfekte Kommunikation, nonverbal und auf Meta-Ebene.

Ich schnappte mir den Schlüssel und verschwand in dem Gang, in dem ich Zimmer 7 vermutete.

Mein Freund an der Rezeption war längst schon wieder in sein Pornoheftchen vertieft.

Zimmer 7 war offenkundig in den 1970er Jahren eingerichtet worden, und seitdem war das Ausstattungskonzept nie wieder in Frage gestellt, geschweige denn auch nur ein einziges Möbelstück ausgetauscht worden.

Und den Luxus einer Grundreinigung hatte man wohl spätestens in den 1980ern endgültig abgeschafft.

Es war ein mieses, kleines Drecksloch, aber das war mir völlig egal. Tatsächlich fühlte ich mich hier sicherer als in jedem Fünf-Sterne-Hotel.

Ich ging ins Bad, zog mich bis auf die Unterhose aus und wusch mir mit dem Rinnsal, das aus dem verkalkten Wasserhahn tröpfelte, den Angstschweiß aus dem Gesicht.

Dann warf ich mich auf das Bett, das verdächtig knarzte, aber erstaunlicherweise doch nicht zusammenbrach, und versuchte mich in einer Problemanalyse.

Das Ergebnis war ernüchternd: Mein Leben war innerhalb kürzester Zeit völlig aus dem Ruder gelaufen. Ich war auf der Flucht vor Bullen und Killern und hatte die Wahl, entweder als Mörder im Knast oder als Mordopfer im Sarg zu enden.

Anschließend versuchte ich mich in einer Problemlösungsanalyse, doch ich traktierte meine Gehirnwindungen so lange erfolglos mit diesem Versuch, bis ich einschlief – und davon träumte, dass mich Pontius Pilatus wegen Diebstahls eines Klosterbierfasses zum Tod auf dem Kreuzberg verurteilte und ich nur lebend davonkam, weil auf meinem Kreuzweg in Heroldsbach die Rosenkönigin am Himmel erschien und mich als neuen Seherjungen auserwählte.

36 Bär spendiert

Nach unserem Betriebsausflug nach Innsbruck nahm ich ein Bier aus dem Kühlschrank und die Zeitung zur Hand.

Die Allgäuer Rundschau brachte einen großen Artikel.

»Mutter und Sohn werden gemeinsam beerdigt«.

»Scheiße«, sagte ich, »das würd mich interessieren, diese Beerdigung morgen Vormittag, wer da alles kommt. Aber ich kann nicht hin. Zu gefährlich.«

»Wegen der Polizei?«, fragte Stanzi.

»Ja, da werden welche in Zivil sein. Falls sie genügend Personal haben. Aber mehr Respekt habe ich vor den Killern. Seit unserer Verfolgungsfahrt mit dem VW Amarok muss ich davon ausgehen, dass sie mich auf der Abschussliste haben. Und das Auto kennen sie jetzt auch, unseren Bulli. Aber es gibt einen Ausweg.«

»Welchen?«

»Dich!«

»Spinnst jetzt?«

»Wenn du da hinfährst … Dich kennen sie nicht.«

»Aber mein Auto!«

»Ich spendier dir einen Mietwagen.«

Stanzi war nicht begeistert.

Ich sagte: »Nimm einfach Bedenkzeit. Ich mach derweil noch ein paar Anrufe.«

Sie sagte: »Ich weiß nicht … Ich geh mal schnell in mein

Büro. Schauen, ob ich morgen Vormittag überhaupt freimachen könnte.«

»Lieb von dir!«

»Ich hab noch nicht Ja gesagt!«

»Klar …«

Sie ging. Ich wählte die Nummer von Tom Tommer.

Ein früherer Patient von mir. Hatte mir schon öfter aus der Patsche geholfen.

Und ich ihm.

Er war inzwischen Opa und Polizeipräsident von Kempten. Seine Frau war Oberstaatsanwältin. Und Sängerin im Kirchenchor.

Vor einem Jahr erst hatten wir erfolgreich zusammengearbeitet und eine Bande aus der Normandie verknackt.

»Polizeipräsidium Kempten.«

Eine Vorzimmerdame.

Ich sagte: »Ich muss dringend den Herrn Polizeipräsidenten Tommer sprechen.«

»Das geht nicht. Er ist in einer Besprechung. Wir haben gerade viel zu tun.«

»Die Mordfälle in Moosburg, Tal am See, Kreuzberg in Unterfranken …«

»Woher wissen Sie das?«

»Ich hab da sachdienliche Hinweise.«

»Dann verbinde ich Sie mit dem zuständigen Soko-Leiter. Wie war gleich Ihr Name?«

»Psycho Analytiker.«

»Ist das ein Name? Noch nie gehört.«

»Das hat was zu tun mit Migrationshintergrund. Der Polizeipräsident weiß, wer gemeint ist. Und ich red nur mit ihm. Ich geb Ihnen jetzt eine Nummer, unter der soll er mich anrufen. Sofort.«

»Aber …«

»Wenn Sie Ihren Job behalten wollen, gehen Sie sofort zu ihm. Hier ist meine Nummer …«

Ich legte auf.

Wartete.

Stellte mir vor, wie die Beerdigung von Erna und Johannes Kalb wohl aussehen würde.

Wahrscheinlich hunderttausend Leute da.

So was spricht sich rum.

Doppelbeerdigung.

Mutter und Kind.

Presse.

Fernsehen.

Der erhebendste Anblick bei einer Beerdigung ist immer, wenn der Sarg runtergelassen wird.

Da fließen die Tränen.

Der zweiterhebendste Anblick: Wenn der Pfarrer sagt: »Wir wollen auch für den beten, der als Nächster aus unserer Mitte abberufen wird.«

Scheue Blicke. Wer wird der Nächste sein? Ein andrer. Hoffentlich.

Die beiden Särge.

Plötzlich zuckte ich zusammen.

Werden die beiden Särge runtergelassen?

Ja – bei Erdbestattung.

Nein – bei Feuerbestattung. Da geht's nach der Messe ab ins Krematorium.

Woher war ich so sicher, dass es eine Erdbestattung sein würde?

Ich sah vor meinem inneren Auge den Johannes Kalb am Fuß der Dachbodentreppe liegen.

Den Kopf verdreht.

Im rechten Winkel.

Ein Schreck fuhr mir in die Glieder.

Ich googelte: »Bestatter Kempten«.

»Grüß Gott, ich bin ein naher Angehöriger von der Frau Kalb und ihrem verstorbenen Sohn. Machen Sie die Beerdigung?«

Beim dritten Anlauf landete ich einen Treffer.

»Ja, die machen wir.«

»Wird es eine Erdbestattung sein oder eine Feuerbestattung?«

»Feuerbestattung. Warum?«

»Danke!«

Ich legte auf.

Geriet in Panik.

Was, wenn …

Mein Handy klingelte: »Hallo, Dr. Bär, Tom Tommer. Ich versuch Sie seit zehn Minuten zu erreichen. Wo stecken Sie denn?«

»Sind Sie abhörsicher?«

»Ja, ich benutz mein privates Mobiltelefon. Bei Ihnen muss man immer auf Nummer sicher gehen.«

»Richtig. Ich fasse mich kurz, bitte genau hinhören, ich sag's nur einmal: Sie sind hinter mir her –«

»Nicht ich persönlich, lieber Dr. Bär, aber es liegt tatsächlich ein Haftbefehl gegen Sie vor. Ich muss Sie –«

»Ich war's aber nicht, mein Freud auch nicht, die zwei Morde in Kreuzberg. Es sind ja bei euch hier noch mehr passiert: der Sohn von der Kalb, die Hochleitner, der Hämmerle … Ich weiß, wer dahintersteckt. Die Typen wollen mich und meinen Freund natürlich auch auf die Seite schaffen. Ich stell mich erst der Polizei, wenn ich den Beweis hab, dass die es waren.«

»Dann brauchen Sie sich auch nicht mehr der Polizei stellen.«

Ich schaute auf meinen Notizzettel mit den Bestatteradressen.

»Morgen werden zwei der Opfer beerdigt …«

»Ja, in Moosburg. Die Frau Kalb und ihr Sohn.«

»Sie wissen ja, wie ihr Sohn zu Tode gekommen ist.«

»Ja, die Treppe runtergefallen.«

»Davon stirbt man nicht gleich.«

»Unsere Pathologen haben einen ...«

Er zögerte einen Augenblick und sprach dann wie ein Analphabet buchstabiert: »Einen anaphylaktischen Schock, *cardiac prensionem* und *collum contritum* diagnostiziert ...«

»Können Sie mir das auf Deutsch sagen? Ich hab grade eine Lateinamnesie.«

»Sie meinen halt, eine Wespe hat ihn gestochen, dann hat er einen allergischen Schock gekriegt, Herzstillstand, ist die Treppe runtergefallen und hat sich dabei das Genick gebrochen.«

»Warum nicht gleich so einfach? Klingt plausibel. Aber mein Riecher sagt mir was anderes. Ich habe gerade erfahren, dass Johannes Kalb nicht beerdigt wird, sondern verbrannt.«

»Wenn schon ... Des Menschen Wille ist sein Himmelreich.«

»Wenn er verbrannt wird, kann man ihn nicht mehr exhumieren.«

»Wozu sollte man das?«

»Weil noch eine andere Todesursache möglich ist. Ich rat Ihnen dringend, unterbinden Sie die Verbrennung und lassen Sie Ihre Pathologen noch mal ihre Hausaufgaben machen.«

»Bär, die fressen mich!«

»Ach, in Ihrem Alter seh ich da keine Gefahr.«

»Wo kann ich Sie erreichen?«

»Gar nicht. Ich melde mich bei Ihnen, wenn ich alles aufgeklärt habe. Aber erst mal muss ich zu den Passionsspielen ...«

Ich biss mir auf die Lippen. Fast hätte ich mich verplaudert.

»Ich meine, es ist meine Passion, Detektiv zu spielen und die Mörder selbst zu überführen, ganz ohne Ihre Hilfe, Tommer. Gelobt sei Jesus Christus.«

»In Ewig... Ach, Bär!«

37 Marlein und das bescheidene Frühstück

Ich hatte zwei Nächte nicht richtig geschlafen.

Die Nacht von Montag auf Dienstag, weil ich sie mit Sandra verbracht hatte.

Die Nacht von Dienstag auf Mittwoch, weil ich sie im Auto verbracht hatte.

Ich war so hundemüde, dass ich am Donnerstag erst am frühen Nachmittag erwachte.

Ich beschloss, den Rest des Tages im Hotelzimmer zu bleiben und nichts weiter zu unternehmen. Zumindest schien ich hier einigermaßen sicher zu sein.

Ich ernährte mich von der Wasserflasche und den Schokoriegeln in meiner Notfall-Reisetasche, glotzte ein paar Stunden in den alten Röhrenfernseher, der sich immerhin im Zimmer befand und mit dem man tatsächlich auch Programme empfangen konnte, und ging dann wieder ins Bett.

Obwohl ich keinerlei Kontakt mit Menschen hatte, verbrachte ich die beiden Nächte im »Kaiser-Hotel« nicht allein.

Kakerlaken und Spinnentiere leisteten mir Gesellschaft.

Was aber in Ordnung war.

Besser jedenfalls, als wenn es die Bullen oder die Killer gewesen wären.

Lieber wäre mir allerdings eine schnuckelige weibliche Bettgefährtin à la Sandra Danner gewesen.

Aber Sandra war tot.

Und das Leben war nun mal kein Wunschkonzert.

Und mein Leben war momentan ein absolutes Desaster.

Ich war ein Flüchtiger, der ständig aus irgendwelchen fremden Wohnungen türmen musste, um nicht verhaftet oder ermordet zu werden.

Und der sich in schäbigen Absteigen wie dieser hier verkriechen musste, weil er sich weder in seiner Wohnung noch in seinem Büro blicken lassen durfte.

Das musste ein Ende haben.

Ich musste endlich die Mörder von Sandra, Erna und jetzt auch Gerald Butz finden.

Damit würde ich zwei Fliegen mit einer Klappe schlagen: mich vom Mordverdacht reinwaschen und meine eigene Ermordung verhindern.

Am Freitagmorgen wand ich mich aus dem Bett, bereit, in den Kampf gegen die Tempelritter zu ziehen.

Ich zog mich an, holte meine Knarre aus der Notfall-Reisetasche und steckte sie ein.

Bisher hatte ich darauf verzichtet, sie bei mir zu tragen.

Denn wenn mich die Polizei erwischt und eine Pistole bei mir gefunden hätte, wäre ich endgültig als Gewalttäter und Mörder gebrandmarkt gewesen.

Aber nach dem vorgestrigen Vorfall blieb mir keine andere Wahl.

Wenn es zu einer erneuten Begegnung mit den Tempelrittern kommen würde, nützte mir die Knarre in der Notfall-Tasche rein gar nichts.

In meiner Hand konnte sie mir hingegen vielleicht ein weiteres Mal das Leben retten.

Ich verließ mein Zimmer und suchte den Frühstücksraum, sofern es in dieser Kaschemme überhaupt so etwas gab.

Es gab tatsächlich einen, immerhin, auch wenn das Büfett sehr übersichtlich war.

Da ich zuletzt am Montagabend beim Dinner mit Sandra, Erna und Emil richtig gegessen hatte, meldete mein Magen Bedarf an.

Ich nahm mir vom Büfett so viel, wie ich tragen konnte – Semmeln, Brezen, Hörnchen, Äpfel und ein halbes Baguette –, und machte mich damit auf den Rückweg in mein Zimmer. Ich wollte mich stärken für den Tag, aber nicht in Gesellschaft der anderen Hotelgäste. Wer weiß, ob nicht schon irgendwo Steckbriefe mit meinem Konterfei veröffentlicht worden waren. Je weniger Menschen ich momentan begegnete, umso besser war es.

Am Ausgang des Frühstücksraumes fiel mein Blick auf einen Tisch, auf dem einige Tageszeitungen lagen, offenbar als Service für die Gäste.

Hätte ich diesem Null-Sterne-Schuppen gar nicht zugetraut.

Ich klemmte mir das Forchheimer Lokalblättchen unter den Arm und kehrte zurück in Zimmer 7.

Dort warf ich meine Beute auf den kleinen Holztisch und setzte mich auf den wackligen Stuhl.

Ich holte eine zweite Flasche Mineralwasser aus meiner Notfall-Tasche und begann, mein karges Frühstück einzunehmen.

Während ich mir das erste Hörnchen reinschob, blätterte ich die Zeitung durch.

Nach einem Bericht über den Tod von Gerald Butz suchte ich vergebens. Aber es war fraglich, ob man seine Leiche überhaupt entdeckt hatte oder ob ihn die Tempelritter nicht hatten gänzlich verschwinden lassen.

Ich wollte die Zeitung fast schon wieder weglegen, als mein Blick auf einen Artikel fiel, der mir mein sowieso schon sehr bescheidenes Frühstück richtig besch… machte.

Es war ein kurzer Bericht darüber, dass man am Nachmittag die Leiche eines Mannes bei Forchheim aus der Regnitz gezogen hatte.

Der Mann war aus noch unbekannter Ursache ertrunken.

Der Name des Mannes wurde nicht vollständig genannt.

Er wurde nur als »Stefan B.« bezeichnet.

Ich bekam eine Gänsehaut.

Denn ich wusste, dass der Tote Stefan Briegel hieß – das dritte Mitglied der Forchheimer Ecce-Homo-Gruppe –, den Gerald Butz gestern Abend erwartet hatte.

Und ich wusste, aus welcher unbekannten Ursache er ertrunken war …

38 Bär zuckt

Am Freitagmorgen war Stanzi noch immer in der Bedenkzeit.

»Ich weiß nicht, was soll ich da, auf der Beerdigung?«

»Observieren.«

»Was observieren?«

»Einfach schauen, ob dir was auffällt. Welche Leute da rumstehen … ob irgendwas Auffälliges ist oder passiert.«

»Wenn ich nicht weiß, nach was ich schauen soll, wie soll ich was sehen?«

»Gleichschwebende Aufmerksamkeit.«

»Ich dachte, das gibt's nur in der Psychoanalyse.«

»Psychoanalyse gibt's auch aufm Friedhof …«

»Und wann soll ich den Abschlussbericht für mein Projekt schreiben? Ich bin schließlich als Leiterin des Forschungsprojekts nach Scheidegg gegangen, nicht als Privatdetektivin.«

»Mein Schatz«, sagte ich, und sah, wie sie die Stirn runzelte. Sie wusste, wenn ich mit »mein Schatz« ankam, wurde es ernst. »Mein Schatz, wir hocken miteinander im Schlamassel, und wenn sie uns erwischen und verhaften oder umlegen, dann ist dein Projekt sowieso im … weißt schon, wo. Die Uraufführung der Passionsspiele ist in ein paar Tagen. Und dort wird es zum großen Knall kommen. Danach hast du alle Zeit der Welt, dein Projekt zu schreiben. Und ich helf dir dann dabei.«

»Wirklich? Du könntest das Literaturverzeichnis zusammenstellen. Ich hasse das.«

»Ich auch. Aber ich mach's … für dich. Ehrenwort!«

»Na gut. Wann ist die Beerdigung?«

»Jetzt dann. Um neun Uhr. Friedhof Moosburg.«

»Aber …«

»Doch!«

»Aber ich hab doch nichts zum Anziehen.«

»Also nackert wirst nicht grad hinfahren müssen.«

»Ich mein: kein schwarzes Kleid. Und um was einzukaufen, ist es zu spät.«

»Zieh doch einfach deine schicke schwarze Latexhose an. Und die schwarze Lederjacke. Steht dir phantastisch. Und deine sexy schwarze Reizwäsche sowieso.«

»Aber für eine Beerdigung … Latex …?«

»Das lenkt etwas ab von der Trauer.«

»Ich weiß nicht.«

Ich sagte: »Denk an das Literaturverzeichnis!«

Sie fauchte: »Erpressung. Aber gut … weil du es bist!«

Ich sagte: »Ich liebe dich!«

Eine halbe Stunde später kam sie wieder.

Ganz in Schwarz.

Ohne Latex.

Ich sagte: »Wow, du bist eine Wucht. Das steht dir wunderbar. Schwarze Jacke, schwarze Jeans, rote Schuhe.«

»Schwarze Schuhe hab ich nicht mitgenommen. Ich konnte ja nicht wissen, dass ich hier auf dem Friedhof lande.«

39 Marlein und das alte Handy

Diese Mordserie der Neuen Tempelritter musste endlich ein Ende finden!

Vor allem, bevor ich selbst als Mordopfer an die Reihe kam …

Ich blätterte die Zeitung noch mal durch, und tatsächlich, ich fand einen wichtigen Hinweis im Kulturteil: Morgen würden die Passionsspiele in Oberammergau mit der Premierenaufführung eröffnet werden.

Morgen!

Verdammt, so bald schon!

Damit war klar, was ich zu tun hatte: Ich musste heute nach Oberammergau fahren. Und mich dort mit Emil treffen.

Emil!

Ich musste ihn anrufen, sofort.

Doch wie würde ich Emil erreichen? Er wollte sich ein neues Handy zulegen. Aber von dem hatte ich ja keine Nummer. Und ich wollte nicht so lange warten, bis er sich mal meldete. Ich konnte nur hoffen, dass er sein altes doch noch benutzte.

Mit zitternden Fingern wählte ich seine Nummer.

Ich hatte Glück!

»Philipp?«

»Emil! Das ist super, dass ich dich erreiche!«

»Nein, das ist absolute Scheiße, Philipp! Wir wollten doch nicht mehr mit unseren alten Handys telefonieren. Außerdem kann ich grad nicht sprechen. Die Stanzi könnte jeden Moment zurückkommen …«

Stanzi? Wer war das? Seine neue Flamme? Egal, ich hatte momentan andere Interessen als Emils Liebesleben.

»Nur kurz, Emil, und danach telefonieren wir auch nicht mehr. Ist dir klar, dass die Passionsspiele in Oberammergau schon morgen beginnen?«

»Schon morgen? Oje! Ich dachte, erst in ein paar Tagen. Der arme Chris! Heute die Beerdigung seines Geliebten, und morgen muss er gleich als Jesus ran!«

»Welcher Chris? Wovon redest du?«

»Erzähl ich dir schon noch. Aber wenn's morgen schon losgeht, müssen wir uns sputen!«

»Ganz genau, Emil. Wir müssen heute noch nach Oberammergau fahren und uns dort treffen. Wie sieht's bei dir aus?«

»Ich muss hier noch was besprechen. Aber ich hab's ja nicht so weit dorthin wie du. Ich fahr am Mittag los, dann sehen wir uns am Nachmittag.«

»Okay. Sagen wir um drei, das müsste ich schaffen. Wo?«

»Keine Ahnung. Ich kenne mich in Oberammergau nicht aus.«

Ich überlegte.

»An dem Ort, an dem das Passionsspiel stattfindet. Um fünfzehn Uhr am Eingang. Okay?«

»Okay.«

»Dann bis später, Emil.«

Wir beendeten das Gespräch. Ich war froh, dass ich ihn erreicht hatte.

Ich packte meine Sachen zusammen und wollte mein Zimmer verlassen.

Ich warf zufällig einen Blick aus dem Fenster.

Und sah, wie gerade ein Polizeiauto auf das »Kaiser-Hotel« zufuhr …

Verdammt! Wechselten sich die Killer und die Bullen dabei ab, mich zu verfolgen?

40 Bär schreit

Stanzi sah immer noch gut aus, als sie um elf Uhr zurückkam.

Dafür war sie im Gesicht käsweis.

Kein Wunder, sie kam auch von einer Leich.

Aus Moosburg. Beerdigung von Erna Kalb und ihrem Sohn Johannes.

»Wie war's?«, fragte ich.

»Ich weiß gar nicht, wo ich anfangen soll.«

Ich hielt ihr meine Schachtel Gauloises hin.

»Rauch erst mal eine!«

Ich gab ihr Feuer, sie nahm einen tiefen Zug, blies den Rauch aus.

»Sag einfach, was dir einfällt!«

»Es waren eine Menge Leute da. Das halbe Dorf, wenn nicht das ganze … Am Grab stand ein junger Mann, ich musste immer wieder hinschauen. Groß, schlank, ein Adonis. Schulterlanges Haar, schwarzer Bart, sanfte Augen, die waren völlig verheult … Er schaute aus wie …«

»… wie Jesus Christus?«

»Ja, genau, genauso wie Jesus auf den kitschigen Gemälden, der gute Hirte, ein Schäfchen auf den Schultern …«

»Was für ein Schäfchen?«

»Ich meine auf den Bildern. Er stand da mit hängenden Schultern und heulte wie ein Schlosshund. Er tat mir so leid …«

Ich sagte: »Das war der Geliebte von dem Johannes, der Jesus-Darsteller von Oberammergau. Die zwei waren ein Paar.«

»Ja, du hast es mir erzählt. Er sieht wirklich gut aus. Ein Mann, den man nicht von der Bettkante stößt …«

»Das hat sich der Johannes wohl auch gedacht.«

»Und sonst?«

»Eine seltsame Gruppe. Sie gehörten nicht zu den Leuten vom Dorf. Jüngere Männer. Umarmten den Chris, als wären sie dicke Freunde. Zwei oder drei hatten Tattoos …«

»Hast du die Tattoos gesehen?«

»Nicht voll, teilweise, sie hatten ja ihre Jacken an.«

»Irgendwelche erkennbaren Motive? Totenköpfe, Hakenkreuze?«

»Ja, wie einer von denen dem Jesus von Oberammergau kondoliert hat, ist ihm sein Ärmel hochgerutscht, und da sah man was … Es hätte ein Kreuz sein können …«

»Hakenkreuz?«

»So ähnlich und doch anders …«

Ich googelte schnell verschiedene Kreuze.

»Welches von denen könnte es gewesen sein?«

»Es war so … spitz …«

»So wie das?«

»Ja, so wie das! Und … es war rot. Ich dachte zuerst, er blutet. Es war tatsächlich rot. Warum ist das so wichtig?«

»Ich hab da so einen Verdacht …«

Stanzi war nicht so sehr an dem Kreuz interessiert. Sie erzählte weiter.

»Und dann war da noch was Komisches. Nach der Beerdigung ging ich zum Auto. Und dann kriegte ich einen Schreck.«

»Jetzt wird's aber spannend!«

»Echt. Ein VW Amarok sauste an mir vorbei. An der Seite eingedellt. Mit Innsbrucker Nummer. Und dottergelb!«

»Der uns vor dem Leermoser Tunnel geschrammt hat ...«

»Und uns fast kaputt gefahren hätte.«

»Gut, dass in du einem Mietwagen gesessen bist.«

»Kannst du dir einen Reim auf all das machen?«, fragte Stanzi.

Ehe ich antworten konnte, schlug ihr Handy an.

»Mein Diensthandy«, sagte sie. »Eine Mail ... komisch ...«

»Was steht drin?« Ich konnte es kaum erwarten.

»›Arztbrief Eckstein‹.«

»Lies weiter!«

»›Bei dem Objekt handelt es sich tatsächlich ...‹«

»Weiter!«

»Es geht nicht weiter ... abgebrochen. Vielleicht kommt der Rest später an. Kommt ja auch aus Österreich.«

Ich schrie, so aufgeregt war ich: »Das ist der Beweis! Professor Kaltenbrenner hat rausgefunden, dass es sich bei dem Knochen um ein Stück von Jesu Gebein handelt. Jetzt haben wir den Beweis! Und morgen platzt die Bombe in Oberammergau!«

41 Marlein und das überwachte Büro

Ich hatte Dusel.

Das Polizeiauto fuhr am Hotel vorbei.

Keine Razzia.

Kein Philipp Marlein, abgeführt in Handschellen, der flüchtige Doppelmörder vom Kreuzberg endlich gefasst ...

Aber meine Glückssträhne würde nicht ewig halten.

Ich musste weg von hier, und zwar sofort.

Ich packte meine Tasche, ging zur Rezeption, warf den Schlüssel auf den Tresen und verließ das »Kaiser-Hotel«.

Mein Auto parkte noch am Straßenrand, wo ich es am Vorabend abgestellt hatte.

Ich schaute mich um.

Sah alles friedlich aus.

Ich erblickte einen Abfalleimer am Straßenrand.

Ich warf mein Handy hinein.

Es hatte mir lange Jahre treue Dienste geleistet, aber jetzt mussten wir uns trennen. Zu groß war die Gefahr, dass es mich an die Bullen verriet.

Endlich war ich mal wieder komplett offline. Ein absoluter Luxus in der heutigen Zeit.

Ich ging zu meinem Wagen und öffnete ihn.

Und wieder explodierte keine Bombe, als ich die Tür aufmachte, und wieder wurde ich nicht von GSG-9-Beamten überwältigt und abgeführt.

Ich war ein bisschen enttäuscht von den Jungs …

Aber stopp! Nicht übermütig werden, Philipp Marlein. Womöglich lauerten die klickenden Handschellen oder gar die tödlichen Kugeln schon um die nächste Ecke.

Demut war angesagt – dass ich noch am Leben war, dass ich mich noch in Freiheit befand, dass ich nach Oberammergau fahren durfte, um meine Unschuld zu beweisen, Sandras Mörder zu überführen und weitere Morde zu verhindern.

Ich sah auf die Uhr.

Ich hatte noch genug Zeit, um einen kleinen Abstecher nach Fürth zu machen, in mein Büro.

Ich wollte meine Ausrüstung etwas aufrüsten, um gewappnet zu sein für einen Showdown mit den Tempelrittern in Oberammergau.

Ich verließ Forchheim und fuhr über die A 73 zurück nach Fürth.

Dort suchte ich allerdings nicht die Blumenstraße auf, sondern parkte ein paar Straßen weiter und ging in Richtung der Gaststätte von Frau Gaulstall, über der sich mein Büro befand.

An der Einmündung zur Blumenstraße blieb ich stehen und lugte um die Ecke.

Ein weiser Entschluss, denn wenn ich weitergegangen wäre, wäre es mit meiner Freiheit zu Ende gewesen.

Sie saßen in einem Auto, auf der gegenüberliegenden Straßenseite des Gebäudes.

Der eine, auf dem Fahrersitz, las in einer Zeitung, der andere, auf dem Beifahrersitz, knabberte an einer Tüte Salzstangen.

Es war ein normales Auto, und die beiden Jungs darin trugen Freizeitklamotten und erweckten den Eindruck, als wären sie Arbeitslose, hätten Langeweile und würden auf einen Kumpel warten, der in der Gaststätte ein paar Flaschen Bier holte.

In Wirklichkeit waren sie Bullen in Zivil, und sie warteten auf *mich* – um mich festzunehmen.

Okay. Mein Büro wurde überwacht.

Das Ausrüstung-Aufrüsten konnte ich also vergessen.

Aber da war drauf geschissen. Das Problem lag woanders.

Wenn ich bisher noch gezweifelt hatte, dass ich ein mutmaßlicher Verbrecher auf der Flucht war, dann waren meine Zweifel hiermit ausgeräumt.

Da half nur noch eins: die Flucht nach vorn.

Alles oder nichts. Tod oder Gladiolen.

Ich musste nach Oberammergau fahren und zusammen mit meinem Kumpel Emil die Mörder finden.

Entweder, wir waren erfolgreich und konnten wieder ein normales Leben führen – oder wir scheiterten und endeten als Leichen oder Sträflinge.

Ich ging zurück zu meinem Auto und machte mich auf den Weg nach Oberammergau.

42 Bär muss

»Willst du wirklich jetzt gleich nach Oberammergau fahren?«

Stanzi schaute besorgt. Wir standen abschiedsbereit in ihrem Zimmer in Scheidegg.

»Nein, ich will nicht, ich muss.«

»Ganz allein?«

»Ja!«

»Soll ich mitfahren? Wenn dir was passiert …«

»Nein, das ist lieb von dir, aber es wäre zu gefährlich. Für dich. Außerdem bin ich nicht allein.«

Sie schaute misstrauisch.

»Wer fährt denn mit?«

»Niemand fährt mit. Ich treff mich mit meinem Fürther Freund Philipp dort. Er ist schwer bewaffnet. Da kann nichts passieren. Wir haben schon ganz andere Dinger gedreht …«

»Welche?«

»Das erzähl ich dir, wenn ich zurück bin.«

Die Angst schaute ihr aus den Augen.

»Keine Angst, Stanzi. Übermorgen bin ich zurück, und dann gehen wir gepflegt essen. Candle-Light-Dinner und so. Ganz öffentlich. Denn morgen Abend sind Philipp und ich freie Männer, unsere Unschuld wird bewiesen sein, und die Mörder, die die EC-Mitglieder auf dem Gewissen haben, hocken im Knast von Oberammergau.«

»Gibt's denn da einen Knast?«

»Bei so viel Touristen gibt's sicher einen. Ein Eldorado für Taschendiebe, Heiratsschwindler und Taliban, islamische und christliche … Also, ich muss los …«

»Dann nimm wenigstens eine Reiseapotheke mit. Ich mach dir eine zurecht.«

»Danke, ich hab schon eine. Hab ich immer dabei …«

»Sind die Medikamente nicht schon abgelaufen?«

»Nein, neuester Stand!«

Ich sprach die Wahrheit, nichts als die Wahrheit. Der Obstler war von letzter Woche und das Aspirin vom vergangenen Monat.

»Brauchst meinen Bulli?«

»Nein, da könnt ich gleich in die Zeitung setzen: ›Hier kommt der Bär …‹ oder ein Schild vor mir hertragen: ›Ich bin der Bär‹.«

»Oder: ›Der Bär ist wieder los!‹« Sie lachte. Verstand.

Ich sagte: »Ich nehm den Mietwagen, da kann ich mein Mountainbike reintun. Dann fall ich nicht auf … Ach, Mensch, das ist ja auf der Biselalm. Leihst mir dein Fahrrad?«

Sie schaute besorgt. »Ja, natürlich. Aber pass gut auf dich auf. Schreib mir eine WhatsApp, wenn du angekommen bist, und zwischendurch mal.«

»Ja, mach ich. Außerdem brauchst bloß Radio hören, die bringen sicher das Neueste von den Passionsspielen, weil da was abgeht …«

»Was geht da ab?«

»Wir kriegen sie, und dann komm ich als freier Mensch zu dir zurück.«

»Schön, heiraten wir dann?«

»Ich meinte doch – als freier Mensch.«

»Kannst ja um mich freien!«

»Und wie! Wirst schon sehen! Jetzt muss ich aber machen, dass ich aus dem Tempel komm.«

»Ich zünd dir eine Kerze an, wart!«

Wenn ich unterwegs war, zündete Stanzi immer eine Kerze an. Katholischer Aberglaube. Aber lieb. Bis jetzt hat er immer funktioniert.

Ich sagte: »Lieb von dir!«

»Schau, ich hab noch eine von der Normandie. Mit der heiligen Therese von Lisieux drauf.«

Ich war gerührt.

Wir küssten uns, sie machte mir mit ihrem Mittelfinger ein Kreuz auf die Stirn. Ich kriegte feuchte Augen, sagte: »So, jetzt kann mir wirklich nichts mehr passieren!«

Sie begleitete mich noch zum Mietauto, einem Caddy. Fragte: »Fährst über die Alm?«

»Ich würde zwar gern, aber es ist mir zu gefährlich, ich geh denen nicht in die Falle. Ich fahr über Kempten, dann nach Reutte in Tirol, tanken, in Österreich ist das Benzin billiger, und von dort bin ich dann gleich wieder über die Grenze in Oberammergau. Ist nur ein Katzensprung. An der Zugspitze vorbei.«

Ich legte den Gang ein, hupte, winkte, sie winkte zurück, ich wischte mir die Augen, sie wischte sich die Augen. Ich gab Gas.

Ich tankte. In Reutte, Tirol.

Beim Lidl: Tiroler Obstschnaps von Felser.

An der Tankstelle: Tiroler Benzin von Shell.

Warf beim Zahlen einen Blick auf die Zeitungen.

Erstarrte: Aus der Kronen-Zeitung sprang mir eine Schlagzeile in die Augen: »Berühmter Professor tot im Inn gefunden«. Nahm die Zeitung. Zahlte.

Schaute mit zittrigen Fingern, las, was ich ahnte:

»In den gestrigen Morgenstunden wurde eine Leiche aus dem Inn geborgen. Es handelt sich um den weltberühmten Gerichtsmediziner Professor Kaltenbrenner aus Innsbruck. Ob es sich um Selbsttötung, ein Verbrechen oder einen Unfall handelt, ist noch nicht bekannt. Die Polizei ermittelt in alle Richtungen.«

Ich kannte die richtige Richtung. Hatten sie ihn also auch noch erwischt.

Der Countdown lief.

Mein Kopf war heiß, meine Hände eiskalt.

Nichts wie nach Oberammergau.

Je näher ich an Oberammergau rankam, desto dichter wurde der Verkehr. Hatten wohl mehr Leute die Idee gehabt, zu den Passionsspielen zu fahren.

Dann war Sense.

Stau.

Ich wurde nervös. Stau, das konnte Stunden dauern.

Ich sah einen Parkplatz in den Wiesen, fast voll.

Ich parkte.

Packte Handy, Mütze, Mineralwasser in den Rucksack, holte Stanzis Fahrrad aus dem Caddy, sperrte ihn ab, schwang mich aufs Rad.

Hielt mich für ziemlich schlau. Weil ich das Rad eingepackt hatte.

Fuhr im Triumph am Stau vorbei, auf dem Radweg parallel zur Bundesstraße, genoss sogar den Blick auf die Berge, vom Laber grüßte mich das Gipfelkreuz.

Professor Kaltenbrenner, Gott hab ihn selig, fiel mir ein.

Hatte er vor seinem Tod noch den zweiten Teil seiner Mail absetzen können?

Oder kam Teil zwei verzögert nach einer Sendestörung?

Stanzi würde es mich wissen lassen, wenn und sobald sie die Nachricht kriegte.

Mit einer halben Stunde Verspätung fuhr ich in Oberammergau ein.

Betrieb wie auf dem Oktoberfest.

Ich dachte, ich bin in Tokio.

Oder Peking.

Oder Seoul.

Ich konnte keinen nach dem Weg fragen.

So weit reichte weder mein Japanisch noch mein Chinesisch.

Außerdem waren die alle mit Selfies beschäftigt.

Ich trat in eine Trattoria Italiana, fragte nach dem Passionsspielhaus.

Der Kellner im weißen Hemd zuckte wortlos mit den Schultern.

Ich suchte nach Schildern »Passionsspielhaus«, fand aber keines.

Ich fand:

Käthe Wohlfahrt – Weihnachtsartikel.

Daller Trachten.

Trachten Werner.
Holzschnitzereien en masse.
Mings Wok.
Schiesser Outlet-Store.
Ein Doppelschild führte mich auf die richtige Spur: »POLIZEI. PASSIONSSPIELHAUS«.
Ich landete bei der freiwilligen Feuerwehr.
Einen Steinwurf weiter Tausende von Menschen – und das Passionsspielhaus.
Ich sperrte mein Fahrrad ab. Doppelt.
Stellte mich vor den Eingang.
Schaute nach Philipp.
Wo blieb er bloß?
Schaute alle zwei Minuten auf meine Armbanduhr.
Davon kommt er auch nicht schneller, sagte ich mir. Schaute trotzdem.
Zündete mir eine an.
Nahm einen Schluck aus meinem Flachmann.
Hörte plötzlich eine Stimme hinter mir, zuckte zusammen: »Wenn du so weitersäufst und -rauchst, überlebst du die Passionsspiele nicht!«

43 Marlein und die kritische Lagebesprechung

Den Weg nach Oberammergau kannte ich.
Ich hatte im Prinzip genau die gleiche Fahrt schon einmal gemacht, zwei Jahre zuvor.
Als ich nach Kloster Ettal gefahren war, auf der Suche nach dem Ur-Evangelium von Maria Magdalena, auf der Suche nach den Mördern von Professor Klüngelbein, der mich damals als Leibwächter angestellt hatte – und trotzdem getötet worden war.
Die Strecke führte mich auch jetzt wieder über die A 9 nach

München, in qualvollem Stop-and-go durch München hindurch, schließlich über die A 95 Richtung Garmisch bis zu ihrem Ende und dann über ein paar Landstraßen und Serpentinen hoch in die Ammergauer Alpen.

Oberammergau war quasi der Nachbarort von Ettal, lag nur drei Kilometer entfernt.

Die Straße nach Oberammergau führte tatsächlich durch Ettal hindurch. Und als ich am Kloster und am Hotel vorbeifuhr, in dem Emil und ich damals an einem Maria-Magdalena-Kongress teilgenommen hatten, stiegen zwangsläufig alte Erinnerungen in mir auf.

Erinnerungen an die beiden spannendsten Themen im Leben eines jeden Menschen – an Liebe und Tod, an Eros und Thanatos.

Höchst angenehme Erinnerungen – an die namenlose Rose, die süße kleine Schwarzhaarige, mit der ich ein wundervolles Tantra-Erotik-Erlebnis genießen durfte – und in die ich mich vielleicht verliebt hätte, wenn ich sie nicht sofort wieder aus den Augen verloren hätte.

Und höchst unangenehme Erinnerungen – an den finalen Showdown mit den Tempelrittern hoch oben auf dem Berggipfel vom Ettaler Mandl, bei dem ich wahlweise erschossen oder in die Tiefe gestoßen werden sollte und nur ganz knapp einem gewaltsamen Tod entkommen war.

Und jetzt stand ein neuer Showdown mit den Templern bevor, und es war mehr als fraglich, ob ich dieses Mal wieder so viel Glück wie damals haben und mit dem Leben davonkommen würde – nur nun nicht in Ettal, sondern wenige Kilometer weiter in Oberammergau.

Ich ließ Ettal sowohl örtlich als auch erinnerungstechnisch hinter mir und fuhr, nachdem ich mich durch noch einen Stau gequält hatte, schließlich in Oberammergau ein.

Oberammergau hatte eine starke Ähnlichkeit mit Ettal, auch wenn es viel größer war. Aber es war ebenfalls ein klassischer Touristenort, und so entsprach das Straßenbild dem von Ettal: eine Aneinanderreihung von Hotels, Pensionen, Gaststätten, Cafés, Andenkenläden und Souvenirshops.

Und wenn in Ettal das Kloster das geistige Zentrum und der große Besuchermagnet des Ortes war, dann schien dies in Oberammergau das Passionstheater zu sein.

Und genau das war das Ziel meiner Fahrt, denn dort wollte ich mich mit Emil treffen.

Ich steuerte einen der reichlich vorhandenen Besucherparkplätze an und stellte meine Kiste ab.

Der Weg zum Passionstheater war nicht schwer zu finden: Als Ort der Veranstaltung, für die Oberammergau in der ganzen Welt bekannt war, war das Passionstheater natürlich perfekt ausgeschildert.

Während ich den Wegweisern folgte, musterte ich die anderen Menschen.

Insbesondere hielt ich Ausschau nach Gesetzeshütern, aber es gab keinerlei Anzeichen eines polizeilichen Großaufgebotes, im Gegenteil, kein einziger Polizist und kein einziges Polizeiauto säumte meinen Weg.

Das Gute daran war, dass ich hier offenbar sicher vor diesem Teil meiner Verfolger war, dass die staatlichen Behörden den flüchtigen Tatverdächtigen Philipp Marlein offenbar zuallerletzt im Passionsspielort Oberammergau vermuteten.

Das Schlechte daran war, dass die staatlichen Behörden offenbar keine Ahnung hatten, dass es hier keine normale Premiere der Passionsspiele geben würde, dass hier eine mörderische finale Auseinandersetzung zwischen Ecce-Homo-Gruppe und Neue-Tempelritter-Gruppe bevorstand.

Also würden Emil und ich auf uns allein gestellt sein, wieder einmal mussten wir der Gerechtigkeit auf eigene Faust zum Sieg verhelfen.

Apropos Emil!

Da stand er doch, am Eingang eines riesigen Gebäudes mit einer überdimensionalen Kreuzigungsgruppe über dem Eingang – ich war am Passionstheater angekommen.

Ich war erleichtert, ihn zu sehen. Er hatte es also auch geschafft, sich nicht von den Bullen schnappen zu lassen, sich nicht von den Killern erledigen zu lassen.

Aber natürlich verlustierte er sich gerade mal wieder an einer Kippe und einem Flachmann. Typisch Emil!

Ich pirschte mich an ihn heran. Als ich direkt hinter ihm stand, sagte ich streng: »Wenn du so weitersäufst und -rauchst, überlebst du die Passionsspiele nicht!«

Er erschrak.

Ich klopfte ihm auf die Schulter.

»Keine Angst, Emil. Ich bin's nur. Kein Typ in Uniform und mit Handschellen.«

Er hüstelte.

»Schön. Ein Wunder, dass wir uns überhaupt so noch mal treffen.«

»Wie, ›so‹?«

»In Freiheit.«

»Ja, das stimmt. Ich war kurz davor, von den Bullen einkassiert zu werden.«

»Lang werden wir uns nicht mehr halten können.«

»Und deshalb müssen wir morgen diesen Alptraum beenden. Komm, wir machen eine kritische Lagebesprechung.«

Ich schleifte Emil in ein Café direkt neben dem Passionstheater. Fluchend drückte er seine kaum angerauchte Fluppe wieder aus und steckte den Flachmann weg. Im Café bestellte er ganz brav einen Cappuccino, ich ein Mineralwasser.

Emil war nervös.

»Nun erzähl schon, Philipp – was hast du erlebt seit unserer Flucht vom Kreuzberg? Wie bist du auf die Oberammergau-Spur gekommen? Hast du einen Hinweis auf die Mörder von Erna und Sandra gefunden? Hast du einen Plan, wie wir wieder heil aus dieser Nummer rauskommen sollen?«

So viele Fragen auf einmal! Statt sie alle zu beantworten, versuchte ich mich lieber an einer Chronologie der Ereignisse.

»Ich hatte ja als einzigen Anhaltspunkt Sandra Danners

Adresse. Also habe ich mir Zugang zu ihrer Wohnung verschafft.«

»Auf Deutsch: Du bist eingebrochen.«

»Keine Haarspalterei, Emil. Aber vermutlich hätten es die Polypen, die mich beinahe in ihrer Wohnung erwischt hätten, so interpretiert. Ich konnte gerade noch entkommen – mit nichts weiter als einem Hinweis auf ein Treffen der Forchheimer Ecce-Homo-Gruppe.«

»Und du bist natürlich zu diesem Treffen hingegangen.«

»Ja. Aber die Gruppe, die ich dann vorfand, bestand auch nur aus einer einzigen Person.«

»Ich hab bei meinen Nachforschungen gehört, dass es mehrere Ecce-Homo-Leute in Forchheim gibt.«

»Es waren wohl nur drei, und die wurden nach und nach aus dem Verkehr gezogen. Sandra war das erste Opfer.«

»Aber den einen hast du noch sprechen können?«

»Ja. Allerdings ging er dann noch während unseres Gesprächs über den Jordan. Er wurde in seiner Wohnung überfallen und ermordet. Ich konnte auch hier gerade noch fliehen, sonst würde ich jetzt die Radieschen von unten betrachten.«

»Schrecklich! Wie bei mir! Die Ecce-Homo-Leute werden alle niedergemetzelt, einer nach dem anderen.«

»Immerhin hat er mir vor seiner Ermordung noch wichtige Informationen zukommen lassen.«

»Über die Mörder?«

»Auch. Vor allem aber über die sensationellen Enthüllungen, von denen die beiden Damen auf dem Kreuzberg gesprochen hatten.«

»Darüber habe ich auch was rausgefunden – und die Mädels haben nicht zu hoch gegriffen, es ist wirklich eine absolute Sensation! Aber erzähl du erst mal.«

»Gerald Butz, so hieß der letzte Ecce-Homo-Mohikaner in Forchheim, hat so was wie die Memoiren von Pontius Pilatus gefunden. Er hat mir das Skript zu lesen gegeben. Wenn das echt ist, was da drinsteht, dann gibt es ein weltweites religiöses

Erdbeben, sobald das öffentlich wird. Laut diesem Text wäre die Kreuzigung und Auferstehung Jesu tatsächlich ein Fake gewesen.«

Emil war aufgeregt wie ein Hampelmann, an dessen Schnur man zog.

»Das passt haargenau zu dem, was ich herausgefunden habe! Dann gibt es gleich zwei Beweise, dass die Passion ein Betrug war!«

»Und genau wegen dieser Beweise werden die Ecce-Homo-Leute ermordet.«

»Von wem?«

»Von alten Bekannten von uns. Von den Neuen Tempelrittern!«

»Hol's der Teufel! Dann hatte ich also recht mit meinem Verdacht!«

»Und kurz bevor er sein Leben ausgehaucht hat, hat Butz mir noch gesteckt, dass die Tempelritter bei der morgigen Premierenaufführung der Passionsspiele den Jesus-Darsteller mit einem Lanzenstich töten wollen – um zu verhindern, dass er bei der Aufführung für einen Eklat sorgt.«

»Ich weiß. Der Jesus-Darsteller, das ist der Chris. Ich stehe in persönlichem Kontakt zu ihm.«

Jetzt war ich platt. Ich starrte Emil mit offenem Mund an. So viel Ermittlungserfolg hatte ich ihm gar nicht zugetraut.

»Ich glaube, es ist an der Zeit, dass du nun deine Erlebnisse und Ergebnisse erzählst. Ich habe sowieso nicht mehr zu bieten als das, was ich gerade gesagt habe. Also – spuck's aus, Emil!«

44 Bär plaudert

Ich zündete mir eine an. Wir saßen schließlich unter der Pergola vom »Theatercafé«. Im Freien.

Vor uns rollte ein Bus nach dem andern an. Invasion aus Fernost.

Philipp schaute unauffällig auf die Uhr.

Ich fing im Plauderton an: »Ich hatte vom Kreuzberg an eine wunderbare Radltour ins Allgäu, per Anhalter. Aber ich wusste nicht, wohin. Auf meine Alm in Tal am See konnte ich nicht, da hätten mich die Bullen erwartet.«

Philipp nickte. »Klar.«

»Und ich hatte einen Zettel mit Namen drauf, den von der Erna Kalb. Ein Johannes Kalb stand drauf. Ihr Sohn. Und ich wusste, dass ihr Sohn einen Lover hat – hatte …«

»Wieso ›hatte‹?«

»Da komm ich gleich drauf. Mit dem Mut der Verzweiflung packte ich den Stier bei den Hörnern. Ich radelte zu Johannes Kalb. Als ich hinkam, fuhr gerade die Polizei weg. Zuerst wollte mich der Johannes Kalb gar nicht zur Tür reinlassen, aber dann hab ich gesagt, dass ich am Vortag noch seine Mutter gesprochen hab … am Kreuzberg. Er ließ mich rein, rief nach einem Chris – sein Lover –, der kam dann die Treppen runter. Er schaute aus wie der Christus von Oberammergau. Er war es auch.«

»Ein Volltreffer!«, staunte Philipp.

»Ja, mit einem Haar hätte es mich voll getroffen. Sie sagten, ich kann bei ihnen im Haus wohnen, im Gästezimmer, aber ich muss ihnen alles sagen, was ich weiß und erfahre.«

»Hast du es ihnen versprochen?«

»Ja, was blieb mir anders übrig.«

»Und gehalten?«

»Bin ich blöd?«

Philipp lachte. »Hätt ja sein können.«

Ich fuhr fort: »Die beiden gehörten zu Ecce Homo, der Allgäuer Gruppe. Sie haben mich dann in ihren Plan eingeweiht, die Bombe bei den Passionsspielen platzen zu lassen. Sie brauchten nur noch einen letzten Beweis für die Geschichte, dass die Auferstehung ein Fake war. Und sie glaubten, der

Beweis wär versteckt – auf meiner Alm. Aber da konnte ich nicht hin.«

»Wieso auf deiner Alm?«

»Weil da hat früher einer von der EC-Gruppe – so nannten sie sich zur Tarnung – gewohnt, und der ist nach Indien. Und von dem kriegten sie, was sie brauchten – einen Knochenrest von Jesu sterblichen Überresten. Ich besuchte dann den Kumpel von dem Typ in Indien. Der erzählte mir, dass sein Freund – ein Hans-Peter – vor Jahren nach Indien ging und in einem Aschram wohnt, ganz in der Nähe, wo das Grab von Jesus ist. Wir standen im Kuhstall, das Telefon läutete. Ein Anruf von der indischen Botschaft. Der Wastl Hämmerle, so hieß er, kippte fast um. Sein Freund Hans-Peter sei bei einem Unfall verstorben. Und weißt du, was der Hämmerle dann sagt?«

»Keine Ahnung.«

»Er sagt: Es war kein Unfall. Es war Mord.«

»Wie ist er denn da draufgekommen?«

»Weiß ich nicht. Er wusste mehr, als er mir erzählte.«

»Konntest ihn nicht noch mal fragen?«

»Nein.«

»Warum nicht?«

»Am andern Tag war er schon tot. Im See von Tal ersoffen. Ersoffen worden.«

»Wie ging's dann mit deinen Gastgebern weiter?«

»Die beiden suchten etwas. Sie hatten die Wohnung von der Erna Kalb durchstöbert und nichts gefunden – außer einer Schmuckschatulle mit einem Stückchen Knochen drin. Die beiden fuhren dann auf meine Alm, um dort weiterzusuchen, auf dem Dachboden. Ich nutzte die Zeit und schaute bei der dritten Adresse vorbei, eine Helga Hochreiter, auch eine Ecce-Homo-Aktivistin, sie hatte Angst, ihr könnte was zustoßen. Sie ist sozusagen die Verbindungsfrau: Der Hämmerle bringt ihr die Sendung oder Sendungen aus Indien, die Hochreiter nimmt sie mit an ihre Arbeitsstelle, das gerichtsmedizinische Institut in Innsbruck, und der berühmte Professor Kaltenbrenner extrahiert dann die DNA von dem Beweismaterial. Auf dem Weg zurück in mein Gasthaus knackte ich das Schloss von Erna Kalbs Wohnung. Schaute nach der Schmuckschatulle mit dem Knochen. Der Knochen war weg. Dann zurück in meine Bleibe. Die beiden kamen ewig nicht zurück von der Alm, Chris wollte noch nach Oberammergau wegen der Proben.«

»Ziemlich kompliziert das alles.«

»Es wird gleich einfacher. Ich radelte auf meine Alm. Ich fand den Johannes Kalb tot am Fuß der Treppe zum Dachboden. Muss wohl heruntergefallen sein. Chris war schon auf dem Weg nach Oberammergau. Ich suchte dem Johannes seine Taschen durch. Und was glaubst, hab ich gefunden?«

»Schmuck?«

»Noch viel wertvoller: ein kleines Stück Knochen, nicht größer wie ein Milchzahn.«

»Der Beweis?«

»Der Beweis! Ich radelte zurück, kam am Haus von Helga Hochreiter vorbei, die Bestatter waren da, trugen einen Sarg rein. Und dann wieder raus.«

Ich machte eine Pause, trank einen Schluck von meinem kalten Cappuccino. Sagte: »Tot. Hochreiter tot. Hämmerle tot. Johannes tot. Es wurde mir zu heiß. Ich rief die Rettung an.«

»Welche Rettung? Die Bergrettung?«

»Die Stanzi, meine Freundin. Sie arbeitet vorübergehend in Scheidegg. Die hat mich dann in Moosburg abgeholt und zu sich genommen. Heimlich.«

Ich zündete mir eine weitere an. Philipp rollte mit den Augen. Himmelwärts.

»Wir sind dann am nächsten Tag nach Innsbruck zu Professor Kaltenbrenner, und ich hab ihm den Knochen übergeben. Die Untersuchungen laufen noch, ich hab aber positive Nachricht, den Anfang einer E-Mail. Es ist ein Knochen Jesu aus dem Grab in Kaschmir!«

»Der Beweis, der endgültige!«, sagte Philip.

»Und weißt du, was ich auf der Fahrt hierher gelesen habe in der Kronen-Zeitung? Professor Kaltenbrenner ist tot aufgefunden worden. Im Inn.«

»Auch wieder die Tempelritter?«, fragte Philipp.

»Wer sonst? Das hat System ...«

Philipp sagte: »Von Ecce Homo ist nur noch einer übrig: Chris.«

»Und wir beide. Wir wissen zu viel.«

»Wir müssen Chris beschützen. Die murksen ihn ab, bevor er auch nur ein Wort am Kreuz sagen kann.«

»Ach, Philipp, und wer beschützt uns zwei?«

45 Marlein und die überteuerte Unterkunft

»Wir müssen uns selbst beschützen, wie immer. Was wir jetzt aber erst einmal unbedingt brauchen, ist ein Quartier für die Nacht. Und Eintrittskarten für die Premierenaufführung morgen. Gegenüber dem Café ist ein Büro der Touristinformation. Lass uns da mal hingehen.«

Wir zahlten, verließen das Café und gingen über den Platz vor dem Passionsspielhaus zum Passionsbüro.

Wir mussten eine Weile warten, bis die Japaner vor uns abgefertigt waren.

Als ich an der Reihe war, fragte mich eine mittelalte, mit Dutt und Brille ausgestattete Dame, was sie für mich tun könne.

»Wir hätten gern zwei Karten für die Premierenaufführung morgen.«

Sie gab sich alle Mühe, einen Lachanfall zu unterdrücken, doch ein mitleidiges Grinsen blieb immer noch übrig.

»Da kommen Sie leider etwas zu spät.« Ihr entglitt ein leichtes Kichern. »Um genau zu sein, ungefähr ein Dreivierteljahr zu spät. So lange ist die Premierenvorführung schon ausverkauft. Und alle anderen hundert Vorstellungen im Übrigen auch.«

Ich verzog das Gesicht.

»Wer zu spät kommt, den bestraft das Leben.«

Sie nickte.

»Sie sagen es.«

»Und da lässt sich nix machen?«

»Wie gerade erwähnt, sind alle Tickets bereits seit neun Monaten ausverkauft.«

»Ach kommen Sie, Sie sitzen doch hier an der Quelle. Womit kann ich Sie bestechen? Mit Geld? Oder vielleicht mit heißem, ekstatischem Sex?«

Sie musterte mich amüsiert.

»Da müsste schon George Clooney vor mir stehen. Mit dem können Sie leider nicht mithalten.«

Ich schluckte diese Beleidigung anstandslos und zog Emil, der bisher schüchtern hinter mir stand, neben mich.

»Und wie wäre es mit diesem Prachtexemplar? Da ist der Clooney doch ein Dreck dagegen!«

Sie musterte auch Emil, als hätte man ihr ein Kamel angeboten.

»Nun, was die grauen Schläfen angeht, kommt Ihr Kumpel schon eher ran – aber selbst wenn Sie mir noch Brad Pitt als Vorspeise und Jonny Depp als Nachtisch anbieten würden, ich habe einfach keine Tickets mehr für morgen. Aber es war ein netter Versuch, meine Herren.«

Ich unterdrückte einen Fluch.

»Und wie sieht es mit einem Hotelzimmer aus?«

Sie runzelte die Stirn.

»Nun, die Hotels, Pensionen und Privatzimmer sind an den Aufführungstagen der Passion natürlich restlos ausgebucht. Aber ich kann mal nachschauen, manchmal gibt es kurzfristige Absagen in Quartieren, die keine Ticket-Zimmer-Arrangements anbieten.«

Sie tippte in ihrem Computer herum, bis ein Lächeln auf ihren Lippen erschien.

»Sie haben ein Riesenglück. Gerade in dieser Sekunde ist eine kurzfristige Stornierung vom ›Hotel Kirchwirt‹ gemeldet worden. Ein Doppelzimmer für eine Nacht.«

Ich grinste.

»Gekauft!«

Als sie mir den Preis nannte, verging mir zwar das Grinsen schnell wieder, aber ich hatte keine andere Wahl. Zur Passionsspielzeit waren wahrscheinlich sämtliche Unterkünfte im Umkreis von fünfzig Kilometern völlig überteuert.

Sie telefonierte mit dem Hotel und kündigte an, dass gleich Ersatzgäste kommen würden, beschrieb uns den Weg zum »Kirchwirt« und verabschiedete uns freundlich.

Wahrscheinlich hatte sie es genossen, mal ein bisschen Spaß zu haben, statt immer nur humorlose Japsen auf Englisch abzuwimmeln.

Wir gingen kurz zu meinem Auto, um meine Reisetasche zu holen, und steuerten dann den »Kirchwirt« an.

Wie der Name vermuten ließ, stand das Hotel direkt neben der Oberammergauer Kirche St. Peter und Paul.

An der Rezeption trug ich mich erneut als Thomas Müller aus Castrop-Rauxel ein. Zum Glück machte man keinen großen Aufruhr, und ich musste keinen Ausweis vorzeigen; offenbar war man froh, so kurzfristig Ersatzgäste gefunden zu haben.

Die Zimmer waren in altbayerischem Stil eingerichtet, aber sie hätten auch in neoafrikanischem Stil eingerichtet sein können, mir war es wichtig, dass wir überhaupt ein Dach über dem Kopf hatten.

Emil setzte sich auf das eine der beiden Betten, die zusammenstanden.

»Das fühlt sich ja jetzt doch fast nach Hochzeitsreise an!«

Ich ging zu dem anderen Bett und schob es so weit weg, dass ein zwei Meter breiter Zwischenraum entstand.

»Nerv mich jetzt nicht mit deiner Schwulennummer, Emil! Wir haben ganz andere Sorgen!«

»Welche denn?«

Manchmal stellte er sich echt dumm, der Herr Bär.

»Wir haben zwar jetzt ein Zimmer, aber das Wichtigste haben wir nicht bekommen: Karten für die Aufführung morgen! Woher sollen wir die denn nehmen, wenn nicht stehlen?«

»Genau das könnten wir doch machen.«

»Was?«

»Karten stehlen. Wir ziehen nach Einbruch der Dunkelheit durch die Straßen, überfallen ein paar der Touristen, die hier überall herumlaufen, und klauen ihnen die Tickets.«

»Ja klar – und werden von Passanten überwältigt, die die Polizei rufen, und die freut sich tierisch, dass ihr zufällig zwei steckbrieflich gesuchte Mörder ins Netz gegangen sind.«

»Wir könnten bei eBay schauen. Da werden sicherlich Karten zum Verkauf angeboten.«

»Ja, zum zehnfachen Preis. Außerdem ist es dafür zu spät, bis morgen kommen die nicht mehr an. Aber im Prinzip nutzen uns Eintrittskarten sowieso nichts. Selbst wenn wir drinsitzen würden, wie sollten wir von irgendeinem Zuschauersitz aus ins Geschehen eingreifen können? Wir müssten auf der Bühne sein, mitspielen, nur so könnten wir die Tempelritter auf frischer Tat ertappen und den Jesus vor der Ermordung retten.«

Emil grübelte.

»Ich könnte ja den Jesus fragen.«

Mir fiel fast die Kinnlade zu Boden.

»Was hast du da gerade gesagt?«

»Ich habe dir doch erzählt, dass ich Kontakt habe zum Chris, dem Jesus-Darsteller. Ich könnte ihn fragen, ob er uns morgen als Mitspieler einschleusen kann.«

Ich wäre Emil fast um den Hals gefallen – aber dann hätte er nur wieder mit seiner Hochzeitsreisenummer angefangen.

Zumindest leistete ich innerlich Abbitte. Von wegen Dummstellen – der alte Emil Bär war schlau wie ein Fuchs.

»Das könnte die Rettung sein, Emil! Ja, hau den Jesus-Chris an und versuch, uns morgen auf die Bühne zu bringen!«

46 Bär läutet

Ich hatte die Telefonnummer von Chris.

Aber er nicht meine.

Ich läutete dreimal an.

Jedes Mal mit Herzklopfen.

Mit dem Handy von Stanzi.

Aber er meldete sich nicht.

Philipp wurde nervös, tigerte im Zimmer auf und ab.

Schließlich ging er nach draußen.

Murmelte irgendwas von »Beine vertreten«.

Ich war froh, als er weg war.

Er machte mich nur nervös.

Wieso ging Chris nicht ans Telefon?

Wahrscheinlich war er am Proben.

Aber irgendwann musste er doch auch mal Pause machen.

Pipi gehen.

Um zehn vor fünf nahm er endlich ab.

»Ja?«

»Hallo, Chris, Emil hier. Emil Bär.«

»Ach, du, Emil ... Ich hab leider nicht viel Zeit, in zehn Minuten gehen die Proben weiter. Was gibt's Neues?«

»Ich bin hier in Oberammergau. Hab mich mit meinem Kollegen aus Fürth getroffen. Wir sind uns ziemlich sicher, wer die Toten auf dem Gewissen hat, den Johannes, die Sandra, die Erna, die Helga, den Hämmerle ... und jetzt auch den Kaltenbrenner.«

»Ich weiß, hab's heute früh in der Zeitung gelesen.«

»Zum Glück habe ich noch rausgekriegt, dass er eine Knochenprobe positiv getestet hat.«

Ich behielt für mich, um welchen Knochen es sich handelte und von wem er ihn bekommen hatte. Von mir. Höchstpersönlich. Fuhr schnell fort: »Wir haben also jetzt den endgültigen Beweis, und du kannst morgen die Sensation verkünden … Aber du bist in Lebensgefahr. Die Bande, die eure Leute auf dem Gewissen hat, ist zu allem fähig, skrupellos sind die. Wir müssen dich beschützten … Sie werden alles tun, um zu verhindern, dass du die Wahrheit sagst. Und deshalb werden wir sie kriegen. Aber dazu müssen wir auf der Bühne sein …«

»Das geht nicht.«

»Wieso?«

»Die Rollen sind alle besetzt.«

»Nur als Statisten. Im Volk. Zwei mehr oder weniger fällt keinem auf.«

»Das geht auch nicht.«

»Wieso?«

»Es dürfen nur Leute mitspielen, die in Oberammergau geboren sind. Oder seit zwanzig Jahren dort leben.«

»Drauf ist g'schissen. Das ist ein Notfall. Du bist Jesus Christus! Ohne dich läuft gar nichts! Du hast doch Beziehungen. Du kannst bestimmt zwei Kumpels einschleusen.«

»Das ist nicht so leicht … aber … ich lass mir was einfallen. Kannst du in zwei Stunden zur Eselsrampe kommen?«

»Eselsrampe?«

»Ja, das ist rechts von der Bühne, da treiben sie immer den Esel hinein, auf dem ich dann in Jerusalem einziehe.«

»Okay. Ich bin um neunzehn Uhr an der Eselsrampe.«

Ich Esel. War das klug? Gefährlich war es auf jeden Fall.

Mein Handy brummte. Stanzis.

Eine WhatsApp.

Von Stanzi.

»Hallo, mein Schatz, alles in Ordnung? Hast lange nichts hören lassen. Bussi!«

Ich tippte ein: »Alles in bester Ordnung. Läuft wie geschmiert. Bussi!«

Ich dachte: Für wen läuft es wie geschmiert? Für uns oder für die anderen? Am Ende sind wir die Ausgeschmierten.

47 Marlein und der idyllische Rundgang

Emils Versuche, diesen Chris zu erreichen, blieben zunächst erfolglos.

Das untätige Warten machte mich verrückt. Also sagte ich zu Emil, dass ich mir ein bisschen die Beine vertreten würde.

Ich verließ unser Zimmer und holte mir am Prospektständer neben der Rezeption ein Faltblatt »Ortsrundgang durch Oberammergau«.

Es gab eine kleine Variante durch den Ortskern sowie eine große Variante, die auch zu etwas weiter entfernten Attraktionen führte, wie dem Erlebnisbad »WellenBerg«, der Laber-Bergbahn, der sechsundfünfzig Tonnen schweren Skulptur der von Ludwig II. gestifteten Kreuzigungsgruppe und dem Freizeitgebiet Kolbensattel mit Bikerpark, Kletterwald, Berg-Abenteuerspielplatz, Rodelbahn »Alpine Coaster« und Kolbensesselbahn.

Aus Zeitgründen beschloss ich, nur den kleinen Rundgang durchzuführen, aber den auf jeden Fall.

Konnte nicht schaden, den Ort noch ein bisschen kennenzulernen, an dem ich vielleicht sterben würde.

Tod in Oberammergau.

Nicht das, was ich mir als Ende meines Lebens erwartet hatte.

Aber das Leben war nun mal kein Wunschkonzert.

Immerhin, es war wenigstens ein hübscher letzter Ort, wenn es denn mein letzter Ort auf Erden werden sollte.

Oberammergau war wirklich idyllisch gelegen, wurde umrahmt von den Ammergauer Alpen mit den beiden Bergen Kofel und Laber.

Und auch das Straßenbild war idyllisch und wurde von zwei Eigenheiten geprägt, für die Oberammergau berühmt war: zum einen von den vielen Geschäften, die Produkte der Holzschnitzkunst der »Herrgottsschnitzer« anboten, und zum anderen von den »Lüftlmalerei« genannten Gemälden, die die Fassaden unzähliger Häuser zierten, wobei die Motive von Darstellungen der Passionsspiele und ihrer Geschichte über allgemeine biblische und religiöse Darstellungen bis hin zu Märchenmotiven reichten.

Und solche Lüftlmalerei-Häuser zählten auch zu den Hauptattraktionen des kleinen Rundgangs, auf den ich mich begab. Gleich neben meinem Quartier befanden sich das Kölblhaus und das Dedlerhaus, die verschiedenste Verzierungen aufwiesen, sowie das Forstamt, das – wie mir die Broschüre verriet – vom Vater der Oberammergauer Lüftlmalerei, Franz Seraph Zwinck, der im Haus »Zum Lüftl« gelebt hatte, kunstvoll gestaltet worden war. Und ein Stück die Ettaler Straße runter traf ich auf das Rotkäppchenhaus und das Hänsel-und-Gretel-Haus – beide bemalt mit bunten Szenen aus den Märchen der Gebrüder Grimm und mit die beliebtesten Fotomotive in Oberammergau.

Passend zum bösen Wolf und zur bösen Hexe aus dem Märchen lag auf dem Weg auch das Reptilienhaus, in dem Schlangen, Spinnen, Echsen und weiteres ekliges exotisches Getier gehalten wurden.

Der Rundgang führte mich anschließend in die entgegengesetzte Richtung, zur Pfarrkirche St. Peter und Paul, einem Barockbau aus dem 18. Jahrhundert, in dem sich auch das Kruzifix befand, vor dem die Oberammergauer ihr Passionsgelübde abgelegt hatten, und vorbei am Oberammergau-Museum, das zu besichtigen ich aber keine Zeit hatte, zum Passionstheater.

Ich dachte mir, dass es nicht schaden könnte, mich ein bisschen umzusehen, denn am nächsten Tag würde ich hier einen Kampf auf Leben und Tod ausfechten – bei dem es darüber hinaus auch um das Schicksal des gesamten Christentums gehen würde.

Allerdings war nicht viel mit Umsehen – am Tag vor der Premierenaufführung der Passionsspiele gab es natürlich keinen Zutritt zum Aufführungsbereich. Das Einzige, was besichtigt werden konnte, war eine Dauerausstellung im Foyer des Theaters zur Geschichte der Passionsspiele.

Ich sah mir die Ausstellung an.

Alles hatte mit einem Gelübde im Dreißigjährigen Krieg begonnen. Als die Pest in Oberammergau wütete und innerhalb kürzester Zeit achtzig der vierhundert Bewohner dahinraffte, flehten 1633 die Gemeindevorsteher den Allmächtigen persönlich an und gelobten, alle zehn Jahre Passionsspiele aufzuführen, wenn das Sterben ein Ende hätte und das Dorf von der Pest befreit werden würde. Ab diesem Schwur gab es keinen einzigen Pesttodesfall mehr in Oberammergau, selbst die bereits Erkrankten gesundeten wieder. 1634 lösten die Oberammergauer ihr Versprechen zum ersten Mal ein, und sie hielten es bis heute. Wobei sich im Laufe der Jahrhunderte die Passionsspiele mächtig entwickelten: von einer kleinen örtlichen Veranstaltung damals – einige wenige Aufführungen an einigen wenigen Tage für einige wenige hundert Besucher auf einem einfachen Holzgerüst auf dem Friedhof – zu einem weltweit bekannten Mega-Event heute: über hundert Vorstellungen mit über zweitausendvierhundert Mitwirkenden (der Hälfte der Einwohner Oberammergaus) im Zeitraum von Mai bis Oktober vor einer halben Million Gästen aus aller Welt (darunter viel nationale und internationale Prominenz aus Politik, Kirche, Kultur und Gesellschaft) in einem modernen überdachten Freilichttheater mit einem Fassungsvermögen von viertausendfünfhundert Zuschauern.

Und die viertausendfünfhundert Besucher der Premierenaufführung morgen würden vielleicht Zeugen einer völlig ungeplanten Passion werden …

Ich verließ das Passionsspielhaus und steuerte die letzte

Station des kleinen Ortsrundgangs vor der Rückkehr ins Hotel an: das Pilatushaus.

Das Pilatushaus war ebenfalls mit eindrucksvollen Lüftl-Fresken verziert, darunter die Verurteilung Jesu Christi durch Pontius Pilatus, was ihm seinen Namen verlieh. Das Pilatushaus wurde im Faltblatt als Zentrum für Kunst und Handwerk beschrieben. Es beherbergte im Erdgeschoss eine sogenannte »lebende Werkstatt«, man konnte hier Kunsthandwerkern wie Holzschnitzern, Webern, Glasmalern, Töpfern, Kupferschmieden, Drechslern oder Korbflechtern bei der Arbeit zuschauen und ihnen Fragen zu Materialien, Techniken und Arbeitsweisen stellen.

Ein Plakat an der Tür verwies außerdem darauf, dass im ersten Stock aktuell eine Ausstellung zum Leben des Pontius Pilatus zu sehen sei.

Pontius Pilatus? Das war doch der Typ, dem wir den ganzen Schlamassel, in dem sich Emil und ich aktuell befanden, letztendlich zu verdanken hatten!

Und da ich die streng geheimen Memoiren des Pontius Pilatus gelesen hatte, die morgen nach dem Willen der Ecce-Homo-Gruppe der Weltöffentlichkeit präsentiert werden sollten, wollte ich es mir nicht entgehen lassen nachzuprüfen, ob die Ausstellung zum Leben dieses Mannes auch auf dem neuesten Stand der Forschung war.

48 Bär steht

Gegen neunzehn Uhr stand ich an der Eselsrampe.

Nur der Esel war nicht zu sehen.

Dann tat sich die Stahltür auf.

Der Auferstandene erschien.

Chris.

Frisch geduscht.

»Hallo, Chris«, sagte ich, »schaust ja gut aus!«

Er hustete nervös, sein rechtes Augenlid zuckte, er sagte: »Läuft auch gut.«

»Die Generalprobe?«

»Die auch …«

Die Trauer um seinen verunglückten Geliebten schien verflogen. Oder gut überspielt. Vielleicht war er einfach so angespannt vor seinem großen Auftritt.

Er sagte: »Es gibt da noch ein Problem. Du hast keinen Bart. Zumindest keinen richtigen.«

»Na und?«

»Und dein Freund aus Franken – trägt der einen Bart?«

»Der ist blank wie ein Babypopo. Was ist das Problem?«

»Das Problem ist, dass in Oberammergau seit Aschermittwoch letzten Jahres der Bart- und Haarerlass gilt. Das heißt, seit diesem Zeitpunkt dürfen sich alle Mitspieler bei den Passionsspielen nicht mehr die Haare schneiden lassen und nicht mehr rasieren, damit alle authentisch aussehen wie die Juden zur Zeit Christi. Ihr könnt mit euren kurzen Haaren und euren blanken Gesichtern also unmöglich mitspielen – auch nicht im Volk.«

»Das ist Mist!«

»Aber zum Glück gibt es eine Ausnahme.«

»Eine Ausnahme?«

»Ja. Die Römer trugen damals keine Bärte. Also sind die Darsteller der römischen Soldaten vom Bart- und Haarerlass ausgenommen.«

»Dann können wir als Römer auf die Bühne?«

»Ja. Die Rollen sind zwar sehr begehrt, aber zwei gehen immer noch rein … Ich hab mit dem Spielleiter gesprochen. Er ist nicht begeistert, aber mir zuliebe lässt er euch mitmachen. Ich muss nur noch mit ihm reden, ob das mit euch als Römern okay ist. Kommt morgen um vierzehn Uhr wieder hierher, dann schleuse ich euch ein. Und Schnauze halten, sonst fliegt die Sache auf.«

»Wenn du sprichst, Chris, fliegt die Sache auf. Da wird die Uraufführung zugleich die erste und letzte gewesen sein.«

»Ja, das wird sie …«

Er schaute besorgt.

Ich sagte: »Keine Angst, Chris. Wir passen auf dich auf, da kannst du dich drauf verlassen. Das sind wir schon dem Johannes schuldig … und seiner Mutter … und den anderen, die für die gute Sache umgebracht worden sind … von den Schweinen, den skrupellosen.«

Chris schaute auf die Uhr, sagte: »Ich muss wieder rein. Bis morgen dann …«

Ich sagte: »Bis morgen. Zum Endspiel.«

Er verschwand wieder auf der Eselsrampe.

Ich trottete davon.

49 Marlein und die vermisste Legende

Die Ausstellung zeigte zahlreiche Darstellungen des Pontius Pilatus aus der Kunstgeschichte, zumeist bei der Verhörung und Verurteilung Jesu Christi.

Darunter auch viele Bilder der Ecce-Homo-Szene, nach der sich ja die Geheimgesellschaft von Sandra und Erna benannt hatte.

Neben den Grafiken gab es noch diverse Text-Infotafeln zu verschiedenen Themen rund um Pontius Pilatus.

Die gesicherten Daten und Ereignisse seiner Biografie: Viele gab es nicht, und die, die aufgelistet waren, deckten sich durchaus mit dem, was ich in seinen angeblichen Memoiren gelesen hatte.

Die Beurteilung seines Charakters durch die Nachwelt: Sie war schwankend, von »Ein Mann, der bei den immer wieder auftretenden Unruhen umsichtig und angemessen agierte«, bis »Ein herrschsüchtiger, judenfeindlicher Machtmensch, korrupt und zu jeder Gewalttat bereit«. Die meisten Historiker sahen in ihm einen Pragmatiker, der auf Konfrontation ging, wenn es ihm nötig erschien, sich sonst aber nicht in die jüdischen Angelegenheiten einmischte und der prinzipiell durchaus den Rat von Kaiser Tiberius an die Statthalter seiner Provinzen beherzigte: »Ein guter Hirte schert seine Schafe, er schindet sie nicht.«

Die Beurteilung seiner Rolle im Prozess gegen Jesus durch die Nachwelt: Sie war ebenso schwankend wie die Beurteilung seines Charakters. Schon die Evangelisten zeichneten in dieser Hinsicht kein einheitliches Bild. Entweder war Pontius Pilatus der römische Beamte, der sich der Tempelaristokratie beugte, oder er verteidigte Jesus und glaubte an seine Unschuld. Geschichtlich entwickelten sich zwei Traditionsströme: Für die einen war Pontius Pilatus ein Sünder und Gottesmörder, der Hauptschuldige an der Verurteilung und Tötung Jesu. Für die anderen war er ein Werkzeug Gottes, ein Mann, der durch sein Urteil den Heilsplan Gottes erfüllte, weil nach der biblischen Überlieferung Jesus sterben musste, um die Welt von ihren Sünden zu erlösen. Die koptische Kirche von Ägypten und Äthiopien verehrte Pontius Pilatus bis heute als Heiligen und Märtyrer, und in der griechisch-orthodoxen Kirche hatte die Frau von Pontius Pilatus, Claudia, am 27. Oktober einen Heiligengedenktag.

Und die Legenden, die sich um ihn rankten: Die meisten handelten dabei von seinem Tod, denn das Letzte, was die historischen Quellen über Pontius Pilatus aussagten, war der Umstand, dass er als Präfekt von Judäa abgesetzt und nach Rom beordert wurde, um sich dort wegen diverser Vergehen vor Kaiser Tiberius zu rechtfertigen. Als Pontius Pilatus in Rom ankam, war Tiberius allerdings gerade verstorben. Ob es letztendlich zu einem Verfahren gegen Pilatus kam, wie sein weiteres Leben verlief, wann, wie und wo er verstarb, das blieb im Dunkel der Geschichte – und wurde so zum idealen Nährboden für Legenden. Die wesentlichen Varianten des möglichen Endes des Pontius Pilatus hatte mir ja Gerald Butz schon erzählt: entweder als Selbstmörder aus Verzweiflung über das ungerechte Urteil in Rom gegen ihn oder als Märtyrer, der vom Christus-Verurteiler zum ersten Christen mutierte und schließlich wie sein großes Vorbild Jesus gekreuzigt wurde.

Ich ging zu dem Aufseher, der am Eingang der Ausstellung saß, einem beleibten älteren Herrn mit grauen Schläfen, grauem Vollbart und Nickelbrille.

Während ich noch überlegte, wie ich ihn fragen konnte, ob er hier nur eine Wächterfunktion hatte oder ob er auch inhaltlich als Auskunftsgeber fungierte, kam er mir zuvor.

»Na, hat Ihnen die Ausstellung gefallen?«

Ich packte die Gelegenheit beim Schopf.

»Ja, sehr informativ und umfassend. Allerdings habe ich etwas über Pontius Pilatus gehört, das hier mit keinem Wort erwähnt wird.«

Er horchte auf.

»So, was denn? Wir haben uns eigentlich bemüht, alles Wissenswerte über Pontius Pilatus zusammenzutragen.«

Ich tat, als wäre es mir peinlich, darüber zu reden.

»Nun … ich habe gehört … die Sache mit dem Tod Jesu … also, ich habe einen Forscher gehört, der hat doch tatsächlich behauptet, dass Pontius Pilatus mit Josef von Arimathäa einen Deal eingefädelt hätte … dass Jesus in Wirklichkeit gar nicht am Kreuz gestorben sei … dass sein Tod und seine Auferstehung ein Fake waren …«

Der Aufseher sah mich mit großen Augen an.

»Das ist ja harter Tobak! Geradezu Blasphemie!«

Dann fuhr er sich durch seinen Bart und runzelte die Stirn.

»Wobei das Ganze zwar recht unwahrscheinlich, aber bei genauerer Betrachtung gar nicht mal völlig abwegig ist.«

Ich wurde hellhörig.

»Wie meinen Sie das?«

Er nahm seine Nickelbrille ab und polierte sie, während er sprach.

»Na ja, es gibt da schon ein paar Merkwürdigkeiten, was Jesu Tod am Kreuz betrifft, wenn man sich die Schilderungen der Evangelien genau anschaut.«

»Und was wären diese Merkwürdigkeiten?«

»Nun, vor allem, dass Jesus so schnell gestorben sein soll, schon nach maximal sechs Stunden. Dabei wissen wir, dass der Todeskampf von Gekreuzigten meist mehrere Tage dauerte. So war diese Hinrichtungsart ja auch von den Römern gedacht – die derart Bestraften sollten qualvoll über lange Zeit verenden und so ein abschreckendes Beispiel für die Bevölkerung sein, ihre Taten auf keinen Fall nachzuahmen. Wollte man einen Gekreuzigten dann endlich von seinem Leid erlösen und seinen Tod beschleunigen, dann brach man ihm die Beine. Dadurch konnte er sich nicht mehr an der Fußleiste am Kreuz abstützen, und er erstickte relativ schnell an seinem eigenen Gewicht. In den Evangelien wird explizit darauf hingewiesen, dass man Jesus nicht die Beine brach – also könnte er die Kreuzigung tatsächlich überlebt haben.«

»Aber laut Evangelien wurde er stattdessen mit einem Lanzenstich in seine Seite getötet, wenn ich mich nicht irre.«

»Der Lanzenstich ist das nächste Argument. Es wird ja auch geschildert, dass nach dem Lanzenstich sogleich Blut und Wasser aus der Wunde hervortraten. Bei einem bereits Toten wäre das nicht der Fall. Jesus muss also beim Lanzenstich noch gelebt haben, und medizinisch gesehen könnte das Austreten von Blut und Wasser aus dem Brustkorb einem Gekreuzigten sogar das Leben retten, weil er sonst an dem Blut-Wasser-Gemisch, hervorgerufen durch seine inneren Verletzungen, ersticken würde.«

Er betrachtete die Gläser seiner Brille.

»Rein wissenschaftlich betrachtet wäre das also tatsächlich alles so möglich gewesen: Jesus überlebt die Kreuzigung – weil ihm nicht die Beine gebrochen werden, weil ihn der Lanzenstich entlastet statt tötet, weil er schon nach wenigen Stunden wieder vom Kreuz abgenommen wird, weil er bei der Abnahme nur stark bewusstlos und nicht tot ist, weil die Medizinprodukte Aloe und Myrrhe seine Wunden desinfizieren und heilen. Demnach wäre er nach drei Tagen nicht auferstanden, sondern auf*ge*standen, weil er gar nicht verstorben war, sondern die Kreuzigung überlebt hatte. Die Auferstehung wäre dann nur eine spätere Erfindung seiner Jünger gewesen, die sich sicher waren, dass Jesus am Kreuz gestorben ist.«

Ich war jetzt echt gespannt.

»Und? Was ist wahr? Die Auferstanden-Version oder die Überlebt-Version?«

Leider wich er einer Antwort aus.

»Diese Grundsatzfrage hat sich damals ja auch das Objekt unserer Ausstellung gestellt, der gute Pontius Pilatus.«

»So? Welche Frage denn?«

Der Aufseher setzte seine Brille wieder auf.

»Was ist Wahrheit?«

50 Bär schnarcht

Das hatte ja gepasst wie die Faust aufs Auge.

Die Idee mit den Römern.

Ich fasste mir an meinen Dreitagebart.

Mit dem ging ich noch als römischer Soldat durch.

Grau.

Von der Seniorenlegion.

Gallia est omnis divisa in partes tres.

Das erste Mal in meinem Leben, dass ich mein großes Latinum brauchen konnte.

Aber ich sollte ja den Mund halten. Hatte Chris gemeint.

Veritas vos liberabit.

Die Wahrheit wird euch frei machen.

Oder in den Knast bringen.

Ich kam mir vor wie ein griechischer Peripatetiker, in große Gedanken versunken.

Mein letzter Abend als Mordverdächtiger.
Ich ging Richtung Hotel.
Schaute mich um.
Sah ein Haus.
Das Pilatushaus, hatte mir Phlipp bei unserem ersten Rundgang erklärt. Wusste gar nicht, dass Pilatus ein Feriendomizil in Oberammergau hatte.
Er kam aus dem Haus heraus.
Der Pilatus.
Nein. Philipp.
Ich fragte ihn: »Hast den Pilatus getroffen?«
»Ja, indirekt … Soll ich dir was vom Pilatushaus erzählen? Hochinteressant …«
»Ja, morgen. Vielleicht. Ich hab dir was viel Wichtigeres zu sagen.«
Wir spazierten nebeneinander her.
»Ja … red schon!«
»Also, ich hab mich mit dem Chris getroffen. Zwischen den Proben. Hab ihn gefragt, ob er uns da reinbringen kann in die Aufführung morgen. Weil wir ja quasi seine Sicherheit garantieren.«
»Und?«
»Dräng mich nicht, sonst kann ich nicht denken.«
»Sollst mir bloß erzählen, wie's ausgegangen ist. Nicht denken.«
»Also, der Chris, der meinte, das geht eigentlich nicht, weil wir keinen Bart haben, und alle Mitspieler müssen Bärte tragen … Aber zum Glück gibt es eine Ausnahme …«
»Die Frauen?«
»Mensch, Philipp, klasse Idee. Hätte von mir sein können. Aber dann hätten wir beide uns als Weibsbilder herrichten müssen … Nein, die Ausnahme für Männer ist: wenn sie Römer spielen. Weil die römischen Soldaten keine Bärte getragen haben. Deshalb.«
»Und wir sollen als Römer auftreten?«

»Genau, Philipp. Der Chris hat es geschafft, dass wir morgen da reinkommen, an der Eselsrampe. Er muss nur noch fragen, ob wir als Römer auftreten können. Wenn wir nichts mehr von ihm hören, ist es okay.«

»Römer würde ja passen.«

»Und dann ziehen wir uns in der Garderobe unser Römergewand an, mit Schild, Speer, Helm … und mischen uns unter die Soldaten.«

»Wirklich? Mensch, Emil, das hast du ja großartig gemacht!«

Ich spürte einen Schlag zwischen meinen Schultern, als wäre mir grad das Kreuz Christi draufgefallen.

Philipps Art von männlicher Zärtlichkeit und Anerkennung.

»He, schlag mich nicht tot, es hat noch Zeit bis morgen.«

Wir gingen an der »Alten Post« vorbei.

Ich blieb stehen, zündete mir eine an.

Sie schmeckte nicht.

Ich sagte: »Die schmeckt nicht.«

»Schadet nicht. Ist gesünder für dich, wenn sie nicht schmeckt. Oder bist krank?«

»Höchstens dehydriert … Ein Bier wär jetzt schön!«

»Gut, gehen wir noch ein Bier trinken, du jedenfalls.«

»Ich lad dich auf ein Wasser ein.«

»Ja, das tät jetzt gut!«

Wir kehrten in die »Alte Post« ein, hockten uns an einen Tisch vor der Wirtschaft, bestellten. Autos fuhren vorbei. Tempo dreißig.

Eine Bedienung mit osteuropäischem Akzent brachte dem Philipp ein Wasser, ein Inder ohne Akzent – er sagte kein einziges Wort – stellte eine Halbe Bier vor mich hin.

»Prost!«

»Prost!«

Ich verschluckte mich, hustete.

»Was ist denn mit dir los?«, fragte Philipp.

»Hast gesehen, was da grad vorbeigefahren ist?«

»Ein Auto halt …«

»Und was für eines. Ein VW Amarok. Dottergelb. Mit dem hab ich mal schlechte Erfahrungen gemacht, hatte grad so ein Déjà-vu-Erlebnis.«

»Welches?«

Ich erzählte es ihm.

Er sagte: »Emil, deine Nerven gehen mit dir durch. Du brauchst noch ein Bier!«

Es musste übel um mich stehen, wenn Philipp mir ein Bier empfahl.

Ich hatte die richtige Bettschwere erreicht.

Wir gingen in unser Hotel.

Ich sagte: »Die letzte Nacht als Mordverdächtige!«

Philipp sagte: »Morgen sind wir berühmt.«

»Und frei! Zur Feier des Abends putz ich mir noch die Zähne.«

Philipp folgte meinem Beispiel.

Ich schrieb noch eine WhatsApp.

»Mein Schatz, alles in bester Ordnung. Uns geht es gut, wir sind auf der Erfolgsspur. Schlaf gut! Bussi, Bussi!«

Philipp kam aus dem Bad, sagte: »Ist es der Alkohol oder die Liebe?«

»Was?«

»So wie du schaust. Schreibst wohl an deine Flamme.«

»Ja, an die Stanzi. Damit sie beruhigt schlafen kann.«

Philipp schaltete das Licht aus.

»So beruhigt wie wir …«

Er fragte ins Dunkel hinein: »Schnarchst du?«

»Nicht dass ich wüsste …«

»Gut …«

Wir schliefen.

Jedenfalls ich.

51 Marlein und die beginnende Passion

Nach unruhigem Schlaf – Emil hatte in der Nacht einen der umliegenden Bergwälder abgesägt, so laut und viel hatte er geschnarcht – erwachte ich am frühen Morgen schweißgebadet.

Samstag.

Der Tag der Premiere der Oberammergauer Passionsspiele war angebrochen.

Und der Tag der Entscheidung.

Für Emil und mich.

Und möglicherweise für die ganze Christenheit.

Bevor ich mich aus dem Bett quälte, versuchte ich, mich noch mal zu konzentrieren und zu fokussieren, was uns heute bevorstand, was heute passieren würde.

Die Ecce-Homo-Gruppe hatte nach Beweisen gesucht, dass Jesus nur ein Mensch war.

Und diese Beweise sollten heute öffentlichkeitswirksam der Weltöffentlichkeit präsentiert werden. Sollten bei einer Pressekonferenz vorgestellt werden – nachdem der Jesus-Darsteller, ein Ecce-Homo-Mitglied, die Aufführung mit einem Eklat geschmissen hatte. Statt nach der Abnahme vom Kreuz tot in den Armen seiner Mutter Maria zu liegen, würde er quicklebendig aufstehen und dem verblüfften Publikum verkünden, dass die Auferstehungsszene ausfallen würde, weil sie historisch ein Fake war. Was für ein Paukenschlag, was für ein Skandal!

Die Tempelritter, die schnelle militante Eingreiftruppe des Vatikans gegen Gefährdungen der reinen Lehre, hatten von all dem Wind bekommen – und gehandelt. Sie hatten alle Ecce-Homo-Mitglieder aufgespürt und ermordet.

Nur einen konnten sie nicht so einfach im Vorfeld umlegen, das hätte zu viel Aufsehen erregt – den Oberammergau-Jesus-Darsteller Chris.

Aber er war in tödlicher Gefahr.

Er sollte als letztes Ecce-Homo-Mitglied bei der Premierenaufführung ermordet werden – und damit sollte die Enthüllung der wahren Geschehnisse um Tod und Auferstehung Jesu Christi endgültig verhindert werden.

Offenbar war es den Templern gelungen, einen von ihnen als römischen Soldaten in die Aufführung einzuschleusen. Vermutlich den, der Jesus am Kreuz die Lanze in die Seite stoßen sollte. Es sollte aussehen wie ein tragischer Unfall: die Lanze verwechselt, statt der Theaterlanze eine echte verwendet, ein Stoß ins Herz, der Jesus-Darsteller tot.

Kapitel Ecce Homo geschlossen.

Es sah schlecht aus für Chris.

Und für die Wahrheit über die Auferstehung.

Beide hatten nur noch eine Chance: Emil Bär und Philipp Marlein.

Die große Chance bestand darin, dass die Templer nicht wussten, dass nicht nur sie einen ihrer Leute in die Aufführung eingeschleust hatten, sondern dass das vermeintlich letzte und leichte Opfer Chris ebenfalls Leute eingeschleust hatte: Emil und mich.

Noch dazu auch als römische Soldaten. Das war perfekt, denn das hieß, wir waren dicht dran an dem Mordbuben.

Wobei – perfekt war relativ. Die Sache war alles andere als perfekt – genauer gesagt, agierten Emil und ich ganz nah am Rande des Abgrunds.

Es war ein Vabanquespiel, ein Alles-oder-nichts.

Wir hatten nur eine Chance: Wir mussten den Römer, der Chris töten sollte, direkt vor der Tat daran hindern, indem wir ihn überwältigten. Das würde natürlich ebenfalls einen Eklat auslösen, die Aufführung würde abgebrochen werden, wir würden festgenommen werden.

Emil und ich würden alles erzählen, was wir wussten, über die Morde, über die Ecce-Homo-Gesellschaft, über die Templer, über das geplante Attentat auf Chris.

Chris würde groß auspacken – die ganze Geschichte der

Ecce-Homo-Gruppe – die Beweise, die Morde, die Morddrohung gegen ihn.

Man würde dem von uns überwältigten Römer auf den Zahn fühlen – und ihn hoffentlich als Templer enttarnen.

Und man würde feststellen, dass Chris tatsächlich mit einer echten Lanze durchbohrt werden sollte. Der entscheidende Beweis.

Am Ende konnte alles gut werden – der Mord an Chris verhindert, die Morde an Sandra und Erna und den restlichen Ecce-Homo-Mitgliedern aufgeklärt, die Templer verhaftet, Emil und ich als unschuldig rehabilitiert.

Die Beweise der Ecce-Homo-Gruppe waren wahrscheinlich schon von den Templern vernichtet worden – ich war mir ziemlich sicher, dass sie in Gerald Butz' Wohnung seinen Tresor geknackt und das Originalmanuskript der Memoiren von Pontius Pilatus geklaut hatten. Aber falls es sie noch gab, konnten sich ja dann die Theologen um ihren Wahrheitsgehalt streiten.

So weit meine positive Vision – für den Fall, dass Emil und ich mit diesem Plan erfolgreich waren.

Die negative Vision für den Fall, dass unser Plan aus irgendeinem Grund nicht funktionieren sollte, wollte ich mir lieber nicht ausmalen …

Ich wälzte mich stöhnend aus dem Bett und weckte Emil, um unsere gemeinsame Passion zu beginnen.

52 Bär schluckt

Wir hockten beim Frühstück.

Mir war kotzübel.

Ich sah die Rühreier. Dachte: So wird wohl mein Hirn heute Abend ausschauen.

Mir wurde noch übler. Mein Magen hob sich.

Ich griff nach meinem Flachmann.

»He, Emil, du kannst doch nicht schon in aller Herrgottsfrüh anfangen zu saufen. Jedenfalls nicht heute. Wir brauchen einen klaren Kopf. Es kommt auf jede Sekunde an. Wir müssen den Römer rausfinden, der den Chris abstechen will am Kreuz ... und ihn im entscheidenden Moment überwältigen.«

»Ich trink ja nur, damit ich einen klaren Kopf krieg. Mein Hirn ist wie die Rühreier da ... wenn ich Schiss hab, kann ich nicht denken. Aber keine Angst, das ist kein Schnaps.«

Ich nahm ein Stück Würfelzucker, schraubte den Verschluss vom Flachmann auf, tröpfelte mit zittrigen Fingern die klare Flüssigkeit drauf.

»Was dann?«

»Hoffmannstropfen. Das Allheilmittel meiner Oma. Hoffmannstropfen auf Würfelzucker. Das hat mir schon oft geholfen. Besonders einmal, wie ich in Ansbach mein theologisches Examen hatte. Ich war so aufgeregt, dass ich den Füller nicht gerade halten konnte. Und dann hab ich die Tropfen genommen, noch einen Würfelzucker, noch einen ... und dann wurde ich ruhig und klar ... und schwummrig ...«

Ich schluckte meinen Würfelzucker, ließ ihn auf der Zunge zergehen.

Philip schaute kritisch, sagte: »Weißt du eigentlich, dass Hoffmannstropfen zu neunzig Prozent aus Alkohol bestehen? Fast reiner Alkohol ...«

Ich nickte. »Darum wirken sie auch so gut.« Tröpfelte mir ein zweites Zuckerstück voll.

»Und wie ist dein Examen dann ausgefallen?«

»Ich bin nicht durchgefallen. Knapp vorbeigeschrubbt. Vier minus.«

»Wahrscheinlich warst du zu besoffen von den Hoffmannstropfen.«

»Ohne Hoffmannstropfen hätte ich kein Wort aufs Papier gebracht.«

Ich legte einen dritten Würfelzucker nach.

Philipp nippte an einem Glas kalter Milch. Sein Frühstücksteller stand leer vor ihm.

Ich fragte: »Keinen Appetit? Schlecht geschlafen? Siehst übernächtigt aus …«

»Ja, und weißt du auch, warum?«

»Hast zu viel nachgedacht?«

»Nein, du hast zu laut geschnarcht!«

»Hab ich nicht gemerkt, ich hab geschlafen. Magst auch Hoffmannstropfen?«

»Leck mich …«

Wir schwiegen uns an.

Eine wohlige Wärme füllte meinen Magen.

Philipp hockte da wie eine beleidigte Leberwurst.

Ich sagte: »Das packen wir schon … Da fällt mir ein Oberammergau-Witz ein. Der Christus-Darsteller war bei der Premiere so aufgeregt, dass er Angst hatte, er bringt seinen Text am Kreuz nicht raus oder hängt da oben mit einem totalen Blackout. Sie ham ihm dann Obstler eingeflößt, ihm immer wieder seinen Text vorgesagt: ›Es ist vollbracht!‹ Er hat sich beruhigt, vor der Kreuzigung hat er noch mal einen nachgegossen, und dann hing er ganz relaxed am Kreuz und sagte die Worte: ›Es ist brachtvoll!‹«

Ich lachte.

Weil sonst keiner lachte. Am wenigsten Philip. Er schaute, als würde er seiner eigenen Beerdigung beiwohnen.

Von draußen drang das Tatütata eines Martinshorns zu uns herein.

Ich sagte: »Die Polizei rückt auch schon an. Wahrscheinlich in Mannschaftsstärke. Die Polizei, dein Freund und Helfer. Jetzt kann uns gar nichts mehr passieren.«

»Aber auf der Bühne sind wir allein. Wir müssen in engem Kontakt bleiben, und wenn die auf den Chris losgehen, sofort eingreifen. Hochkonzentriert.«

»Wie die Hoffmannstropfen. Neunzig Prozent.«

»Quatsch. Hundert Prozent!«

»Klar. Ich schreib nur noch schnell eine WhatsApp an Stanzi. Sie macht sich sicher Sorgen.«

Philipp holte sich die Tageszeitung, blätterte lustlos darin herum.

Ich tippte in mein Smartphone. Vertippte mich. Brachte kein Wort zusammen, weil meine Finger so tattrig waren.

Philipp schaute aus seiner Zeitung auf, sagte: »Du kannst auch eine Wort-Message verschicken.«

»Was ist das?«

»Du sprichst einfach den Text rein und schickst ihn dann als WhatsApp.«

»Ach so … aber wie? Ich hab das noch nie …«

»Ich zeig's dir!«

Er nahm mein Smartphone, bastelte daran herum, reichte es mir, sagte: »Jetzt red!«

Ich war noch ganz verdutzt, redete in mein Phone hinein: »Hallo, Stanzi, guten Morgen, hier ist es wunderbar, wir genießen gerade ein opulentes Frühstück, unterhalten uns angeregt und freuen uns auf unseren Einsatz bei der Premiere. Es wird ein Spaziergang. Und morgen Abend feiern wir. Mach's gut. Bussi, Bussi.«

Philipp sagte: »Deinen Optimismus wollt ich haben.«

Ich sagte: »Ich auch!«

53 Marlein und die römischen Soldaten

Bevor wir uns auf den Weg zum Passionstheater machten, überlegte ich lange, ob ich meine Knarre einstecken oder irgendwo am Körper festkleben sollte.

Um bewaffnet zu sein, wenn es hart auf hart kam.

Ich entschied mich dagegen. Nicht dass ich vorab gefilzt wurde und deshalb alles scheiterte.

Es musste ohne Bewaffnung gehen. Wir mussten den Mörder mit unseren Händen überwältigen und dann auf die Kraft unserer Worte hoffen …

Wir schlugen den Vormittag irgendwie tot.

Um Viertel vor zwei machten wir uns auf den Weg zum Passionsspielhaus.

Schweigend.

Wir wussten: Es war ein Himmelfahrtskommando, auf das wir uns begaben.

Wir gerieten in eine Völkerwanderung. Überraschenderweise waren wir nicht die Einzigen, die zur Aufführung pilgerten.

Es war eine weise Entscheidung, keine Knarre mitzunehmen. Das Passionstheatergelände war, anders als noch am Vortag, nun weiträumig abgesperrt, man konnte nur über sogenannte Eingangsschleusen Zutritt zum Gelände bekommen. Und an diesen Schleusen wurden tatsächlich Taschen- und Körperkontrollen durchgeführt.

Nachdem wir das Filzen unbeschadet überstanden hatten und auf das Festspielgelände gelangt waren, trafen wir vor dem Passionsspielhaus auf eine wahre Massenansammlung von Menschen. Als gäbe es drinnen die Wiedervereinigung von Abba oder den Beatles zu sehen.

Wir quetschten uns durch die Masse hindurch. Emil ging voraus, sollte uns zu dieser Eselsrampe führen, die sich im hinteren Teil des Gebäudes befand.

Doch ebenfalls im Gegensatz zum Vortag waren auch hier alle Zugänge zum Passionstheater jenseits des Haupteingangs abgesperrt und von Security-Leuten gesichert.

So auch der Weg zur Eselsrampe.

Zwei Schränke von Männern stoppten uns.

»Kein Durchgang hier!«

Emil verhandelte mit ihnen.

»Wir sind Mitspieler.«

»Namen?«

»Emil Bär und Philipp Marlein.«

Einer der Schränke zückte eine Liste und sah sie durch.

»Ihr steht nicht auf der Liste der Leute, die reindürfen.«

Emil geriet leicht ins Stottern.

»Wir spielen kurzfristig mit. Als Aushilfe.«

»Ihr steht nicht auf der Liste, also dürft ihr nicht rein.«

Ich bekam die Krise.

»Na toll! So weit hat dein Jesus also nicht gedacht, dass er uns auf diese Scheiß-Liste setzen lässt! Und was jetzt?«

»Ich ruf den Chris an.«

Er ergriff sein Handy und wählte eine Nummer.

Nach einer Weile sagte er: »Chris geht nicht ran.«

Ich war echt ärgerlich.

»Kein Wunder! Es ist vierzehn Uhr. Um vierzehn Uhr dreißig muss er als Jesus auf der Bühne stehen. Denkst du, er hätte nichts Besseres zu tun, als jetzt an seinem Handy zu hängen?«

Emil gab nicht auf, verhandelte weiter mit dem Schrank.

»Es ist wirklich wichtig, dass wir mitspielen. Rufen Sie bitte im Theater an, verlangen Sie den Spielleiter oder den Hauptdarsteller. Die werden bestätigen, dass wir berechtigt sind.«

Der Schrank war genervt, hatte aber zum Glück einen Hauch von Befürchtung, er könnte was Wichtiges vermasseln.

Er griff zum Handy und ging ein Stück weg, damit wir nicht hörten, was er sprach. Der zweite Schrank musterte uns finster.

Nach kurzer Zeit wandte sich der erste Schrank wieder uns zu.

»Tatsächlich, es werden zwei Männer an der Eselsrampe erwartet.«

»Das sind wir! Vielen Dank! Sie haben die Aufführung gerettet!«

Emil schob sich triumphierend an den beiden Schränken vorbei, ich folgte ihm.

Sie ließen uns gewähren.

Ob sie gerade die Aufführung gerettet oder eher geschmissen hatten, würde sich noch zeigen …

Wir gingen zur Eselsrampe, die aus einer schiefen Ebene bestand, die ins Gebäude führte.

An der Rampe standen zwei Männer, die auf uns zu warten schienen. Ähnlich groß und stark wie die Security-Schränke.

Der eine sagte: »Seid ihr die Freunde vom Chris?«

Bär nickte eifrig.

»Sind wir!«

»Wir haben schon gedacht, ihr kommt nicht mehr.«

»Wir wurden von der Security aufgehalten. Aber jetzt sind wir da und bereit für die Passion. Wo ist Chris?«

»Chris? Soll das ein Witz sein? Der ist in seiner Garderobe, wird gerade von der Maskenbildnerin und der Kostümbildnerin zum Jesus verwandelt, er muss ja gleich auf die Bühne. Aber er hat uns beide beauftragt, euch zu empfangen und uns um euch zu kümmern. Wir sind sozusagen eure Soldatenkumpel. Ave Cäsar, Römer!«

Gelächter. Vier Jungs, die zusammen zwar nicht Cowboy und Indianer, aber dafür Jesus und Römer spielen durften. Wir schüttelten uns die Hände.

»Fredi.«

»Gustl.«

»Emil.«

»Philipp.«

Fredi sagte: »Emil, du wirst von mir betreut. Der Gustl nimmt den Philipp mit.«

Emil folgte Fredi, ich dem Gustl, einem blonden, muskelbepackten Hünen, der in einer anderen Inszenierung auch den Siegfried aus dem Nibelungenlied hätte geben können.

Wir stiegen nicht die Eselsrampe hoch, sondern betraten durch eine normale Tür daneben, die Fredi aufschloss, den Backstagebereich des Oberammergauer Passionstheaters.

Der Backstagebereich war weitläufig und bestand aus zahlreichen Zimmern für die diversen Darsteller: Es gab Zimmer für einzelne Personen, für die »Stars«, wie Jesus, Mutter Maria und Maria Magdalena, Pontius Pilatus, Herodes, Kaiphas, Petrus, Johannes und Judas, und es gab Gruppenzimmer für die weniger tragenden Rollen, für die übrigen Jünger, für die Hohepriester, für das jüdische Volk und für die römischen Soldaten.

In allen Zimmern befanden sich unzählige Kostüme und Requisiten für die Aufführung. Und es wimmelte und summte wie in einem Bienenstock, überall wuselten Mitspieler herum, manche schon umgezogen, andere noch in Zivil. Es mussten Hunderte Leute sein. Dass Emil und ich Fremde waren, fiel in dem Durcheinander und in der Aufregung niemandem auf.

Gustl und Fredi führten uns in den Umkleide- und Aufenthaltsraum für die römischen Soldaten. Hier war vergleichsweise wenig los. Entweder gab es nicht so viele römische Soldaten in dem Stück, oder sie würden erst später in Erscheinung treten.

Gustl ließ mich auf einer Holzbank Platz nehmen und setzte sich neben mich. Wenn er nervös war vor der Aufführung, ließ er sich zumindest nichts anmerken, er wirkte fröhlich und war redselig.

»Also, Philipp, ihr beide habt ja echt ein saumäßiges Glück!«

»Wie meinst du das, Gustl?«

»Na ja, dass ihr hier heute mitspielen dürft, obwohl ihr gar keine Oberammergauer seid und obwohl ihr nie mitgeprobt habt! Und dann auch noch als Römer – das sind mit die begehrtesten Rollen bei den Männern, weil man sich weiter rasieren und die Haare schneiden lassen darf. Das geht eigentlich absolut gar nicht!«

»Ja, das ist ein großes Glück. Wie der Chris das wohl durchbekommen hat beim Spielleiter?«

»Er hat echt alles aufgefahren. Er hat gesagt, dass ihr gute Freunde von ihm seid und dass ihr unheilbar an Krebs erkrankt seid und nicht mehr lange zu leben habt. Und dass es euer größter Traum und letzter Wunsch ist, einmal im Leben bei den Oberammergauer Passionsspielen auf der Bühne zu stehen. Und dass er nicht zur Premierenaufführung antreten wird, wenn ihr beide nicht dabei sein dürft. Da ist dem Spielleiter dann nichts anderes übrig geblieben, als zuzustimmen.«

»Ja, der Jesus hat halt ein Herz für die Kranken und Sterbenden.«

»Stimmt das denn etwa tatsächlich mit dem Krebs?«

Ich winkte ab.

»Ach, Gustl, lass uns lieber über was anderes reden. Zum Beispiel über die Aufführung. Wie ihr schon gesagt habt, Emil und ich waren nie bei einer Probe dabei. Ich muss ja wissen, wie das jetzt alles läuft und was ich zu tun habe.«

»Das ist ganz einfach, Philipp. Du musst gar nichts machen außer immer neben mir herlaufen oder neben mir stehen. Und der Emil neben dem Fredi. Und sagen müssen wir vier alle gar nichts, wir sind nur Statisten.«

»Das ist super, das sollten wir hinkriegen. Und ich bin also ein römischer Soldat?«

»Ja, wir gehören zur Truppe der römischen Wachen auf Golgatha während der Kreuzigung, die dafür sorgen sollen, dass die Hinrichtung ohne Störung abläuft.«

Wenn du wüsstest, dachte ich mir. Die Hinrichtung wird nicht ohne Störung ablaufen – es wird vielmehr eine ganz massive Störung geben … einen Mordversuch …

»Und wir sind dann auch dabei, wenn Jesus stirbt und zur Absicherung die Lanze in seinen Körper gebohrt wird?«

»Klar, da stehen wir in der Nähe des Kreuzes.«

Perfekt – da waren Emil und ich genau am richtigen Ort.

»Und wer macht das mit dem Lanzenstich?«

»Longinus, das ist unser römischer Hauptmann bei der Überwachung der Kreuzigung.«

Das musste der eingeschleuste Templer sein – auf den mussten Emil und ich unser Augenmerk richten, den mussten wir überwältigen, wenn er zum Stich ansetzte.

»Sollten Emil und ich den Longinus nicht kennenlernen? Ich meine, schließlich ist er ja quasi unser Vorgesetzter …«

»Der ist gerade beschäftigt, der ist schon vorn im Bühnenbereich. Der hat nämlich gleich ganz zu Beginn des Stücks einen Auftritt. Das Passionsspiel fängt ja damit an, dass Jesus in Jerusalem einzieht, und Longinus wundert sich über das Aufsehen, das er verursacht. Aber der Chris hat eigentlich gesagt, wir sollen das mit euch beiden möglichst geheim halten und nicht groß drüber quatschen mit irgendwem …«

»Ja, stimmt, das ist besser so. Ich werde den Longinus schon erkennen, oder?«

»Du kannst ihn gar nicht nicht erkennen. Er ist der Hauptmann unserer Truppe. Er trägt entsprechend eine besondere Uniform. Und er darf sogar ziemlich viel reden während der Kreuzigung, er hat eine relativ große Sprechrolle. Es ist kein stummer Auftritt wie der unsere.«

»Wann sind wir denn eigentlich dran mit unserem Auftritt?« Gustl gähnte demonstrativ.

»Ach, da ist noch reichlich Zeit hin. Die Aufführung fängt ja jetzt gleich an, um vierzehn Uhr dreißig. Der erste Teil dauert bis siebzehn Uhr, da sind wir gar nicht dabei, da geht es um den Einzug Jesu in Jerusalem, um seinen Besuch bei Lazarus in Bethanien, um die Vertreibung der Tempelhändler, um das letzte Abendmahl und um Jesu Gefangennahme am Ölberg. Dann ist von siebzehn bis zwanzig Uhr Pause. Erst ab zwanzig Uhr, im zweiten Teil, kommt die eigentliche Passion, von der Verhörung und Verurteilung Jesu durch Hohepriester, Herodes und Pontius Pilatus über den Kreuzweg, die Kreuzigung und den Tod Jesu bis zu seiner Auferstehung. In diesem Teil sind wir dann dran, bei der großen Kreuzigungsszene auf Golgatha.«

Gustl warf einen Blick auf seine Armbanduhr.

»So, aber auch wenn noch reichlich Zeit ist bis zu unserem Einsatz: Wir sollten jetzt mal passende Klamotten und Waffen für dich aussuchen, Soldat Philippus!«

54 Bär deckt

»Fredi, ich hab so Schiss, dass ich einen Fehler mach. Ich war nämlich noch nie Soldat, nie Römer, nie auf einer Bühne vor viertausendfünfhundert Zuschauern … und noch nie so aufgeregt. Nicht mal beim Krippenspiel im Kindergottesdienst, wie ich noch klein war.«

Fredi legte mir die Hand auf die Schulter.

»He, Alter, dir kann gar nichts passieren, wenn …«

Dem Alter nach hätte ich der Opa vom Fredi sein können.

Ich fragte: »Wenn was?«

»Wenn du genau machst, was ich mach, und sagst, was ich sag – nämlich nichts – und mir nicht von der Seite weichst. Keinen Fingerbreit. Selbst wenn ich aufs Klo geh.«

»Ah so, das kenn ich vom Fußball her. Manndeckung.«

»Ja, das war früher so, wie mein Opa noch Fußball gespielt hat. Jetzt macht man Raumdeckung. Im Fußball. Aber ja, du hast recht: Wir machen heut Manndeckung.«

»Ich muss dich also decken, bis …«, in den Tod, fuhr mir durch den Sinn, »bis aufs Klo?«

Er nickte zustimmend. Ich fragte: »Und wenn ich aufs Klo muss? Weil wenn ich aufgeregt bin, muss ich alle fünf Minuten zum Brunzen.«

Er legte seine Stirn in Falten.

»Wirklich? Ist das, weil du Krebs hast? Der Chris hat uns nämlich die Geschichte vom Krebs erzählt und dass ihr beide vorm Sterben noch einen Wunsch habt: hier mitzuspielen.«

Fredi war ziemlich nah dran an der Wahrheit. Mit dem Sterben.

Ich wich aus: »Es ist halt die Prostata … und die Aufregung. Wenn die zwei zusammenkommen, dann kann ich es kaum mehr verzwicken.«

Fredi sagte: »Das kann ein Problem werden. Du kannst es ja mit einer Einlage probieren … da gibt's so Einlagen … mein Opa nimmt auch welche.«

»Aber ich hab keine dabei. Glatt vergessen. In der Aufregung.«

Fredi dachte, sagte: »Da spielen so viel Frauen mit, und da sind sicher ein paar Dutzend drunter, die grad ihre Tage haben …«

Ich warf ein: »Die tragen heutzutage doch alle Tampons. Und die helfen mir nichts.«

»Ein paar werden schon dabei sein, die noch Binden tragen.«

»Ich könnt ja mal in die Frauengarderobe gehen …«

»Spinnst du? Was glaubst, was da los ist, wenn du in die Weiberkabine stürmst und plärrst: Wer von euch kann mir eine Binde leihen? Du landest im Knast oder in der Psychiatrie. Nein …«

Er schwieg.

Ich schwieg.

Manndeckung eben.

Dann sagte er: »Also, meine Erfahrung ist, wenn man auf der Bühne steht, ist man so unter Strom, dass man gar nicht merkt, wenn man bieseln muss. Das kommt erst hinterher, wenn die Spannung nachlässt. Und wenn du's wirklich nimmer halten kannst, dann lass halt einfach laufen. Unauffällig.«

»Ja, das kenn ich von meiner Mutter. Die war die letzten Jahre auch undicht. Und der Gestank …«

»Was glaubst du, wie's auf der Bühne riecht … da fällt dein Tröpfle auch nicht mehr ins Gewicht. So, und jetzt Schluss mit dem Gebiesel, wir müssen uns anziehen.«

Er stand auf.

Ich stand auf.

Er nahm einen Umhang vom Haken.

Ich nahm einen …

Ich machte ihm alles nach.

Legte meine Rüstung an, mit einem Waschbrettbauch aus Blech.

Helm auf.

Er reichte mir einen dicken runden Schild, ich nahm ihn mit meiner Linken, ging in die Knie.

»Ist der schwer! Da kriegt man ja einen Bandscheibenvorfall, wenn man den länger als fünf Minuten heben muss.«

Fredi beruhigte: »Nach fünfzig Minuten spürst ihn nimmer!«

»Den Schild?«

»Nein, deinen Arm. Und hier, nimm die Lanze.«

Ich nahm die Lanze. Langte die Spitze an, die Speerspitze, und erschrak.

»Die ist ja echt! Ich hab geglaubt, die ist aus Gummi, wie die Schwerter oder Messer im Fasching.«

»Wir sind hier nicht im Fasching. Wir sind im echten Leben.«

»Damit kann man ja einen abstechen!«

»Klar, aber das kannst mit einem Küchenmesser ja auch. Bis jetzt ist auf jeden Fall noch nie was passiert. Mit einem Speer.«

Er sah mich an, sagte: »Fesch schaust aus, Emil. Gleich geht's los.«

Er stellte sich neben mich, blickte auf mich runter, lächelte ermutigend, sagte: »Und nicht vergessen: Manndeckung und Maul halten.«

Ich rückte ganz nahe neben ihn hin, nickte stumm.

55 Marlein und das faszinierende Passionsspiel

Nachdem meine Ausstattung als römischer Soldat ausgesucht war, platzierte mich Gustl in einer Nische eines Seitenzugangs zur Bühne, von der aus ich das Passionsspiel verfolgen konnte.

Die Aufführung zog mich so in den Bann, dass ich beinahe vergaß, warum ich eigentlich hier war.

Und ich wusste gar nicht, wovon ich am meisten fasziniert sein sollte.

Von dem Umstand, dass hier quasi ein ganzes Dorf auf der Bühne stand, um gemeinsam Tag für Tag ein mehrere Stunden dauerndes Spektakel aufzuführen – um ein Versprechen einzulösen, das fast vierhundert Jahre alt war und an das sich die heutigen Generationen nun wirklich nicht mehr gebunden fühlen mussten? Dass die Mitspieler sich vom Job beurlauben ließen, sich ein Jahr lang Bart und Haare wachsen ließen, ihr Privatleben auf ein Minimum reduzierten?

Von den Schauspielern, die, obwohl sie absolute Laien waren, eine hollywoodreife Leistung ablieferten?

Von der bombastischen Musik, die ebenfalls ein Oberammergauer komponiert hatte und die ebenfalls fast ausschließlich von Oberammergauer Hobbymusikern vorgetragen wurde?

Von den imposanten Bühnenkulissen?

Von den phantasievollen und aufwendig gestalteten Kostümen?

Von den Massenszenen, bei denen Hunderte von Menschen auf der Bühne standen, darunter ganze Heerscharen von Kindern? Und bei denen nicht nur Esel, sondern auch diverse andere Tiere wie Schafe, Ziegen, Hühner, Tauben und sogar Schlangen zum Einsatz kamen?

Von den sogenannten »lebenden Bildern«, bei denen zwischen den einzelnen Szenen und Akten Ereignisse aus dem Alten Testament, die in Bezug zum Passionsgeschehen standen, in besonders farbenfroher Form von speziellen Darstellern und Kulissen sozusagen wie eingefrorene Standbilder präsentiert wurden?

Oder von der Passion selbst, die einfach eine der dramatischsten Geschichten aller Zeiten erzählte?

Und bei einzelnen Szenen wurden Erinnerungen wach an Fälle, die ich in den letzten Jahren erlebt hatte …

Lazarus: *Rabbi – hier ist deine Mutter!*
Maria: *Jesus, mein Sohn! Wir haben dich voll Angst gesucht.*
Jesus: *Warum hast du mich gesucht?*
Maria: *Dein Eifer verzehrt dich. Komm zurück nach Nazareth!*
Lazarus: *Maria, er geht nach Jerusalem! Seine Feinde lauern auf seinen Untergang.*
Maria: *Nach Jerusalem! Dorthin in den Tempel habe ich dich einst auf meinen Armen getragen, dich dem Herrn zu bringen! Er hat dich mir gegeben. Jetzt fordert er dich zurück. Was er mir auferlegt, will ich tragen.*
Jesus: *Mutter, du wirst weinen und wehklagen. Du wirst traurig sein, doch deine Traurigkeit soll in Freude verwandelt werden und deine Freude soll niemand von dir nehmen.*
Maria: *Wo werde ich dich wiedersehen?*
Jesus: *Dort, wo sich das Wort der Schrift erfüllt: Er war wie ein Lamm, das zur Schlachtbank geführt wird und seinen Mund nicht öffnet.*
Maria: *Gott! Gib mir Stärke, dass mein Herz nicht breche!*

Maria, die Mutter Jesu, erinnerte mich an meine Erlebnisse mit Lena Wiga und ihrer fanatischen Mariensekte, die lehrte, dass die Gottesmutter Maria in Wirklichkeit eine alte heidnische Göttin sei – und die bereit war, für diese Lehre zu töten.

Damals wäre mein Herz beinahe gebrochen worden – allerdings nicht im übertragenen Sinn, sondern im wahrsten Sinne des Wortes: Die Marienfurien wollten Emil und mich hinrichten ...

Maria Magdalena: *Rabbi, lass mich mit dir gehen!*
Jesus: *Wohin ich gehe, dahin kannst du mir nicht folgen.*
Maria Magdalena: *Du bist mein Leben, Rabbi, wenn du gehst, nimmst du mein Leben mit dir.*
Jesus: *Maria, wenn das Weizenkorn nicht in die Erde fällt und stirbt, bleibt es allein. Wenn es aber stirbt, bringt es reiche Frucht.*

Maria Magdalena: *Rabbi, ich weiß es. Du siehst: Ich weine nicht. Stark wie der Tod ist die Liebe.*

Die andere Maria im Stück, Maria Magdalena, erinnerte mich natürlich erneut an meine Erlebnisse im Nachbarort, im Kloster Ettal, wo ich an dem Maria-Magdalena-Kongress teilgenommen hatte und wo das geheime Maria-Magdalena-Evangelium präsentiert werden sollte. Und der Ausspruch der Maria Magdalena im Passionsspiel erinnerte mich erneut daran, dass ich damals Liebe und Tod erlebt hatte: Ein wunderschönes Liebeserlebnis hatte ich mit der schwarzhaarigen namenlosen Rose beim Tantra-Seminar, und der Tod hätte mich beinahe auf dem Berggipfel über Ettal ereilt, durch die Hände der Neuen Tempelritter – und genau das konnte mir jetzt wieder passieren, hier, heute …

Einer dieser Tempelritter, die mein Leben auslöschen konnten, war der Darsteller des Longinus, sodass ich seine Auftritte natürlich mit ganz besonderem Interesse und voller Argwohn betrachtete.

Longinus: *Was ist das für ein Aufruhr?*
Nathanael: *Er ist gekommen.*
Longinus: *Wer ist gekommen?*
Archelaus: *Wir kennen ihn nicht. Er kommt nicht aus Jerusalem, er ist ein Galiläer.*
Ezechiel: *Wir hörten nur, dass er kommen würde.*
Longinus: *Wer?*
Nathanael: *Jesus ist es, der Sohn eines Zimmermanns aus Nazareth.*
Longinus: *Wessen Sohn? Was weißt du von ihm? Wer ist er?*
Petrus: *Es ist der große Prophet aus Nazareth.*
Judas: *Hochgelobt sei, der kommt im Namen des Herrn!*
Longinus: *Ganz gleich, wer er ist – er soll verschwinden! Ich will keinen Ärger!*

Da passte der Text ja wie die Faust aufs Auge, dachte ich mir. Longinus sollte dafür sorgen, dass Chris keinen Ärger machte, indem er die Erkenntnisse von Ecce Homo während und nach der Aufführung in die Weltöffentlichkeit hinausposaunte. Und er sollte Chris verschwinden lassen – ins Jenseits ...

Der Römer Longinus erinnerte mich natürlich auch an einen anderen Römer, der eine entscheidende Rolle in meinem Leben gespielt hatte: Pantera, der leibliche Vater Jesu – zumindest nach Ansicht der Panteraner-Sekte. Auch dieser Fall hätte *mich* beinahe ins Jenseits verschwinden lassen, und schon damals waren es militante Schergen des Vatikans gewesen, die es auf unser Leben abgesehen hatten. Auch das mussten schon die Tempelritter gewesen sein.

Ob es Emil und mir gelingen würde, Chris vor den Templern zu retten?

Ich betrachtete Chris in seiner Rolle als Jesus.

Mit Inbrunst schleuderte er die großen Botschaften und Monologe des Heilands ins Publikum:

»Das Leben ist mehr als Nahrung und der Leib mehr als Kleidung. Richtet all eure Sorgen, all euer Trachten auf das Reich Gottes und seine Gerechtigkeit! Ihr sehnt euch nach den Schätzen der Erde, die von Motten und Rost zerfressen werden. Ich sage euch: Sammelt eure Schätze im Himmel! Denn wo dein Schatz ist, da ist auch dein Herz.

Wenn du den liebst, der dich liebt, was tust du Besonderes? Tun nicht dasselbe auch die Heiden? Seid Kinder eures Vaters im Himmel! Er lässt seine Sonne aufgehen über Gute und Böse und lässt regnen über Gerechte und Ungerechte. Liebt eure Feinde, segnet, die euch fluchen, tut wohl denen, die euch hassen, und bittet für die, die euch beleidigen und verfolgen!

Steht ab vom Zorn! Erhitzt euch nicht, es führt nur zum Bösen. Des Menschen Zorn tut nicht, was vor Gott recht ist. Wenn

Gott euer König ist, dann werden die Armen Glück in Fülle genießen. Selig ihr Armen, denn ihr werdet frei sein! Selig die unschuldig Verfolgten, denn Gott wird ihnen das Land schenken! Selig, die hungern und dürsten nach der Gerechtigkeit, denn sie werden satt werden! Selig, die reinen Herzens sind, denn sie werden Gott schauen! Selig, die Frieden stiften, denn sie werden Söhne Gottes genannt werden!

Wer zu mir kommt, den wird nicht hungern, und wer an mich glaubt, den wird nimmermehr dürsten. Wer von diesem Brot isst, der wird leben in Ewigkeit. Ich bin das Brot des Lebens. Wer an mich glaubt, von dessen Leib werden Ströme lebendigen Wassers fließen.

Das ist mein Gebot, dass ihr einander liebt, wie ich euch geliebt habe. Niemand hat größere Liebe als die, dass er sein Leben lässt für andere.«

Und Chris schien ja tatsächlich bereit zu sein, sein Leben zu riskieren für andere. Für seine Ecce-Homo-Freunde. Für das, was sie für die Wahrheit hielten.

Chris ging voll in seiner Rolle als Jesus auf. Er spielte sie großartig.

Das ganze Passionsspiel war großartig.

Eigentlich war es eine Schande, dass dieses faszinierende Schauspiel missbraucht werden sollte – von Ecce Homo für einen öffentlichkeitswirksamen Eklat und von den Templern für einen als Unfall getarnten Mord.

Und von Emil und mir, um Verbrechen aufzuklären und unsere Unschuld zu beweisen.

Aber wir hatten keine andere Wahl.

Mit der Verhaftung Jesu am Ölberg endete kurz nach siebzehn Uhr der erste Teil des Passionsspiels, und es begann die dreistündige Pause.

Ich begab mich zurück in den Soldatenraum.

In der Szene mit dem letzten Abendmahl hatte es einen kurzen Dialog zwischen Johannes und Jesus gegeben.

***Johannes:** Rabbi, so ist dies dein letztes Passahfest?*
***Jesus:** Meine Stunde ist da. Ich muss sterben.*

Meine Stunde war nun auch gekommen.

Ich hoffte aber, nicht sterben zu müssen.

56 Bär leidet

Während der Aufführung hockte ich neben Fredi und Gustl.

Zweieinhalb Stunden hocken.

Aber schon Martin Luther meinte: »Was nützt ein goldener Kopf ohne einen bleiernen Hintern?«

Ich hatte weder das eine noch das andere.

Eher Wespen im Hintern. Chaos im Kopf.

Warten ... Ich war noch nie ein guter Warter. Warten war Folter.

Ich beneidete Philipp.

Er hatte sich von Gustl ganz nah an der Bühne platzieren lassen, damit er das Spiel verfolgen konnte. Er war wie in Trance, völlig absorbiert von dem, was sich auf der Bühne abspielte.

Ich fand den Informationswert der Vorstellung eher gering. Ich wusste ja, wie es ausging ...

Nein, ich wusste nicht, wie es diesmal ausgehen würde.

Ob ich es überhaupt überlebte? Und Philipp?

Wenn uns was zustieß – zum Beispiel eine Lanze in den Brustkorb –, dann würden wir als Mordverdächtige sterben.

Was für eine Schande!

Ob wir überhaupt kirchlich beerdigt würden?

Und wenn Chris umgebracht würde und die Tempelritter davonkämen, wie sollten wir unsere Unschuld beweisen?

Ja, es waren Passionsspiele.

Wenig Spiel. Viel Passion.

Ich litt.

Sicher mehr als der Gekreuzigte.

Zur Ablenkung schaute ich in den Zuschauerraum.

Viertausendfünfhundert Menschen saßen im Bann der Bühne.

Ausverkauftes Haus.

Die teuersten Plätze, weitaus die meisten, kosteten pro Person hundertachtzig Euro.

Für weniger Besserverdienende nur hundertfünfzig Euro.

Hinten und seitlich hundertzwanzig Euro.

Die letzten achtzig Plätze waren für Hartz-IV-Empfänger. Dreißig Euro. Geschenkt!

Leider hatte ich meinen Taschenrechner nicht dabei.

Ich versuchte, es einfach zu machen, Pi mal Daumen: Wenn viertausend Leute hundertfünfzig Euro zahlen, dann zahlen tausend Leute hundertfünfzigtausend Euro, und viertausend zahlen dann viermal hundertfünfzigtausend ... macht ... sechshunderttausend Euro pro Aufführung. Bei hundert Aufführungen kämen dann ... nein, das gibt's doch nicht: sechzig Millionen zusammen.

Nur wegen der Größenordnung.

Und ich durfte das Spektakel umsonst anschauen! Was für ein Glückspilz war ich.

Fühlte mich aber nicht so.

Ich hätte ein Vermögen gegeben, wenn ich nicht hätte sitzen, warten und Angst haben müssen. Jedenfalls mehr als hundertachtzig Euro.

Mein Mitleid mit den Zahlenden hielt sich in Grenzen.

Es waren nicht die Jüngsten und nicht die Ärmsten, die da zuschauten.

Nach zweieinhalb Stunden war die erste Halbzeit fertig.

Ich auch.

Philipp kam zu mir.

Wir schauten uns an.

Ich sagte: »Ich brauch dringend frische Luft.«

»Aber das ist doch ein Freilufttheater«, belehrte mich Philipp.

»Freiluft schon, aber Frischluft ist was anderes. Frischluft ist, wo man eine rauchen kann. Ein Königreich für eine Gauloises!«

Wir einigten uns mit Fredi und Gustl, dass wir zehn Minuten vor die Tür gingen.

Raucherpause.

»Und, Philipp, wie hat dir die erste Halbzeit des Passionsspiels gefallen?«

»Es war überwältigend!«

In der Nähe schnappten ein älterer Herr und zwei Kinder ebenfalls Frischluft. Sie waren auch Darsteller, trugen alle drei Kostüme, waren Statisten aus dem Volk.

Während ich rauchte und Philipp in Erinnerungen an die erste Halbzeit schwelgte, lauschten wir ihrer Unterhaltung.

Das Mädchen sagte: »Opa, das Spielen ist so schön … und ich hab das alles gar nicht gewusst mit Jesus und so …«

»Was lernt ihr denn im Religionsunterricht?«

»Hab ich vergessen.«

»Ich auch«, sagte ihr Bruder, »aber ich find das echt krass. Hat sich denn das alles wirklich so abgespielt? Es fühlt sich so echt an.«

Der Opa sagte: »Es ist echt. Es hat sich so abgespielt. Vielleicht nicht in allen Details, aber im Prinzip. Aber das Beste kommt jetzt in der zweiten Hälfte: der Tod und die Auferstehung Jesu.«

»Schade«, sagte sie, »dass der Jesus sterben muss am Kreuz, er sieht so cool aus …«

»Bist wohl verknallt in ihn?«, fragte ihr Bruder.

»Der schönste Mann, den ich jemals gesehen hab. Ich glaub, den möchte ich mal heiraten.«

Der Opa belehrte: »Keine Angst. Jesus stirbt, aber er wird wiederauferstehen.«

»Aber Opa, warum muss er sterben und wiederauferstehen?«

Opas Stimme nahm den Predigerton an: »Jesus stirbt, damit sich Gott als Mensch erweist. So wie du und ich.«

»Und warum muss er wiederauferstehen?«

»Damit er sich als Gott erweist.«

Der Junge sagte: »Versteh ich nicht ...«

»Jesus Christus – wahrer Mensch und wahrer Gott.«

Stille.

»Opa, ob ich wohl von dem Christus ein Autogramm krieg?«

Das wusste der Opa nicht.

In der Ferne schlug die Kirchturmuhr.

Ich trat meine Zigarette aus und sagte zu Philipp: »Gehen wir wieder rein, mein Blutsbruder. Unsere Stunde schlägt.«

57 Marlein und der entscheidende Moment

Und dann war es so weit.

Emil und ich betraten im Schlepptau von Fredi und Gustl die nun als Kreuzigungsort Golgatha gestaltete Bühne des Oberammergauer Passionsspiels.

Allerdings war alles ganz anders, als ich es mir vorgestellt hatte.

Ich hatte gedacht, dass sich bei der Kreuzigungsszene nur einige wenige Akteure auf der Bühne befanden.

Jesus am Kreuz, klar, und daneben die beiden mit ihm gekreuzigten Verbrecher.

Unter dem Kreuz Maria, seine Mutter, Maria Magdalena und der Jünger Johannes.

Und dann noch Longinus, Gustl, Fredi, Emil und ich.
Was für eine fatale Fehleinschätzung.
Natürlich waren die erwähnten Leute alle da.
Und daneben noch – ungefähr hundert weitere!
Gefühlt waren alle überhaupt im Stück vorkommenden Figuren da, um Zeuge der Kreuzigung zu werden.
Der gesamte Hohe Rat war da, das waren schon mal zwei Dutzend Personen.
Und das gesamte Volk war da – also halb Oberammergau.
Eine fatale Fehleinschätzung war auch, dass die römische Wachtruppe des Longinus nur aus Fredi, Gustl, Emil und mir bestand.
Vielmehr wimmelte die ganze Kreuzigungsstätte nur so vor Soldaten, gefühlt waren es ebenfalls zwei bis drei Dutzend.
Es war eine der größten Massenszenen des Stücks.
An und für sich war mir das egal, das Problem war nur, dass dadurch für Emil und mich alles sehr unübersichtlich und unser Aktionsradius ganz erheblich eingeschränkt war.
Wir mussten höllisch aufpassen, dass wir unseren Einsatz nicht verpassten, dass wir Chris, der nun blutüberströmt am Kreuz hing, auch rechtzeitig vor dem mörderischen echten Lanzenstich retteten.
Zum Glück hatte ich mir im Verlauf des Stücks den Longinus genau angesehen und konnte ihn identifizieren und lokalisieren.
Ich versuchte, bei Gustl zu bleiben, mich aber so zu positionieren, dass ich freie Bahn in Richtung Longinus hatte und schnell auf ihn zulaufen konnte.
Schnell laufen – das ging schon mal gar nicht mit der schweren Lanze. Aber die konnte ich einfach fallen lassen.
Und der Schild war natürlich auch ein Pfund, aber er würde mir gute Dienste leisten als Waffe: Ich würde mit dem Schild Longinus zu Boden stoßen – und damit den tödlichen Stoß in Chris' Körper verhindern. Ich oder Emil. Oder wir beide.

Zumindest einer von uns beiden würde im entscheidenden Moment schon zu Longinus durchkommen.

Und ehe ich mich's versah, ging es schon stramm auf diesen entscheidenden Moment zu.

Annas: *Was soll die Aufschrift »Jesus der Nazarener, König der Juden«?*
Archelaus: *Das ist Beleidigung, für Rat und Volk!*
Aman: *Bei dieser Aufschrift können wir es nicht bewenden lassen.*
Nathanael: *Dieser Titel muss weg! Man reiße ihn herunter!*
Kaiphas: *Selbst dürfen wir nicht Hand anlegen. Longinus, ich fordere die Abänderung dieser Aufschrift. Er ist nicht unser König! Schreibt, dass er nur behauptet hat, unser König zu sein.*
Longinus: *Diese Aufschrift wurde auf Befehl des Statthalters Pontius Pilatus am Kreuz befestigt – was er geschrieben hat, bleibt geschrieben!*
Annas: *Unerträglich!*
Nathanael: *Wenn du der Messias bist, so steig herab vom Kreuz, dass wir es sehen und glauben!*
Ezechiel: *Du, der du den Tempel Gottes niederreißen und in drei Tagen wieder aufbauen wolltest, hilf dir nun selbst!*
Kaiphas: *Geholfen hat er anderen, sich selbst kann er nicht helfen.*
Annas: *Du hast auf Gott vertraut. Der rette dich jetzt, wenn er Wohlgefallen an dir hat!*
Agrippa: *Komm herab und zeig deine Macht, erhabener Judenkönig!*
Catalina: *Fort ist all seine Kraft. Bald werden ihn die Geier fressen.*
Jesus: *Vater, verzeihe ihnen, denn sie wissen nicht, was sie tun.*
Gesmas: *Jesus, hörst du mich? Bist du der Gesalbte, so rette dich jetzt – und uns mit dir!*
Dismas: *Wir empfangen den Lohn, den wir durch unsere Ver-*

brechen verdient haben. Er aber hat nichts Unrechtes getan. Herr, gedenke meiner, wenn du in dein Reich kommst.
Jesus: *Ich sage dir: Heute noch wirst du mit mir im Paradies sein.*
Kaiphas: *Hört! Er tut noch immer, als ob er über die Pforten des Paradieses zu gebieten hätte!*
Archelaus: *Ist ihm sein Hochmut noch nicht vergangen, da er hilflos am Kreuz hängt?*
Faustus: *Was will das Weib?*
Johannes: *Lasst sie – es ist seine Mutter!*
Maria: *Herr, mein Gott! Ich leide Not! Steh mir bei!*
Jesus: *Mutter, sieh deinen Sohn! Sohn, siehe deine Mutter!*
Johannes: *Ich will sie ehren als meine Mutter. Du, Maria – meine Mutter. Und ich, Johannes – dein Sohn.*
Jesus: *Mich dürstet.*
Longinus: *Er leidet Durst und ruft um einen Trunk.*
Catilina: *Den soll er haben.*
Faustus: *Hier! Trink! Der Essig wird dir munden!*
Jesus: *Eloi! Eloi! Lama Sabachtani! Mein Gott, mein Gott, warum hast du mich verlassen?*
Eliezer: *Hört, er ruft Elias! Wir wollen sehen, ob Elias kommt, ihn herabzunehmen vom Holz der Schande.*
Kaiphas: *Er ruft nicht den Elias. Er schreit nach Gott, der ihn verlassen hat.*
Jesus: *Es ist vollbracht. Vater, in deine Hände empfehle ich meinen Geist.*

Und Jesus starb.

Chris simulierte das Sterben perfekt.

Doch jetzt war der entscheidende Moment gekommen.

Jetzt ging es darum, zu verhindern, dass Chris *wirklich* starb.

Ich nahm Blickkontakt mit Emil auf.

Er hatte ebenfalls erkannt, dass wir uns am Knackpunkt befanden.

Wir waren beide maximal angespannt.

Wir waren beide startklar.

Passend zum absoluten Showdown gab es jetzt diverse Effekte – Blitz, Donner, Beben, Verdunkelung.

Aufruhr im Volk, unter den Soldaten, unter den Hohepriestern.

Simon von Cyrene: *Was ist das? Die Erde bebt – die Sonne verfinstert sich!*
Volk: *Wehe uns!*
Sadok: *Gott sei uns gnädig!*
Rabinth: *Herr, Allmächtiger, wir haben gesündigt! Schone uns!*
Zoroabel: *Hoher Priester! Im Heiligtum hat sich Schreckliches ereignet! Der Vorhang des Tempels ist mitten entzweigerissen!*
Kaiphas: *Geht hin und sehet, was sich ereignet hat! Ich aber werde diesen Ort nicht verlassen, bis ich gesehen habe, dass der Leichnam dieses Menschen in die Grube der Verbrecher hinabgeworfen ist.*
Nikodemus: *Kaiphas, er ist tot! Wirst du niemals aufhören, ihn zu verfolgen?*
Quintus: *Der Statthalter Pontius Pilatus hat mich gesandt, dich, Longinus, zu fragen, ob Jesus von Nazareth wirklich schon verschieden ist, wie ihm berichtet wurde.*
Longinus: *Es ist so. Sieh selbst!*
Quintus: *Auf Befehl des Statthalters sollen den Gekreuzigten die Beine gebrochen werden, damit sie schneller versterben und damit noch vor Anbruch des Sabbats ihre Leichen abgenommen werden können!*
Longinus: *Sogleich wird es geschehen! Soldaten! Brecht ihnen die Beine!*
Maria: *Ihr werdet doch mit seinem Leib nicht so grausam verfahren?*
Maria Magdalena: *Schonet ihn! Er ist doch schon tot!*
Longinus: *Also gut. Wir werden ihm nicht die Beine brechen.*

Aber um sicherzugehen, dass er wirklich tot ist, werde ich mit meiner Lanze seinen Körper durchbohren. Macht Platz!

Longinus trat auf den leblos am Kreuz hängenden Jesus zu, die Lanze im Anschlag.

Ich nickte Emil zu.

Ließ die Lanze zu Boden fallen.

Sprintete los!

Aber kam zu meinem Entsetzen nicht einen Millimeter vom Fleck …

Verdammt! Was war los?

Was los war?

Ich war in einem Klammergriff gefangen!

Und in meinen Rücken bohrte sich etwas Hartes, Metallisches.

Und in mein Ohr flüsterte die Stimme von Gustl: »Wir beide gehen jetzt von der Bühne. Ganz langsam und ohne Faxen, sonst stirbt hier nicht nur der Heiland am Kreuz. Verstanden?«

Ich verstand überhaupt nix.

Aber ich konnte nichts gegen mein Unverständnis machen.

Und ich konnte vor allem nichts dagegen machen, dass mich der athletische Gustl im Klammergriff langsam, aber sicher von der Bühne schleifte.

Fiel das denn niemandem auf?

Nein, keiner Sau!

Es war nur eine von vielen Aktionen innerhalb der Masse auf der Bühne, die immer noch in Aufruhr war durch Blitz, Donner, Beben, Verdunkelung. Kein Mensch nahm Gustls Aktion als ungewöhnlich wahr.

Und das Publikum war sowieso völlig aufs Kreuz fixiert.

Aus dem einen Augenwinkel sah ich, wie Emil zum Sprint ansetzte – und zu Fall gebracht wurde.

Und aus dem anderen Augenwinkel sah ich noch, wie Longinus die Lanze in die Seite von Christus stach.

In den Körper von Chris.
Es war tatsächlich vollbracht.
Und wir hatten kläglich versagt.

58 Bär sprintet

Ich sah, wie Philipp von Gustl in den Schwitzkasten genommen wurde.

Jetzt lag es an mir.

In letzter Sekunde Chris zu retten.

Fredi stand schräg hinter mir, schaute gerade, was mit Philipp passierte.

War abgelenkt.

Die letzte Chance. Der letzte Augenblick.

Ich wurde im Bruchteil einer Sekunde wieder zum jungen Fußballer, Rechtsaußen, zum Flügelflitzer.

Warf den Schild von mir,
ließ die Lanze fallen.
Setzte zum Sprint an.

Ich konnte nicht ahnen, dass der Fredi auch ein gefuchster Fußballer war.

Er setzte von hinten zu einer Blutgrätsche an und säbelte mir die Beine vom Boden.

Es haute mich voll auf die Schnauze.

Zwei Zentner Lebendgewicht drückten mich nieder.

Fredi packte mich mit eisernem Griff an der Gurgel.

Schleppte mich wie eine Katze ihr Junges zwischen den Hundertschaften der römischen Soldaten und dem Rest der Bühnenbevölkerung von der Bühne.

Ich drehte meinen Kopf mit letzter Kraft, sah die Lanze in Christi Seite verschwinden.

In den vorderen Reihen sprang ein Mann auf … mit weit aufgerissenen Augen.

Kannte ich ihn …?
Mir wurde schwarz vor den Augen.

59 Marlein und der falsche Jesus

Gustl und Fredi hatten uns in die Jesus-Garderobe gebracht.

Welch ein Hohn.

Ausgerechnet an den Rückzugsort ihres Opfers, das Emil und ich nicht hatten retten können.

Die Schilder und Speere hatten sie gegen halb automatische Pistolen eingetauscht, die sie auf uns richteten.

Obwohl wir wehrlos waren, da sie uns an die Stühle, auf denen wir saßen, gefesselt hatten.

Die netten Kumpels und Passionsmitspieler Gustl und Fredi hatten sich nun als das entpuppt, was sie in Wirklichkeit waren: die eiskalten militanten Tempelritter, die sich zusammen mit dem Darsteller des Longinus in die Aufführung eingeschleust hatten, um Chris zu töten.

Tragisch, dass Chris ausgerechnet diese beiden als unsere Betreuer ausgewählt hatte. Er hatte nicht erkannt, dass sie zu den Templern gehörten, die ihm nach dem Leben trachteten. Diese Fehleinschätzung hatte letztendlich ihn selbst das Leben gekostet.

Ich fragte mich, wie die Aufführung nach der Ermordung von Chris weitergegangen war.

War den anderen Mitspielern aufgefallen, dass er ganz real durch den Lanzenstich getötet worden war?

War die Aufführung daraufhin abgebrochen worden? Hatte es einen großen Tumult auf der Bühne und im Publikum gegeben?

Oder gab es noch mehr eingeschleuste Tempelritter? Hatten sie sich um Chris' Leiche gekümmert und sie weggebracht, sodass gar niemandem auffiel, was geschehen war? Hatten sie am Ende einen Ersatz-Jesus für die Auferstehung zur Hand, sodass die Aufführung wie geplant zu Ende gespielt werden konnte? Dass erst im Nachhinein bekannt wurde, dass es bei der Premierenaufführung der Oberammergauer Passionsspiele einen tragischen tödlichen Unfall gegeben hatte?

Und ich fragte mich, wie es nun mit Emil und mir weitergehen würde.

Wir wurden gefangen gehalten.

Wir waren in den Fängen der Tempelritter.

Und wir hatten verdammt schlechte Karten.

Mit Chris war auch das letzte Mitglied der Ecce-Homo-Gesellschaft ermordet worden. Nun gab es niemanden mehr, der von den sensationellen Entdeckungen um die Kreuzigung und Auferstehung Jesu Christi wusste.

Niemanden – außer Emil und mir.

Und die Templer hatten bisher ausnahmslos jeden zum Schweigen gebracht, der dieses Wissen hatte.

Hatten jeden mundtot gemacht.

Nicht nur mundtot.

Generell tot.

Schlechte Aussichten …

Ich wandte mich an Gustl.

»Und jetzt? Wie geht's weiter? Was habt ihr mit uns vor? Sollen wir hier sitzen und warten, bis Jesus auferstanden ist?«

Gustl grinste hämisch.

»Das kommt ziemlich nah ran.«

Ich verstand nicht, was er damit meinte. Aber zu einer weiteren Äußerung ließen weder er noch Fredi sich hinreißen. Stattdessen hielten sie uns weiter mit ihren Knarren in Schach und glotzten blöd.

Dann, nach einer gefühlten Ewigkeit, öffnete sich die Tür der Jesus-Garderobe.

Und herein kam – tatsächlich der auferstandene Jesus Christus!

Chris!

Gesund und munter, unversehrt, frisch geduscht, das Theaterblut abgewaschen, in ein langes weißes Gewand gehüllt.

Emil und ich wetteiferten, wer das dümmere und fragendere Gesicht machte.

Emil war schließlich der Erste, der seine Sprache wiederfand.

»Chris … du lebst ja …«

Chris lächelte sanft.

»Wie du siehst, Emil! Ich war zwar tot, aber ich bin gerade von den Toten auferstanden und zum Himmel aufgefahren. Das Publikum war begeistert. Die Premierenaufführung der diesjährigen Oberammergauer Passionsspiele war ein grandioser Erfolg!«

Emil stotterte.

»Aber … wir dachten … weil wir dich doch nicht retten konnten … weil wir doch den Lanzenstich nicht verhindern konnten …«

»Der Lanzenstich wurde natürlich durchgeführt. Aber wie vorgesehen mit der Theaterlanze, bei der sich die Spitze in den Schaft zurückschiebt, wenn sie gegen einen Widerstand stößt. Es hat lediglich ein bisschen gekitzelt auf der Haut. Ihr musstet mich also gar nicht retten. Ich war nie in Gefahr.«

Emil war völlig verdattert – wie ich auch.

»Aber die Drohung …«

»Welche Drohung?«

»Von den Tempelrittern … dich während der Aufführung zu töten …«

Chris lächelte wieder, gütig wie ein guter Hirte.

»Ihr tut mir echt leid, ihr beiden … Ihr seid so was von auf dem falschen Dampfer … Es gab nie eine solche Drohung.«

»Aber die Ecce-Homo-Leute haben doch davon erzählt … *Du* hast ihnen doch davon erzählt …«

»Das habe ich erfunden.«

»Aber warum das denn?«

»Ihr schnallt es immer noch nicht, oder?« Das Lächeln fiel

aus Chris' Gesicht wie eine Maske. »Weil ich selbst ein Tempelritter bin, ihr verdammten Vollidioten!«

Emil war völlig perplex.

»Du … selbst … ein Tempelritter? … Aber … das heißt ja … du bist gar kein Jesus … sondern ein Judas … ein Verräter …«

Seine Stimme versagte. Er konnte nicht weitersprechen.

Dafür sprach nun Chris umso mehr.

»Ja, ich bin ein Tempelritter! Und ich bin verdammt stolz darauf! Und nein, ich bin kein Judas – sondern ich bin Jesus! Ich lebe meine Rolle!«

Chris' Stimme wurde so pathetisch wie vorher bei seinen Monologen auf der Bühne.

»Jesus ist mein großes Vorbild, mein ganzer Lebensinhalt. Ich hatte immer zwei große Träume im Leben, und sie sind beide in Erfüllung gegangen. Der eine war, den Jesus bei den Passionsspielen zu verkörpern, und er ist wahr geworden, als ich letztes Jahr als Jesus-Darsteller ausgewählt wurde. Und soeben habe ich ihn zum ersten Mal gespielt, habe wie er gepredigt und geheilt, geliebt und gelitten, bin verspottet, gefoltert und gekreuzigt worden und bin wie er von den Toten auferstanden!«

Er strahlte wie der Heilige Geist an Pfingsten.

»Und der andere Traum war, ein Krieger Gottes zu werden, die Wahrheit über Leben und Lehre Jesu Christi gegen die Leugner, Verfälscher und Feinde des Glaubens zu verteidigen. Und auch dieser Traum ist wahr geworden, als mich die Tempelritter vor zwei Jahren in ihren geheimen Bund aufgenommen haben. Und ich habe mich als würdiges Mitglied erwiesen, indem ich verhindert habe, dass die infamen Lügen dieser Teufelsbrut des Ecce Homo über das Leiden, Sterben und Auferstehen Jesu Christi in die Welt hinausposaunt werden und den Glauben der Menschheit vergiften!«

Ich hatte mich von meinem ersten Schock erholt und übernahm nun anstelle von Emil die Gesprächsführung – wenn man das so nennen konnte angesichts der Knarren von Gustl und Fredi, die weiterhin auf uns gerichtet waren.

»Ich glaube, mein Freund, wir sollten da mal einige Dinge richtigstellen. Sie haben so wenig Ähnlichkeit mit Jesus wie ich mit Miss Universum. Sie sind ein ganz falscher Jesus! Sie sind in Wahrheit einfach nur ein mieser Betrüger und Mörder!«

Chris giftete mich an.

»So kann nur ein verblendeter Ungläubiger sprechen!«

»Ein verblendeter Ungläubiger? Was habe ich da vorhin auf der Bühne gehört, aus Ihrem Mund, als Jesus, Originalworte des Original-Jesus? *Liebt eure Feinde! Steht ab vom Zorn! Selig, die Frieden stiften! Das ist mein Gebot, dass ihr einander liebt!* Von einander ermorden war da keine Rede.«

Chris zuckte kurz zusammen.

»Die Wege des Herrn sind unergründlich!«

Ich hatte das Gefühl, dass ich ihn immerhin an dem Punkt hatte, wo er sich rechtfertigen wollte.

»Okay, dann lassen Sie uns diese unergründlichen Wege mal aufdröseln. Sie sind also vor zwei Jahren dem Bund der Neuen Tempelritter beigetreten.«

»Ja. Ich musste eine harte Aufnahmeprüfung absolvieren, körperlich wie geistig-theologisch. Aber ich habe sie bestanden, genauso wie die Auswahl zum Jesus beim Passionsspiel.«

»Sie sind ja echt ein ganz toller Hecht. Und wie ging's dann weiter bei den Templern?«

»In der ersten Zeit hatte ich keine Einsätze, musste nur an Übungen teilnehmen. Aber vor einem guten halben Jahr wurde unsere Zentrale dann auf die Ecce-Homo-Gesellschaft aufmerksam – und auf den großen Angriff, den diese Gruppierung auf die heilige Lehre plante mit der ketzerischen und satanischen Behauptung, dass die Auferstehung Jesu ein Fake gewesen sei. Nachdem unsere Spione einige Ecce-Homo-Mitglieder identifizieren konnten, wurde beschlossen, dass ich mich bei Ecce Homo einschleusen sollte.«

»Verstehe. Lassen Sie mich raten: Sie sind gar nicht schwul. Sie haben sich nur an Johannes Kalb rangemacht, ein Ecce-

Homo-Mitglied und Sohn der Ecce-Homo-Mitbegründerin Erna Kalb, um bei Ecce Homo an der Quelle zu sitzen.«

Chris verzog das Gesicht.

»Stimmt. Ich bin kein bisschen schwul. Homosexualität ist wider die Natur, ist Sünde. Was glauben Sie, wie zuwider es mir war, mich mit dieser Schwuchtel Johannes einzulassen, ihn zu küssen, sogar mit ihm zu schlafen. Aber ich hatte einen Auftrag – es ging um die Existenz des Christentums. Das war mir jedes Opfer wert. Und es war ein großes Opfer, das ich da gebracht habe, das können Sie mir glauben.«

»Sie Ärmster! Sie haben mein Mitgefühl!«

»Sparen Sie sich Ihre Häme. Zum Glück hat mich der Allmächtige mit einem ansehnlichen Äußeren ausgestattet, sodass Johannes gleich auf mich abgefahren ist, als ich ins Allgäu gefahren bin und mich unter einem Vorwand an ihn herangemacht habe. Er hat sich sofort in mich verliebt.«

»Und von da an saßen Sie an der Quelle.«

»Ja, es lief wunderbar. Er erzählte mir von der Ecce-Homo-Gesellschaft und ihren Plänen und Entdeckungen. Ich heuchelte Interesse und bat, Mitglied werden zu dürfen – und schon war ich direkt an der Schaltstelle von Ecce Homo und war über jeden ihrer Schritte informiert.«

»Von wem kam die Idee mit Oberammergau?«

»Von mir selbst. Zu dem Zeitpunkt stand ich ja schon als Jesus-Darsteller fest. Bei einer Sitzung, an der alle Mitglieder teilnahmen – sowohl die aus dem Allgäu als auch die aus Franken –, machte ich den Vorschlag, bei den Passionsspielen für einen Eklat zu sorgen. Der Vorschlag wurde einstimmig und mit Begeisterung angenommen. Man fand, das war das ideale Forum, um eine möglichst große Öffentlichkeit für den geplanten theologischen Paukenschlag zu erreichen. Auch die Templer-Zentrale war begeistert: So würde man alle Ecce-Homo-Leute und alle Beweise an einem Ort und zu einem Zeitpunkt konzentrieren – und konnte alle Probleme mit einem Schlag beseitigen.«

»In Wirklichkeit hatten Sie nie vor, die Premiere für diese Botschaft zu missbrauchen.«

»Nein, um Gottes willen! Die Passion ist heilig, und das Passionsspiel ist eine großartige Huldigung an unseren Herrn Jesus Christus! Ich hätte es niemals entweiht! Ich bin so stolz darauf, dass ich das Leiden, Sterben und Auferstehen unseres Herrn darstellen darf!«

»Sind Sie auch stolz auf all die Morde, die Sie begangen haben?«

»Ich habe keinem einzigen Menschen auch nur ein Haar gekrümmt!«

»Verstehe. Ihr seid also spezialisiert in eurer Tempelritter-Terrororganisation. Habt Spione und Infiltrierer einerseits, so wie Sie, Chris, und Typen fürs Grobe andererseits, so wie Gustl und Fredi wahrscheinlich. Seid ihr die Mordbuben, Gustl und Fredi?«

Chris winkte ab.

»Nein. Gustl und Fredi sind meine Freunde. Sie sind wie ich echte Oberammergauer, waren von Anfang an als römische Soldaten beim Passionsspiel vorgesehen. Sie sind Tempelritter wie ich, das stimmt. Aber mit den Morden haben sie nichts zu tun. Dafür wurde ein Spezialkommando von der Zentrale geschickt. Die Zentrale hat vor einer Woche beschlossen, dass es zu gefährlich sei, noch bis zur Premiere zu warten, und dass alle Ecce-Homo-Mitglieder möglichst zeitnah liquidiert und alle Beweise konfisziert werden sollten.«

»Soso. Ein Spezialkommando. Namenlose Killer. Um das Gewissen nicht zu belasten. Aber der Hauptschuldige, der ein rabenschwarzes Gewissen haben sollte, bleiben Sie, Chris. Noch einmal: *Sie* waren es, der die Leute von Ecce Homo, die dem Christus von Oberammergau blind vertraut haben, ihren Mördern ans Messer geliefert hat. *Sie* haben die Killer darüber informiert, dass Erna Kalb und Sandra Danner zum Kreuzberg gefahren sind, nicht wahr?«

Chris schwieg.

»*Sie* haben die Killer darüber informiert, wo sie in Forchheim Stefan Briegel und Gerald Butz finden konnten – und dass Butz die Pilatus-Memoiren in seinem Wohnzimmertresor aufbewahrte.«

Chris schwieg.

»Und *du* hast auch Johannes Kalb, Helga Hochreiter und Wastl Hämmerle auf dem Gewissen! Und Professor Kaltenbrenner!«

Das kam von Emil.

Er hatte seine Sprache wiedergefunden.

Es war eine extrem zornige Sprache.

60 Bär zürnt

»Das sind alles Märchen!«, sagte der Auferstandene.

»Aber die Leichen sind da, verdammt noch mal.«

»Keiner kann mir was beweisen.«

»Das werden wir noch sehen.«

Ich konnte vor Wut kaum reden.

»Du Sauhund«, ich meinte Chris, »du verlogener, du hast alles gewusst.«

»Und du Depp«, er meinte mich, »warst meine beste Quelle. Sie haben gesungen, der Hämmerle, die Hochreiter. Und zwar freiwillig. Und sofort nachdem du bei ihnen gewesen bist und sie ausgehorcht hast. Fünf Minuten später wusste ich es. Sie waren ganz begeistert.«

»Weil sie dachten, du bist auf ihrer Seite und sie sind auf deiner. Und zehn Minuten später waren sie tot.«

»Ja, unsere Männer vom Vatikan sind schnell.«

»*Das* ist ein Märchen: die Killer aus dem Vatikan …«

»Ich hab jedenfalls ein Alibi. Ich war ständig, wenn ich nicht beim Johannes war, bei den Proben hier in Oberammergau.«

»Und wer hat dann den Professor Kaltenbrenner auf dem Gewissen?«

Chris lächelte diabolisch. »Nicht ich …«

»Aber ich sag dir, wer.«

Er schwieg überrascht.

»Wie ich in Innsbruck war bei ihm …«

»… und ihm den Knochen gebracht hast, den angeblichen Jesus-Knochen …«

»Ja, da hat seine Sekretärin mitgelauscht. Danach ist uns ein dottergelber VW Amarok nachgesaust und hat uns vor dem Leermoser Tunnel fast gegen die Wand gefahren. Zufall?«

»Ja, klar.«

»Und weißt du, was vorgestern Abend vor der ›Alten Post‹ an uns vorbeifährt nach der Generalprobe?«

»Wie soll ich das wissen?«

»Ein VW Amarok. Gelb. Dottergelb.«

Er lachte. »Hat ganz schön Geld gekostet, das Ding wieder zu reparieren.«

Er stockte, biss sich auf die Zunge.

Fehler gemacht.

»Und woher weißt du das?«

»Die Sekretärin vom Kaltenbrenner hat's mir gesagt.«

»Und nachdem der Kaltenbrenner eine Mail geschickt hat, dass der Knochen tatsächlich der letzte Beweis ist, und sie hat es mitgekriegt, da ist der Kaltenbrenner in den Inn abgetaucht.«

»Ich war's nicht.«

»Du Lügenmaul! Wer dann?«

»Sie! Ich habe auch mit ihr angebandelt, um an den Kaltenbrenner ranzukommen. Sie war bereit, alles für mich zu tun. Sogar ihren Chef zu töten.«

»Wie hast du sie denn rumgekriegt?«

Chris lächelte arrogant. Der Narzisst. Er sagte: »Ich brauchte sie nicht rumkriegen. Sie steht auf mich. Frauen stehen auf mich.«

Er drehte seinen Hals wie eine geisteskranke Allgäuer Kuh beim Flirten. Fügte an: »Sie stehen halt auf mich. Das kannst du von dir nicht sagen.«

Ich schluckte meine Wut.

»Du hast sie dir hörig gemacht, du Hurenbock, und jetzt hängst du ihr auch noch den Mord an Kaltenbrenner an.«

Ich spuckte ihn an.

Er scheuerte mir eine, dass mir meine Zahnprothese rausfiel und auf den Boden schlug.

Es war mir wurscht.

»Und mit dem Johannes hast du es genauso gemacht. Er stand auf dich, echt, seine Mutter hat es mir gesagt, er war voll verliebt in dich, und du Sau hast ihn nicht nur ausgenützt, betrogen, sondern auch noch abgemurkst, auf der Biselalm.«

»Schmarrn, das war ein Unfall. Ich war schon unterwegs nach hierher, und er wollte noch weitersuchen, und dann ist er von der Dachbodenleiter gefallen. Hast du mir am Telefon selbst gesagt.«

»Jetzt horch, was ich dir nicht gesagt hab: Sein Kopf war so verdreht, dass das nicht von einem Treppensturz kommen konnte.«

»Von was dann?«

»Du hast ihm das Genick gebrochen.«

Er lachte wieder laut auf, aber es klang nicht lustig, eher erschrocken.

»Wieder eins von deinen Dauermärchen.«

»Das kann man beweisen. Durch eine Autopsie.«

»Aber er ist doch schon verbrannt.«

»Das hast wohl du so eingerichtet, dass er verbrannt wurde. Aber jetzt verrat ich dir noch ein Geheimnis: Vor der Verbrennung hat die Gerichtsmedizin noch eine Autopsie gemacht.«

Ich wusste es nicht, hoffte aber, dass Tom Tommer, der Polizeipräsident, meinen Hinweis aufgenommen hatte.

Chris wurde blass.

»Und noch ein Geheimnis: Johannes hat den Beweisknochen gefunden.«

»Wo?«

»Das weiß ich nicht, ich weiß nur, wo ich ihn gefunden habe: in seiner Hosentasche.«

»Und dann hast du ihn nach Innsbruck gebracht.«

»Und dann hat der Kaltenbrenner die Wahrheit rausgefunden und musste sterben.«

Chris verlor seine arrogante, hämische Gelassenheit.

Philipp nutzte den Moment.

Griff ein.

61 Marlein und die falsche Passion

»Aber um noch mal auf die Sache mit dem Gewissen zurückzukommen, Chris: Haben Sie denn kein schlechtes Gewissen angesichts all der Morde, die Sie zumindest ermöglicht haben? Sie haben behauptet, Jesus sei Ihr großes Vorbild und Ihr ganzer Lebensinhalt. Wie passt das damit zusammen, dass Sie Jesu Botschaft von Nächstenliebe und Gewaltlosigkeit mit Füßen treten – indem Sie sich an brutalen Morden an unschuldigen Menschen beteiligen?«

Chris verzog keine Miene.

»Das ist genau der Punkt, um den es uns Tempelrittern geht: die Botschaft Jesu. Die Botschaft Jesu von Nächstenliebe und Gewaltlosigkeit. Diese Botschaft ist das Beste und Edelste, was der Menschheit jemals geschenkt wurde. Diese Botschaft zu schützen, das ist unser großer Auftrag. Und diese Botschaft war in Gefahr! Sie sollte vergiftet, sie sollte vernichtet werden! Durch eine falsche Passion! Durch infame Lügen über das Leiden, Sterben und Auferstehen unseres Herrn Jesus Christus! Die Tatsache, dass Jesus mit seiner Auferstehung den Tod überwunden und besiegt hat und dass dadurch auch wir arme sterbliche Menschengeschöpfe die Hoffnung haben, dass es ein Leben nach dem Tod gibt, ist der zentrale Kern des Christentums. Die Behauptung, dass Jesu Passion ein Fake gewesen sei, dass er gar nicht am Kreuz gestorben sei, sondern durch ein abgekartetes Spiel mit Pontius Pilatus lebendig vom Kreuz genommen worden sei, das Land verlassen habe und in hohem Alter in Indien gestorben sei, ist zwar nichts anderes als ein schlechter und absurder Witz – aber nichtsdestotrotz ein bösartiger Angriff auf Jesu Botschaft und ein teuflischer Versuch Satans, das Christentum zu zerstören. Auch wenn sich diese lächerlichen angeblichen Beweise als plumpe Fälschungen erwiesen hätten: Ihre Präsentation hätte doch Millionen Menschen auf der Welt verunsichert, hätte sie vielleicht vom Glauben abfallen lassen, hätte ihre Bereitschaft zur Nächstenliebe und Gewaltlosigkeit sabotiert – und damit unsägliches millionenfaches Leid über die Welt gebracht. Was ist dagegen der Tod einiger ganz und gar nicht unschuldiger Ketzer und Hetzer gegen die große, wahre Botschaft Jesu Christi? Eine unbedeutende Belanglosigkeit. Die, zugegebenermaßen, nicht schön ist, aber eben unbedingt notwendig.«

Chris fuhr sich mit der Hand durch seinen Jesus-Bart und musterte Emil und mich, nicht ohne Mitleid im Blick.

»Und deshalb ist es ebenso unbedingt notwendig, dass auch noch die letzten beiden Mitwisser dieser falschen Passion zum Schweigen gebracht werden.«

Ich schluckte.

»Sie wollen Emil und mich auch noch ermorden? Aber wir gehören überhaupt nicht zu Ecce Homo! Wir sind nur in diese ganze Sache hineingeraten, weil wir zufällig Erna Kalb und Sandra Danner kennengelernt haben, auf dem Kreuzberg.«

»Ihr mögt zufällig hineingeraten sein – jetzt steckt ihr zu tief drin, als dass wir euch verschonen könnten. Wir müssen auf Nummer sicher gehen – im Namen Gottes. Es war übrigens sehr praktisch, Emil, dass du bei Johannes und mir aufgetaucht bist und ihr beide euch von mir habt einschleusen lassen ins Passionsspiel – so wusste ich immer über alle eure Schritte Bescheid, und so hatte ich euch, dank Fredi und Gustl, immer vollkommen unter Kontrolle. Eigentlich hatte ich gedacht, dass wir die Premiere gar nicht mehr benötigen zum Ecce-Homo-Leute-Fangen, nachdem das Spezialkommando schon im Vorfeld fast alle Objekte eliminiert hatte. Und auch dich, Emil, hätten wir schon früher kaltmachen können. Aber ich wollte, dass wir auch deinen Freund aus Franken mit einfangen, um sicher zu sein, dass alle Ecce-Homo-Mitwisser mit Stumpf und Stiel ausgerottet sind. Nun, hier haben wir euch ja glücklich vereint beisammen.«

Ich war alles andere als glücklich. Unser letztes Stündlein hatte geschlagen.

Tod in Oberammergau.

Ich machte einen letzten Versuch, irgendwie Zeit zu schinden, eine Gelegenheit zur Flucht zu generieren.

»Und Sie wollen wirklich das Passionstheater entweihen, indem Sie das Blut von uns Sündern hier vergießen? Sie, Gustl, Fredi – Sie wollen wirklich zu Mördern werden?«

Chris lachte hämisch.

»Ein durchaus berechtigter Einwand! Nein, wir werden kein Blut vergießen. Und wir werden uns auch nicht an euch Sünderpack die Hände beschmutzen. Wir lassen das erledigen. Leider ist das Spezialkommando nicht verfügbar. Aber wir haben ein ganz besonderes Spezialkommando hier, das den Job genauso zuverlässig erledigen wird – und noch dazu fast völlig ohne Blutvergießen. Gustl, zeig es ihnen!«

Gustl ging zu einem großen Korb, der in der Ecke der Garderobe stand. Er schleppte ihn vor unsere Füße und lupfte ganz kurz den Deckel, sodass Emil und ich den Inhalt erkennen konnten.

In dem Korb befanden sich – jede Menge lebendige Schlangen!

Chris grinste diabolisch. Von seinem pastoralen Jesus-Habitus war nun nichts mehr übrig geblieben, sein Gesicht war verzerrt zu einer Fratze.

»Das sind in der Tat Mitspieler der Passion – ausgeliehen für die Aufführung aus dem Reptilienhaus, wo Gustl arbeitet. Sie kommen in der Szene zum Einsatz, als Jesus die Händler aus dem Tempel wirft. Da habt ihr dann doch noch euren tragischen Unfall bei den Passionsspielen: Statisten vergreifen sich am Schlangenkorb – und werden tödlich gebissen. Finde ich übrigens eine schöne Symbolik: Die Diener des Teufels, der großen Schlange, kommen selbst durch Schlangenbisse ums Leben. So wendet sich also am Ende die Sünde gegen die Sünder! Wundervoll! Das ist die *richtige* Passion für zwei elende Sünder wie euch, die eine *falsche* Passion inszenieren wollten!«

62 Bär pinkelt

Ich war jenseits von Angst. Wie in einem Nahtodzustand bei einem schweren Unfall. Wie im Film. Ich konnte mir nicht vorstellen, dass Giftschlangen auf der Passionsspielbühne mitspielen durften.

Ich sagte: »Ihr glaubt doch nicht, dass da Giftschlangen drin sind. Was wär gewesen, wenn der Korb während der Aufführung umgekippt wär …?«

Gustl sagte: »Glaubst, wir sind blöd?«

Fredi sekundierte: »Wir haben normalerweise ungiftige Schlangen für die Aufführung. Aber für heute haben wir giftige genommen. Nur für euch beide.«

Jetzt trat mir doch der Schweiß auf die Stirn.

Ich sagte zu Chris: »Du bist nicht nur ein narzisstisches Schwein, du bist auch eine sadistische Sau!«

Er lächelte genüsslich, begriff es wohl als Kompliment.

Zu Philipp sagte ich: »Das war's dann wohl. Hier endet unsere Geburtstagsfeier vom Kreuzberg.«

»Tut mir leid, war eine Schnapsidee mit dem Geschenk. Ich würd's gern wiedergutmachen.«

»Dazu müsst ein Wunder geschehen.«

Philipp sagte: »Wunder gibt es immer wieder!«

»He, bist du gläubig geworden auf deine alten Tag?«

»Hätt ja sein können ...«

Chris nickte. Zeichen zur Exekution.

Ich musste pinkeln.

63 Marlein und der tödliche Biss

Gustl kam mit dem Schlangenkorb auf mich zu.

Hielt ihn mir vors Gesicht.

Öffnete den Deckel.

Ich hörte es zischen.

Ich sah, wie die erste Schlange herauskam, um mir den tödlichen Biss zu verpassen.

Ich zwang mich, die Augen offen zu lassen.

Ich wollte dem Tod ins Gesicht sehen.

Und ich sah ihn – den Tod.

Ich sah den Tod der Schlange, deren Kopf zerfetzt wurde.

Zerfetzt durch einen Schuss!

Der Schuss stammte aus der Pistole eines der Polizisten, die die Jesus-Garderobe stürmten, mit vorgehaltenen Waffen.

Hinter ihnen betrat, wesentlich gemütlicher, ein Mann in Zivil den Raum.

Er beachtete mich nicht, sondern ging schnurstracks zu Emil und grinste ihn an.

»Na, Herr Dr. Bär, mir scheint, da sind wir gerade zur rechten Zeit gekommen!«

64 Bär gratuliert

Ich wollte sagen: Gott sei Dank, Tommer! Sie sind ein Geschenk des Himmels!, brachte aber kein einziges Wort raus, schnappte lautlos wie ein Fisch auf dem Trockenen.

Tom Tommer, der Polizeipräsident von Kempten, gab seinen Leuten Anweisung, den Korb mit den Schlangen zu verschließen und zu sichern und die drei Typen, die käsweis an der Wand standen, in Handschellen zu legen.

Chris, Gustl, Fredi.

»Sie sind ja schon sicher verschnürt«, sagte er zu mir. »Und wer ist der da?«

»Das ist mein Freund und Kollege Philipp Marlein aus Franken …«

»Ach ja, der steht auch auf der Fahndungsliste.«

Ich hatte meine Sprache wiedergefunden.

»Philipp, das ist nämlich der Herr Tommer, Polizeipräsident aus Kempten. Wir hatten hin und wieder miteinander zu tun.«

Zu Tommer sagte ich: »Sie haben uns das Leben gerettet. Der liebe Gott hat Sie geschickt.«

Er lachte. »Da weiß ich gar nichts davon.«

»Wie kommt es dann, dass Sie hier sind?«

»Lieber Dr. Bär, das ist kein so großes Wunder. Sie haben mich doch vor ein paar Tagen angerufen. Und ein großes Geheimnis daraus gemacht, wo Sie sich rumtreiben und was Sie vorhaben. Und vor lauter Geheimnistuerei haben Sie sich verraten.«

»Wie?«

»Ich war ja lange bei Ihnen auf der Couch gelegen. Eines habe ich von Ihnen gelernt: Wie man Fehlleistungen aufspürt und zwischen den Zeilen liest. Sie haben großspurig gesagt, dass Sie den Mordfall Kalb und Danner und die anderen selbst lösen wollten. Und da ist Ihnen das Wort ›Passionsspiele‹ rausgerutscht, und ich hab es nur deshalb gemerkt, weil sie versucht haben, wieder zurückzupaddeln.«

»Wussten Sie, dass ich hier bin?«

»Ich hab es mir denken können. Und dann kam doch noch so was wie der liebe Gott dazu. Oder der Zufall. Meine Frau hat sich schon seit Jahren gewünscht, bei den Passionsspielen dabei zu sein. Und dann hab ich zu unserem Hochzeitstag über unsere Kollegen hier in Oberammergau noch zwei Karten organisiert ... für heute.«

»Ihr Hochzeitstag?«

»Ja, heute ist unser Hochzeitstag. Drum bin ich ja auch in Zivil.«

»Hm ... ich gratuliere! Hochzeitstag und Passionsspiele passt ja ganz gut zusammen.«

Tommer lachte. »Typisch Bär ... aber sagen S' das nicht zu meiner Frau!«

»Dann waren Sie der, den wo ich gesehen hab, dass er aufspringt, als uns die beiden Typen da«, ich deutete mit dem Kinn auf Fredi und Gustl, »bei der Kreuzigung von der Bühne geschleppt haben.«

»Ja, in dem Augenblick merkte ich, dass da was nicht stimmt, und dann habe ich Sie erkannt, wie Ihnen der Helm vom Kopf gefallen ist, und ich habe gesehen, wie Sie zum Kreuz hinhechten wollten, auf die Schnauze gefallen sind und nach hinten gebracht wurden. Ich hab dann gleich Verstärkung besorgt, von den Kollegen von hier. Wir haben den ganzen Backstagebereich abgesucht nach Ihnen. Wir mussten ja unseren Haftbefehl vollstrecken, und jetzt sind wir hier. Dr. Bär, wir müssen Sie verhaften und Sie, Herr Marlein, auch.«

»Warum, wir waren's doch nicht!«

»Sie sind immer noch wegen Doppelmordes gesucht.«

»Wir waren's aber nicht!«

»Wer war's dann?«

Ich nickte mit meinem Kopf in Richtung Chris.

»Der falsche Christus, diese Drecksau, er hat sie alle auf dem Gewissen, die Erna, Sandra, Helga, den Johannes Kalb, den Kaltenbrenner ...«

Tommer sagte zu Chris: »Stimmt das?«

»Nein ... das ist alles erstunken und erlogen. Ich bin unschuldig.«

Ich dazwischen: »*Das Lamm Gottes, das der Welt Sünde trägt* ... die größte Sau, die mir je untergekommen ist! Er hat dem Johannes Kalb das Genick gebrochen.«

»Nein, das war ein Unfall ...«

Tommer sagte: »Das wird sich alles aufklären. Sie kommen jetzt alle mit aufs Präsidium, dann wird sich der Fall schnell klären!«

Er blinzelte mich an.

Ich hätte heulen können vor Erlösung.

65 Marlein und die frei machende Wahrheit

Ich war total euphorisch.

Darüber, dass ich keinen Schlangenbiss abbekommen hatte.

Darüber, dass ich überlebt hatte und keinen Tod in Oberammergau gestorben war.

Darüber, dass ich von diesem Tommer und unseren Freunden und Helfern gerettet worden war.

Allerdings stellte sich eine gewisse Ernüchterung ein, als die Polizisten nicht nur Chris, Gustl und Fredi, sondern auch Emil und mir Handschellen anlegten, nachdem sie uns losgebunden hatten, und uns erklärten, dass wir weiterhin mit Fahndungsbefehl gesuchte Tatverdächtige in den Mordfällen Erna Kalb und Sandra Danner seien.

Sie brachten uns in die Oberammergauer Polizeistation, wo wir getrennt voneinander langwierigen Verhören unterzogen wurden.

Obwohl es schon auf Mitternacht zuging.

Ich musste meine ganze Geschichte erzählen.

Mehrmals.

Und ich redete mir den Mund fusselig, um meine Unschuld zu beweisen.

Erzählte alles.

Was auf dem Kreuzberg passiert war und was uns Erna Kalb und Sandra Danner dort erzählt hatten.

Wie wir die Nacht mit den beiden Damen verbracht hatten.

Warum Emil und ich nach der Ermordung der beiden aus Panik die Flucht ergriffen hatten.

Wie uns die Flucht gelungen war.

Warum ich in Sandra Danners Wohnung eingebrochen war.

Was mir Gerald Butz über die sensationellen Entdeckungen der Ecce-Homo-Gesellschaft erzählt hatte.

Wie ich Zeuge seiner Ermordung geworden war – und gerade noch meiner eigenen Ermordung entkommen war.

Wie Emil und ich uns bei den Passionsspielen eingeschleust hatten, um den erwarteten Mord an Chris zu verhindern und die Tempelritter zu überführen.

Wie wir von Gustl und Fredi überwältigt und in der Jesus-Garderobe gefangen gehalten worden waren.

Und natürlich, wie sich Chris als Verräter geoutet hatte, was er über die Ermordung von Sandra Danner, Gerald Butz, Stefan Briegel, Erna Kalb, Johannes Kalb, Helga Hochreiter, Wastl Hämmerle und Professor Kaltenbrenner ausgeplaudert hatte und wie auch noch Emil und ich durch die Schlangen getötet werden sollten.

Ich wusste nicht, ob sie all das als Wahrheit schluckten, aber es war die Wahrheit, und ich konnte nicht mehr tun, als sie zu erzählen und gebetsmühlenartig zu wiederholen.

Die Wahrheit wird euch frei machen, hatte irgendein Typ in der Bibel gesagt.

Jesus?

Keine Ahnung. War mir auch egal.

Irgendwann weit nach Mitternacht ließen sie mich dann irgendein Protokoll unterschreiben, und ich durfte das Polizeipräsidium verlassen.

Als freier Mann.

Die Wahrheit hatte mich tatsächlich frei gemacht. Der Typ in der Bibel hatte recht behalten.

Ich steuerte schnurstracks unser Hotel an und betrat unser Zimmer.

Emil war ebenso ein freier Mann.

Ich sah ihn nicht, denn ich machte kein Licht an, aber ich hörte, dass er bereits in seinem Bett lag – am Schnarchen.

In der ersten Nacht hatte mich es tierisch genervt.

Jetzt aber klang es wie Musik in meinen Ohren!

Und es hinderte mich auch in keiner Weise daran, in mein Bett zu fallen und sofort in den Tiefschlaf zu versinken.

66 Bär singt

Mit dem Losheulen wurde es nichts.

Wir mussten singen. Philipp und ich.

Getrennt.

In der Polizeistation von Oberammergau.

Passionsspiele Teil drei.

Nachspiel.

Tommer führte mich in einen Raum mit einem Holztisch und drei Plastikstühlen.

»Franz, mach ihm mal die Handschellen ab.«

Ein Polizist in Uniform kümmerte sich um mich und meine Handschellen.

»Mein Kollege Franz Reitberger«, erklärte Tommer.

Der Kollege Reitberger nahm mir die Handschellen ab.

Schaute gelangweilt.

Schaute auf die Uhr.

»Es dauert nicht lang«, sagte Tommer zu ihm. »Dann kannst heimgehen zu deiner Frau.«

Reitberger schaute noch gelangweilter.

Er nahm einen Plastikstuhl und hockte sich an die Wand.

Tommer saß mir am Holztisch gegenüber.

Er legte ein elektronisches Teil auf die Tischplatte.

»Aufnahmegerät«, sagte er.

Ich sagte: »Herr Polizeipräsident, ich möchte ein Geständnis ablegen.«

Er schaute mich fassungslos an.

»Jetzt bin ich aber sprachlos.«

»Bleiben Sie's am besten ... Also ich gestehe, dass es mir aufrichtig leidtut, dass ich Ihnen und Ihrer Frau Gemahlin den Hochzeitstag versemmelt habe.«

Tommer lachte, sagte: »Also, erzählen S' mir die ganze Geschichte.«

Ich erzählte ihm die ganze Geschichte. Von Anfang bis Ende.

Er schaute skeptisch.

»Ich glaub Ihnen, Bär, dass Sie unschuldig sind.«

»Gott sei Dank!«

»Aber das Problem ist: Wir können wahrscheinlich dem Chris nicht nachweisen, dass er die Morde begangen hat, und auch nicht, dass er der Drahtzieher war. Ich glaub, dass er's war, aber vor Gericht gilt nicht der Glaube, sondern die Fakten gelten. Die beweisbaren Fakten. Können S' irgendwas beweisen von dem, was Sie da alles erzählt haben?«

»Ja, verdammt noch mal, das ist ja wie im Gymnasium! Da hat unser Mathelehrer mich gefragt, wie groß die Winkelsumme von einem Dreieck ist, und ich hab gesagt, natürlich hundertachtzig Grad, und er hat gesagt: Beweisen Sie es, und ich hab gesagt: Das sieht man doch! Und er hat gesagt: Bär, Sie sollten lieber Theologe werden, auf keinen Fall Mathematiker.«

Tommer redete auf mich ein, als wäre ich geistesgestört: »Bär, vor Gericht zählen nur Beweise. Belastbare Beweise.«

»Ja, können die Verbrecher dann einfach frei davonlaufen?«

»Die Staatsanwaltschaft wird das zu prüfen haben ...«

»Ihre Frau?« Seine Frau war Oberstaatsanwältin in Kempten. Wir hatten in einem früheren Fall schon bestens zusammengearbeitet. »Ich bin sicher, Ihre Frau wird mir glauben.«

»Und ich bin sicher, sie wird Ihnen das Gleiche sagen wie ich.«

»Aber dass der Chris seinen Freund Johannes nicht nur betrogen und verraten hat, sondern auch ermordet ... das können Sie beweisen. Dass er ihm das Genick gebrochen hat ... von wegen Wespenstich und Herzanfall und Treppensturz. So wie der Kopf gedreht war ... Ich hab's doch mit eigenen Augen gesehen ...«

»Ja, lieber Bär, Sie haben mir ja den Hinweis gegeben, und unsere Pathologen haben den Leichnam noch mal gründlich untersucht. Und sind zu dem Ergebnis gekommen –«

»Dass es Mord war!«

»Dass der Tod durch Genickbruch sowohl vom Sturz herrühren konnte als auch von einer absichtlich vorgenommenen Gewalteinwirkung. Es ist nicht auszuschließen und sogar wahrscheinlich, dass Chris seinem Freund das Genick selbst gebrochen hat, aber es lässt sich mit den Mitteln, die uns zur Verfügung stehen, nicht beweisen.«

Tommer räusperte sich verlegen.

»Und außerdem ... das Ganze ist natürlich auch ein Politikum ... Eine Mordanklage gegen den Jesus-Darsteller der Passionsspiele – das ist politisch nicht durchsetzbar, wenn es nicht hundertprozentig sicher ist, wenn es nur auf einem vagen Verdacht beruht. Das müsste schon wasserdicht sein ... Weil es hätte ja enorme Folgen für ganz Oberammergau ... Das würde die gesamten Passionsspiele gefährden und wäre eine ökonomische Katastrophe ... Arbeitsplätze und so ... Sie verstehen schon ...«

»Ich versteh nichts und will auch nichts verstehen. Ich verzweifel noch an der Gerechtigkeit ...«

»Bär, wir werden alle Morde gründlich untersuchen. Ich vermute allerdings, dass es Auftragsmorde waren, die von

Vollprofis begangen wurden. Ohne jede Spur. Das kann ich nur vermuten, nicht beweisen. Aber die Verdachtslage sieht so aus, dass Sie und Ihr Kollege Marlein nicht mehr unter dringendem Tatverdacht stehen.«

»Ich bin ein freier Mann?«

»Ja, Sie können gehen.«

Ich war zu enttäuscht und wütend, um mich zu freuen. War verbittert, dass die Morde an Menschen, die ich kannte, wahrscheinlich ungesühnt bleiben würden.

Ich stand müde auf, sagte: »Ich hoffe, Sie können auch gehen. Zu Ihrer Frau. Hochzeitstag weiterfeiern.«

Tommer lachte, schaute auf die Uhr, sagte: »Das wird wohl mehr eine Hochzeitsnacht …«

Ich drückte ihm die Hand, sagte: »Dann grüßen S' Ihre Frau von mir … und viel Spaß!«

Ich ging zur Tür, merkte, wie mir die Tränen kamen, drehte mich um und sagte mit erstickter Stimme: »Ach, Tommer, dass ich's nicht vergess: Dank schön, dass Sie mir das Leben gerettet haben. Schon wieder.«

Er lachte, sagte: »Langsam wird's zur Gewohnheit.«

»Ich hoffe, ich kann mich revanchieren.«

»Ich hoff nicht!«

Ich ging raus.

Philipp war nicht zu sehen. Er wurde wohl noch verhört.

Ich zündete mir eine an.

Griff zu meinem Smartphone.

Eine WhatsApp schreiben.

Ging nicht.

Meine Finger zitterten zu arg.

Erinnerte mich an Philipps Idee mit der Sprachnachricht.

Sprach: »Hallo, Schatz, alles in Ordnung. Ich bin wieder frei.«

Ich ging ins Hotel.

Plünderte die Minibar.

Ließ das Wasser für Philipp übrig.

Legte mich angezogen aufs Bett.
Schlief wie ein Toter.

67 Marlein und die vernichteten Beweisstücke

Am Sonntagmorgen frühstückten Emil und ich vor unserer Abreise aus Oberammergau noch mal zusammen auf der Terrasse unseres Quartiers.

Und erzählten uns vom Verlauf unserer mitternächtlichen Verhöre.

Als wir fertig waren, erhielt Emil einen Anruf von Tom Tommer.

Ich sah, wie er die Stirn in Falten zog.

Als er das Gespräch beendet hatte, fragte ich sofort nach.

»Was ist los, Emil? Du schaust so kritisch! Müssen wir doch in den Knast? Und dann vor Gericht?«

»Nein.«

»Was ist dann?«

»Chris hat sich heute Nacht erhängt. In seiner Zelle in der Untersuchungshaft.«

Meine Bestürzung hielt sich in Grenzen. Ganz im Gegenteil.

»Das passt ja! Wie der echte Judas! Und ein Judas, ein Verräter war er ja. Den hätte er spielen soll bei der Passion und nicht den Jesus. Aber was wird denn jetzt aus den Passionsspielen, wenn der Jesus tot ist?«

»Kein Problem. Alle Hauptrollen sind doppelt besetzt. Es gibt noch einen zweiten Jesus-Darsteller.«

»Verstehe. *The show must go on.* Und wie wird man den Selbstmord eines Jesus-Darstellers der Öffentlichkeit verkaufen? Wird die ganze Geschichte mit Ecce Homo jetzt doch publik?«

»Nein, natürlich nicht. Chris hat aus privaten Gründen

Selbstmord begangen. Aus Kummer über den tragischen Unfalltod seines Freundes Johannes Kalb. Gustl und Fredi haben sich übrigens ebenfalls erhängt.«

Das schockierte mich. Allerdings auch nicht aus Mitgefühl.

»Verdammt! Damit sind alle Templer, die wir als solche identifizieren konnten, tot! Aber ich verstehe, das hat System: Sämtliche Mitglieder der Tempelritter haben offenkundig Order, Selbstmord zu begehen, für den Fall, dass sie bei einer Aktion erwischt werden und Gefahr laufen, enttarnt zu werden. Chris, Gustl und Fredi waren also treue Gefolgsleute und haben sich sklavisch an die Vorgaben der Templer-Zentrale gehalten – bis in den Tod. So ein Scheiß!«

Emil sah mich fragend an.

»Was heißt hier Scheiß? Das ist doch gut für uns! Tommer hat gesagt, die Suizide werden als Schuldeingeständnisse gewertet. Damit sind wir beide endgültig rehabilitiert!«

»Ja, aber wir stehen mit leeren Händen und ohne jeden Beweis da. Und mit ihren Selbstmorden haben Chris, Gustl und Fredi auch den Behörden jegliche Möglichkeit genommen, die wahren Hintermänner zu ermitteln. Man wird zwar ihre Wohnungen, Computer und Handys filzen, aber ich habe wenig Hoffnung, dass man brauchbare Hinweise finden wird. Die Tempelritter als Organisation bleiben damit wahrscheinlich weiter anonym und nicht greifbar.«

»Dann werden die Morde an Erna, Sandra und all den anderen ungesühnt bleiben?«

»Ja. Zumindest so lange, bis der ganze Tempelritter-Club endlich mal auffliegt. Bis man die Drahtzieher und die Killer findet.«

Emils Euphorie über unsere Rehabilitation hatte sich verflüchtigt.

»Für die Polizei sind wir zwar jetzt unschuldig. Aber für die Tempelritter sind wir weiter Mitwisser der Ecce-Homo-Entdeckungen. Meinst du, die Killer werden uns weiter verfolgen – und umlegen, wie all die anderen?«

Ich schüttelte den Kopf.

»Nein, jetzt nicht mehr. Das wäre viel zu auffällig. Das würde unserer Tempelritter-Theorie, die uns jetzt niemand so wirklich glauben möchte, Glaubwürdigkeit verleihen – und das ist das Letzte, was die Templer wollen. Unser Wissen ist von der Lebensgefahr zur Lebensversicherung geworden. Aber abgesehen davon ist es auch gar nicht mehr nötig, uns zu eliminieren – jetzt, wo die wirklich Eingeweihten, die Ecce-Homo-Mitglieder, tot sind und die beiden Beweisstücke vernichtet.«

»Die beiden Beweisstücke?«

»Na ja, die Pilatus-Memoiren sind sicher geklaut und vernichtet worden. Es wird also wohl für immer ein ungelöstes Geheimnis bleiben, was damals bei Passion und Auferstehung wirklich passiert ist. Ob alles ein Fake war – oder ob es sich doch so ereignet hat, wie es in den Evangelien steht.«

Ich sah Emil fragend an.

»Und was ist aus der Sache mit dem Jesus-Knochen geworden?«

68 Bär errötet

»Ach, der blöde Knochen … Natürlich war das ein Beweis, und der Kaltenbrenner hat ja auch eine Mail geschrieben: ›Bei dem Objekt handelt es sich tatsächlich …‹«

Philipp nickte. »Klar.«

»Ach, da fällt mir ein, wie ich heut früh mit der Stanzi geplaudert habe, hat sie gesagt, da ist noch so ein Teil von einem ›Arztbrief Eckstein‹ angekommen … Und sie wollte mir das Ding weiterleiten.«

Ich nahm mein Smartphone.

»Hier hab ich's, Philipp. Da schau, jetzt ist die Nachricht vollständig. Muss am Server oder so was gelegen haben. Vollständig heißt sie …«

»Emil, he, was ist mir dir los? Du bist ja käsweis. Hast einen Schlaganfall?«

»Ich glaub, ich hab Sehstörungen. Da, lies mal!«

Philipp las laut: »›Bei dem Objekt handelt es sich tatsächlich … um einen Milchzahn! Alter circa dreißig Jahre.‹«

»Das zweite Beweisstück war also gar keines.«

Philipp sagte: »Und ob die Pilatus-Memoiren wirklich authentisch sind, ist ja auch ungeklärt. Aber jetzt werden wir es wohl nie erfahren. Und die Menschheit wird nie erfahren, ob die Auferstehung ein Fake war oder nicht.«

»Und die Oberammergauer Passionsspiele gehen weiter.«

»Alle zehn Jahre wieder.«

»Das ist ein Fakt. Kein Fake.«

»Gut, dass man sich noch auf was verlassen kann.«

Ich wurde nachdenklich.

Sagte: »Auf was man sich immer verlassen kann, ist die menschliche Dummheit. Einstein soll schon gesagt haben: ›Zwei Dinge sind unendlich, das Universum und die menschliche Dummheit, aber bei dem Universum bin ich mir noch nicht ganz sicher.‹ Ein fundamentaler Irrtum ist, dass man die Bibel wie einen Polizeibericht lesen muss. Wortwörtlich. Ein mörderischer Irrtum … hat schon ganze Religionskriege ausgelöst.«

»Und wie muss man sie dann lesen?«

»Geschichten wie die Auferstehung sind Glaubensgeschichten in der Sprache von Tatsachenberichten. Spirituelle Erfahrungen werden in materiellen Bildern ausgedrückt.«

Philipp sagte: »Wer soll das verstehen, außer Theologen? Ein normaler Mensch versteht so was nicht.«

Ich schnaufte durch, sagte langsam: »Also, ich probier's noch mal, für Normalverbraucher … Auf einem Kirchentag sagte der bayerische Landesbischof und Ratsvorsitzende der Evangelischen Kirche in Deutschland: ›Ich habe in Lampedusa in das Gesicht eines Flüchtlings geschaut und habe das Gesicht Gottes gesehen.‹ Und keiner hat ihm widersprochen …«

»Vielleicht haben die Leute gedacht, er leidet an Halluzinationen.«

»Man kann von unserem Bischof halten, was man will, aber ich glaube nicht, dass er an Halluzinationen leidet. Ich glaube, er wollte damit ausdrücken, dass in jedem, selbst in jedem gestrandeten Flüchtling, etwas von Gott steckt.«

»Sogar in dir?«

Ich spürte, wie ich errötete.

»Ach, so persönlich hab ich das nicht gemeint.«

Philipp schaute skeptisch. Sagte langsam: »Wenn das stimmt, dann stimmt auch, dass in jedem der Teufel steckt.«

Ich nickte, sagte nur: »Siehe Passionsspiele. Und die Auferstehung, egal, was da passiert ist, bedeutet, dass Gott nicht umzubringen ist oder das Gottesteil im Menschen.«

Philipp war gerührt.

»Das ist ein schönes Schlusswort, Emil. Aber jetzt lass uns nach Hause fahren!«

69 Marlein und die abgearbeiteten Geheimnisse

Mitten in Oberammergau trennten sich unsere Wege – da unsere Autos auf unterschiedlichen Parkplätzen standen.

Wir verabschiedeten uns vor einem Haus mit einer Lüftlmalerei.

Es war Jesu Kreuzigung auf Golgatha dargestellt – auf plastische Weise, denn in die Malerei integriert war ein echtes Holzkreuz mit einer Jesus-Statue.

Ich sah hoch zum hölzernen Jesus.

»Was meinst du, Emil – war das unsere letzte Zusammenarbeit? Haben wir jetzt mit Jesus endgültig abgeschlossen?«

Emil sah mich fragend an.

»Wie meinst du das?«

Ich blickte vom Kreuz zu Emil.

»Nun ja, alle Fälle, bei denen wir miteinander zu tun hatten, drehten sich doch seltsamerweise um geheime Enthüllungen aus dem Leben Jesu Christi – und es waren jedes Mal Enthüllungen, die die Existenz des Christentums bedrohten. Aber jetzt haben wir doch alle Geheimnisse um das Leben Jesu abgearbeitet. Vor sechs Jahren haben wir zusammen einen Fall aufgeklärt, bei dem es um Maria, die Mutter Jesu, und ihre Verehrung ging. Vor vier Jahren haben wir zusammen einen Fall aufgeklärt, bei dem es um Josef, den leiblichen Vater Jesu und um die Umstände von Jesu Geburt ging. Vor zwei Jahren haben wir zusammen einen Fall aufgeklärt, bei dem es um Maria Magdalena, die Geliebte Jesu, und um ihre Rolle im Urchristentum ging. Und jetzt haben wir einen Fall aufgeklärt, bei dem es um Jesu Leiden, Tod und Auferstehung ging.«

Ich sah erneut zu Emil.

»Deswegen war das sicherlich unser letzter gemeinsamer Fall. Denn Jesus-technisch haben wir doch nun wirklich alles durch – oder?«

70 Bär erinnert

»Nicht ganz. Jesus ist zurückgekehrt. In der Apokalypse!«

Philipp sah mich skeptisch an.

»Welche Apokalypse?«

»Das geheimnisvollste Buch in der Bibel ist das allerletzte. Die Offenbarung des Johannes. Die Apokalypse. Darin wird der Weltuntergang beschrieben – und die Wiederkunft Jesu als Messias ...«

Philipp war nicht gerade begeistert.

Ich ergänzte: »Weißt du, Philipp, mir geht's so wie bei den Marathons, wie ich noch jung war. Ich erinnere mich: Nach jedem Marathon hab ich mir geschworen, das war der letzte.

Wie ich dann aus der Dusche kam, hab ich mir einen Prospekt für den nächsten Marathon mitgenommen.«

Philipp lachte.

Nicht sehr laut.

»Du meinst, wir kriegen es noch einmal mit einem gemeinsamen Fall zu tun, in dem es um Jesus geht?«

Ich nickte.

»Zumindest halte ich es nicht für ausgeschlossen. Wie gesagt, Jesus ist zurückgekehrt!«

Philipp zog einen Flunsch.

»Also für mich ist mit Tod, Auferstehung und Himmelfahrt das Kapitel Jesus abgeschlossen. Ich habe da echt keinen Bock mehr drauf. Vor allem: Jedes Mal, wenn wir zusammen einen Jesus-Fall lösen mussten, wären wir beinahe abgekratzt und sind erst in letzter Sekunde dem Tod von der Schippe gesprungen. Das brauche ich echt nicht noch mal. Und beim nächsten Mal würden wir wahrscheinlich wirklich ins Gras beißen. Nee, das lassen wir mal besser bleiben, Emil! Lieber treffen wir uns ganz gemütlich nur privat, trinken Bier und Wasser, schauen Fußball an und Frauen nach.«

Er rieb sich nachdenklich sein glatt rasiertes Kinn.

»Aber wenn nur *wir beide* den Weltuntergang verhindern könnten, würde ich natürlich nicht kneifen!«

Damit war alles gesagt.

Mir fiel nichts mehr ein.

Ihm auch nicht.

Ich sagte: »Also …«

Er sagte: »Also dann …«

Wir schüttelten uns die Hände.

Philipp sagte: »Bis bald – bei Bier und Wasser und Fußball!«

Ich sagte: »Oder beim Weltuntergang!«

Nachwort

Wie die Vorgängerbände »Schwarze Madonna«, »Heiliger Bastard« und »Fromme Sünde« beschäftigt sich auch der vierte Duett-Krimi mit unseren Detektiv-Protagonisten Emil Bär und Philipp Marlein mit spekulativen Mythen und Legenden um das Leben und das personelle Umfeld des Jesus Christus.

Dieses Mal geht es um die Theorie, dass das Wunder der Auferstehung Jesu damit erklärt werden könnte, dass er die Kreuzigung überlebt hat. Diese Theorie stützt sich, wie im Roman beschrieben, zum einen auf gewisse Details der Passionsschilderungen in den Evangelien, zum anderen auf die Legende, dass Jesus als alter Mann in Indien starb. Sie ist auch nicht ganz neu, entsprechende Sachbücher werden schon seit einigen Jahrzehnten immer wieder mal auf den Markt geworfen.

Nun wollten wir aber kein Sachbuch schreiben, sondern einen unterhaltsamen Kriminalroman, und deshalb ist »Tod in Oberammergau« in keiner Weise ein Statement von uns Autoren zu dieser These – wir haben sie lediglich aufgenommen als Teil eines (hoffentlich) spannenden Plots. Eine These wie die, dass Jesus Christus eventuell gar nicht am Kreuz gestorben ist, hat – selbst wenn sie jeglichen Wahrheitsgehalts entbehren sollte – einfach eine starke Krimi-Attraktivität, denn würde sie tatsächlich wahr sein, hätte das natürlich weitreichende Konsequenzen für die Weltreligion Christentum – und ist damit ein perfekter Stoff für fiktive Verbrechen und Morde.

Einen Kriminalroman, in dem es um Geheimnisse um die Passion Christi geht, mit den 2020 nach zehn Jahren wieder stattfindenden weltberühmten Passionsspielen in Oberammergau zu verbinden, lag auf der Hand.

Wir sind im Zuge der Recherchen mehrfach nach Oberammergau gereist, haben uns dort umgesehen, haben an der

Führung durch das Passionstheater teilgenommen – und waren fasziniert von dem Phänomen »Passionsspiele Oberammergau«, davon, wie quasi ein ganzer Ort eine große Idee lebt, eine alte Tradition immer wieder neu aufleben lässt und über Monate Berufs- und Privatleben einem Gemeinschaftsprojekt unterordnet.

Da es sich aber auch hier so verhält, dass wir kein Sachbuch über die Passionsspiele schreiben wollten, sondern einen spannenden Krimi, haben wir Fakten und Fiktion vermischt. Während wir einerseits versucht haben, die Passionsspiele selbst möglichst authentisch und wahrheitsgetreu zu beschreiben, haben wir uns andererseits die künstlerische Freiheit genommen, im Roman einige fiktive Bösewichte in die Riege der Darsteller einzuschleusen. Das hat natürlich mit der Realität des echten Passionsspiels nicht das Geringste zu tun.

Wir hoffen, dass Sie, liebe Leserinnen und Leser, in diesem Sinne eine unterhaltsame Lektüre genossen haben – und nebenbei noch ein bisschen was erfahren haben über den Kreuzberg in Unterfranken, die Mariengebetsstätte in Heroldsbach und natürlich die Passionsspiele in Oberammergau. Vielleicht besuchen Sie auch den einen oder anderen Schauplatz der Handlung persönlich – was allerdings für eine Aufführung der Oberammergauer Passion schwierig werden dürfte, sofern Sie nicht schon glückliche/-r Besitzer/-in einer Eintrittskarte sind. Und der Weg, über den sich Emil Bär und Philipp Marlein Zutritt zur Premierenaufführung verschafft haben, ist eben doch nur eine Fiktion, die in der Phantasie von Krimi-Schreibern entstanden ist, und keine Option für die Realität …

Xaver Maria Gwaltinger und Josef Rauch

Xaver Maria Gwaltinger/Josef Rauch
SCHWARZE MADONNA
Broschur, 448 Seiten
ISBN 978-3-95451-442-7

»Der facettenreiche Aufbau der Geschichte, die plakative Sprache und das prägnante Satzbild halten den Leser gefangen. Die Faszination der Materie, die Rauch und Gwaltinger zunehmend gefesselt hat, überträgt sich mühelos auf den Leser. Die ›Schwarze Madonna‹ zeugt von einer gelungenen Zusammenarbeit ihrer Schöpfer.«
Fürther Nachrichten

Xaver Maria Gwaltinger/Josef Rauch
HEILIGER BASTARD
Broschur, 416 Seiten
ISBN 978-3-95451-959-0

»Ein Krimi mit einem ganz eigenen Charme, den man so in Deutschland kein zweites Mal findet.« MarktSpiegel Magazin

Xaver Maria Gwaltinger/Josef Rauch
FROMME SÜNDE
Broschur, 416 Seiten
ISBN 978-3-7408-0451-0

Franken: Privatdetektiv Philipp Marlein soll den Autor eines provokanten Enthüllungsbuches über Maria Magdalena schützen. Allgäu: Hobbydetektiv Emil Bär soll Gewalttaten und Exzesse junger Frauen aufklären, die einen Maria-Magdalena-Geheimbund gegründet haben. Kloster Ettal: Bär und Marlein treffen bei einem Magdalenen-Kongress aufeinander und geraten zwischen die Fronten. Es geht um Mord, die Zukunft des Christentums – und um ein geheimes Evangelium, das den Lauf der Weltgeschichte verändern könnte.